關於我轉生變成史萊姆這檔事 4

Regarding
Reincarnated to Slime

Kadokawa Fantastic Novels

目錄 一 人魔交流篇

Regarding Reincarnated to Slime

坂口日向老覺得無聊。

這裡是她的個人專用房，配置在神聖法皇國魯貝利歐斯的宮殿裡。

這個世界好無趣。

＊

起初落到這個世界時，日向年僅十五歲。

高中一年級的入學典禮當天，她只是因為不想待在家裡才去上學，當時人正在歸途上。走著走著來到時常通過的神社前方，正要穿過就突然吹起一陣風。眼睛被吹到睜不開。當她再次睜開眼睛，一大片從不曾見過的景色便映入眼簾。

日向心中感到一陣欣喜。

自從迷上某個宗教後，母親就對家裡的事不聞不問，日向會覺得開心全因她認為自己總算擺脫母親了。

父親老早就人間蒸發。放話說要靠賽馬賭博大撈一筆，結果只留下一屁股債。

母親無法忍受這樣的父親暴力相向，進而逃到宗教世界裡。

枉費日向殺了父親，讓母親可以領他的人壽保險金……

再等一陣子，保險金將會發放下來。

她安排得天衣無縫。

父親已經人間蒸發，這樣就夠了。

不過仔細想想，眼下狀況讓她得殺更多人。要做掉對母親灌迷湯的宗教成員，總有一天，或許連母親也得親自動手殺掉。

日向冷靜地分析現狀。正因為這樣，她才不想待在家裡。

如今來到這裡，她無須再痛下殺手。原本是這麼想的……

「喂，這邊還有一個！」

「哦！是個年輕女孩耶。幹得好！」

「拿去賣之前先嚐嚐味道，應該不至於被抓包才對？」

幾個男人嘴裡說三道四，將日向包圍住。

啊……這裡也一樣嗎？

世界充滿絕望。

念頭在心裡發酵。

處處都是醜陋的傢伙。這種世界最好毀滅掉。

——我要掠奪。不讓任何人掠奪我。

《確認完畢。成功獲得……獨有技「篡奪者」。》

——我是對的。我的計算不會有誤。因為，世界總是一成不變。

《確認完畢。成功獲得……獨有技「數學家」。》

她的目光突然變得開闊許多。心中的霧霾散去，思考迴路清明起來。

既然眼前這群男人想對我採取掠奪行為，我就先反過來掠奪回去。

——奪取他們的命。

就這樣，殺戮開始。

截至日向親手殺了這三個男人，前後花不到五分鐘。即便日向的能力才剛覺醒，身體機能絕不強。

那是她在這個世界首次犯下的殺人罪。

也有人對日向很親切，但她無法相信那個人。

因為那個人很弱。

總覺得自己某天會把對方給殺了，所以她如同以往，選擇離開那個人。

之後她又殺了不少人，奪取他們的知識和技術。

靠著這股力量，日向成為稱霸世界的強者。

在那之後歲月流逝——

日向與之相遇。

——遇見適合讓她侍奉的神。

這個世界確實有神存在。
她已經不記得自己殺了多少人。
無論好人壞人，日向都不在乎。
這是因為，在神面前人人平等。
對神的命令不疑有他，日向持續作戰。
連魔物也不放過。
神的命令不容質疑，神無法容許魔物存於世上。
憑藉那股霸者之力，日向著手掃蕩神的敵人魔物。
如今在這裡的已經不是一名少女了。
而是神之右手——
「法皇直屬近衛師團首席騎士」，高居聖騎士團團長位置的貌美之人。
魔物的天敵。

*

某一天日向收到一個噩耗。
恩師井澤靜江（Sizue Izawa）去世——
在這個世界上，她是唯一對日向好的人。

她並不感傷，亦不憤恨。

胸口掠過難以言喻的情緒。

——不可原諒。區區一個魔物竟敢將她——

無趣的時光終於劃下休止符。

如聖女般秀麗的面容浮現冰冷笑意，日向就此展開行動。

第一章

與獸王國交易

Regarding Reincarnated to Slime

孩子們歡快嬉戲的模樣映入眼簾。

有三個男孩、兩個女孩。

他們一看到我就開心地跑來。

然後——

『老師！今天要做什麼？』

大夥兒睜著發光的眼說道。

有看起來很好強的男孩。

懦弱的男孩。

沉默寡言的男孩。

活潑的女孩。

聰明的女孩。

大家都是可愛的學生。

我則懷著悲喜交加又難受的心情——

『哦，這個嘛。今天該做什麼好呢？』

——陪這些孩子。

那是不久之前的日常生活，自己親手捨棄、再也找不回的日子。

——不過，其實這不是我……是那個人（靜小姐）的記憶才對。

曾任教官的她仍對此依依不捨。

不想連累他們——我懂這種心情。

可是，被拋下的孩子們或許正在哭泣，因為老師拋棄他們。

就算他們不哭，還是會……

嗯？

還是會怎樣？我現在在幹嘛……

此時我清醒過來。

——求求你。將那些孩子——

那些孩子？在說夢裡的孩子嗎？

——請你拯救那些孩子。

拯救……？從哪裡救？

沒人回答這個問題。

但我知道話裡意思是希望我做些什麼。

然而，一切就此打住。

對方沒有再多說什麼，那道聲音消失於黑暗中。

夢的殘渣淡去。

這份心願也遺留在夢境中……

＊

好久沒作夢了。

自從變成睡不著的史萊姆後，要夢遊仙境得等魔力用光光的非常時期才有機會。

我自認這樣下去不行便發憤圖強，每天都努力讓自己睡懶覺。

為了偷懶而努力。

乍看之下滿矛盾的，實則不然。

放鬆心情是件好事，努力朝目標邁進一點也不痛苦。最後這些努力總算開花結果，我學會能失神放鬆一下子。

也就是說，實驗成功。

我成功憑藉個人意志作夢了。

雖然內容忘得一乾二淨，但那沒什麼大不了。

反正作夢就是這麼一回事嘛。

「這樣我就能每天懶洋洋——」

「您在說什麼傻話，利姆路大人？」

被罵了。

朱菜笑著發飆看起來好可怕。

我在朱菜的催促下爬出被窩，心裡一面想著。

白天按白老的指導進行戰鬥訓練，要不就是去視察工程進度等等，忙得不可開交，晚上偷點閒應該不至於遭天譴吧。

從暴風大妖渦(Charybdis)身上弄來的能力也已「解析鑑定」完成，眼下沒什麼要緊事待辦。

順便說一下，我從暴風大妖渦那弄到「魔力妨礙」和「重力操作」，兩者都是追加技。「魔力妨礙」跟「分子操作」整合，進化成追加技「魔力操作」。

它還跟「多重結界」連結，讓我的防禦力大幅提昇。

這樣一來，我就能抵擋魔法攻擊。戈畢爾他們進化成龍人族時曾獲得「魔法抗性」，將這招一起用進去，就算遭魔法正面攻擊多半也能抵擋得了。

不過，我有「暴食者」，能將進入視線範圍的魔法攻擊吃掉，讓它無效化就是了。話雖如此，多了其他手段來抵擋突擊依然意義重大。

另一項能力是「重力操作」——

這就滿有研究價值的。

沒能奪取喀爾謬德的「飛行魔法」固然令人失望，但弄到「重力操作」問題就解決了。不需要事先詠唱咒文，可以按自己的意思隨性疾飛。

這次我不急。因為我還記得剛獲得「水壓推進」時曾有過什麼慘事。

想到什麼做什麼，最後會整個搞砸。基於上述想法，我每天晚上都花時間慢慢驗證能力。

先從浮空開始，逐步練習飛行。我藉著翅膀多少學會一點控制技巧，所以練起來比想像中簡單。

如今我不用翅膀就能飛。

空氣阻力還能靠「多重結界」抵銷，過一陣子大概能練出超音速飛行。

今後再來慢慢練習。

看我在想些有的沒的，朱菜傻眼地嘆氣，開口朝我搭話：

「利姆路大人，您又在發呆了。今天要替家兄紅丸跟利格魯先生送行。請您收拾心情，擺出有威嚴的樣子。」

「是嗎？原來是今天。我知道了。」

對喔。

今天是紅丸他們動身踏上旅途的日子。

＊

蜜莉姆走後，又過了好幾個月。

日子過得很安穩、平順。

雖然還是一樣忙碌，但每天都很和平。

在這樣的日子裡，既是獸王又是魔王的卡利翁派使者過來。

雙方並沒有靠正式文書簽定協議，可是卡利翁似乎打算遵守約定。
使者說「兩國各派遣使節團出使，來評估締結邦交是否有利」。
我二話不說地贊成，對使者的提案表示首肯。
時間點來到今日。
朝獸王國猶拉瑟尼亞派遣使節團，是值得紀念的一天。

使節團團長是我的左右手紅丸。
我任命利格魯德的兒子利格魯前去輔佐他。主要目的在於今後處理國家營運事務前，希望他先拜訪其他國家增廣見聞一下。
其他另派數名人鬼族（滾刀哥布林）幹部候補當使節團班底。
朱拉・坦派斯特聯邦國——簡稱魔國聯邦（Tempest）。
那是我們的國家。
這個國家剛建不久，各方面經驗都不夠。為了補足這些缺失，大家團結起來孜孜不倦地努力。
正因他們還在學習階段，我想獸王國猶拉瑟尼亞應該能帶給大夥兒寶貴經驗。
此外，對魔王卡利翁派來的使節團亦安排完美招待行程。
希望他們能認識我們國家，接納我國的長處。若進展順利，今後或許能維持良好關係，展開貿易。
那樣一來，正式締結邦交的日子就不遠了。
總之先按部就班來。
第一步就是調整心緒，來去替他們送行。

我振作精神，接著變成人型。

等一下還要參加典禮，得換穿跟該場合相襯的體面禮服。

如今有禮服換穿，才覺得以前衣服少得可憐的日子挺令人懷念。如今他們替我準備各式各樣的衣服，服裝選擇比從前在日本生活時多更多。

至於生活方面，以前那些日子根本無法相提並論，我過得很豪奢。

課題之一的砂糖精製問題也解決了。

還多了燉煮料理，目前種類並不多，但已經連零食小點心這類玩意兒也做得出來了。

如今我已學會睡懶覺技能，接下來該為娛樂層面做打算。

邊啃洋芋片邊打遊戲打到爽，這樣的日子究竟何時會來？

各種想法接二連三冒出，實在很辛苦。不管我再怎麼努力，慾望依然永無止境。

我的目標很遠大。

但即使如此，我還是不放棄地定立遠大的目標。

為了實現目標，必須請使節團好好加油，確保未來交流順利。

我身穿禮服，站在聚於廣場的眾人面前。

魔物們一口氣騷動起來。

那裡有各式各樣的魔物，目睹我難得一見的人化姿態似乎都很興奮。

原本以為這陣騷動會持續一陣子，不過……

「大家肅靜！」

隨著紫苑的怒吼聲一出，大夥兒瞬間沉默下來。

不愧是紫苑。

像這樣耍起狠來特別有一套。

看到我便難掩興奮的魔物們歸於沉靜，所以我開始跟大家致詞。

「各位，你們一定要好好努力！」

我用話激勵他們。

「——就這樣？」

朱菜語帶困惑地提問。

嗯——太短了嗎？

校長致詞致太久就沒人聽，我想在其他人面前演講應該也是一樣的道理……看樣子大家一直很期待聽我說話，出乎意料地期待。

「話好像說太少了。那不然，我再多說一點——」

先行告知一下，接著我就開始說明去對方國家後該注意些什麼。

魔王卡利翁，既是魔王之一——還是徹頭徹尾的武鬥派。一個國家由那樣的卡利翁治理，基本上是否為法治國家都讓人存疑。

「你們聽好。該國由『力量就是一切』的魔人組成。千萬不能被他們小看。一旦顯露怯意，就會被他們牽著鼻子走。打起來或許不是他們的對手，但你們要努力不在氣勢上輸人！有我跟夥伴替你們撐腰。別忘了這點，將自己的想法確實傳達給對方知道。還有，若真的要開打就逃回來吧。此行的部分目的在於觀察，看看今後是否有機會繼續跟該國交好。我們不屈就就沒交流可能，那種關係大可不要。我們是否能在零負擔的情況下締結友誼，希望你們親眼看個仔細。拜託各位了！」

講到最後用這句話做結，整個廣場立時歡聲雷動。

就好像偶像的現場演唱會。

依我看，致詞內容說什麼根本不重要。他們單純只是想聽我說話罷了。使節團成員好像都聽得很認真，其他人則光顧著湊熱鬧。

算了，沒關係。僅只於認真聽講也好，以素無紀律的魔物來說已經是一大進步了。

正好有這個機會，就順便叮囑重要事項吧。

「對了還有一件事……些許失敗沒關係，但絕對不可以主動找碴喔！特別是紅丸，沒問題吧？」

剛才致那些詞都是以對方找碴為前提，要是我方主動找麻煩就好笑了。所以我必須耳提面命，要他們千萬別犯這種錯。

「呵，包在我身上。我個人也長進不少。看看蜜莉姆大人，任誰都知道不該做些沒大腦的事啦。」

紅丸答得自信滿滿。

就是那股自信可怕……

他拿蜜莉姆來比，這也是我沒辦法徹底放心的原因之一。跟那種人比出自信，根本談不上保障啊。

也罷，至少勝過紫苑。

看紫苑聽了紅丸的話大力點頭，我在心裡悄悄地發出嘆息。

說老實話，我原本想派紫苑當代理人，不過……這個賭注危險性太高。

不……仔細想想，紅丸看起來粗魯歸粗魯其實挺會瞻前顧後，拿來跟蜜莉姆、紫苑比實在太失禮了。

「就拜託你嘍。照理說應該由我親自出馬才對……」

「不。直到確認安全無虞前，您都不該踏入魔王的領地。」

紅丸斬釘截鐵地否認我的話。

他還是想親眼確認卡利翁這號人物是否足以信賴吧。不僅要品評卡利翁，紅丸甚至打算將該國的魔人悉數評定一輪。

評估成立邦交是否對我國有利。最重要的是，得看看對方有無加害我的意思。

我很高興紅丸有這份心。也因為這樣，內心的擔憂更加強烈……

怕他不是出於紫苑式耍笨，而是刻意找麻煩試探對手有幾斤幾兩重。

話雖如此，只派利格魯等人出使魔人王國又讓我放心不下。必須派戰鬥能力優越的人充當護衛陪同。

蒼影負責暗中守護我國，白老則忙於指導士兵。

當工頭的蓋德分身乏術，戈畢爾正努力萃取高階回復藥、量產低階回復藥。

紫苑就別提了，這樣一想只剩紅丸可選。

「好吧。那麼，就交給你去辦。」

「遵命！」

「利格魯等人也要加把勁！好好學習人家的優點。」

「明白。我來去增廣見聞一番！」

利格魯睜著亮晶晶的眼回話。

那眼神充滿幹勁，想挑戰新事物的意願確實不假。

這樣就沒問題了，我對他有信心。

「蘭加，你潛入紅丸的影子跟去。希望你待在影子裡避人耳目，暗中守護大家。」

「遵命。請您放心，頭目！」

聽從我的命令，蘭加閃身潛入紅丸的影子裡。紅丸的妖氣替他隱匿蹤跡，希望大家不會發現蘭加。

「好！就讓我們用大排場歡送他們吧！」

此話一出，朱菜就偷偷朝旁邊使眼色。某樣東西配合暗號做出回應，即由一群精挑細選的人組成樂隊，再由樂隊演奏。

奏得很盛大、磅礴。

接著，在鎮上居民的目送下，使節團開始昂首闊步。

每一步都通往充滿希望的未來。

還望在這些日積月累的交流下，終有一日能正式締結邦交。

如此這般，初試啼聲的使節團就此踏上旅途。

＊

替紅丸等人送行完畢，後面還有一堆待辦事項等著。

我是想快點去人類城鎮逛逛，但工作接二連三冒個不停，害我抽不出空。

做任何事都是開頭最重要。

工作也一樣，一開始偷懶到最後往往會大難臨頭。至於國家營運，應該用不著多說了吧。

想出去玩是一回事，我可不能在這個節骨眼上擺爛。

警備部門和軍事部門的頂尖人才拔去當使節團成員，必須填補這個空缺才行。

警備部門交給蒼影處理。軍事部門則由白老代為操辦。

這樣暫時可以放心。

再來要準備迎接獸王國猶拉瑟尼亞派的使節團。

要說目前不方便給他們看的有哪些，就是希波庫特藥草培植場和回復藥生產處。其他區塊對外公開不成問題，所以我們決定對封印洞窟進行重點遮蔽。

入口只有一個，拿大石堵住便無法入侵。戈畢爾他們能用傳送魔法陣移動，故我狠下心封住洞口。

我有點擔心氧氣濃度的改變，但洞裡到處都開著氣孔，應該沒問題。

此外，培斯塔還知道很方便的魔法。

「空氣嗎……我知道有種魔法可以感知環境變化。另外還有魔法能在生命活動即將發生障礙時做出警告，請您別擔心。」

他用這串話打消我的疑慮。

培斯塔，好一個精明能幹的男人。

要是他的個性沒那麼扭曲，早就變成蓋札王的左右手，如今仍在發揮所長吧……

不過呢，他目前在我底下賣命，對我來說算美事一樁啦。

基於以上雜七雜八的理由，封印洞窟的入口就被封了。

對了，談到培斯塔還得再提一件事。

除了剛才那些就沒其他不可告人之處，因此我打算來細細稽核迎賓準備的進展狀況……

我們新建供賓客使用的迎賓館，讓賓客入住過夜。跟卡巴爾三人組、尤姆一夥住的宿舍不同，是裝潢氣派、媲美豪宅的旅館。

不光著重外觀，連人才都一併培訓。

朱菜的徒弟全都升格為一流廚師。如今甚至能憑直覺判斷該增減多少才算適量。火候控制及菜刀使用上駕輕就熟，不管派去哪裡都臉上有光，儼然是獨當一面的廚師。

女性哥布莉娜們也拿卡巴爾、尤姆等人當練習對象學習待客之道。要招待王公貴族還很吃力，但她們受的培訓已足夠應付一般人和冒險者。

到了最後一個環節，我們選出成績優秀的人實際接待客人。畢竟之前只招待過粗鄙之人，實在不放心把來賓交給她們。

這時大顯身手的就是培斯塔。

我沒有相關知識，遂拜託如假包換的貴族培斯塔出面指導，教授我不清楚的部分。教到最後，被選為禮賓員的人全都做得有模有樣。

「很好。持續精進肯定能有所成長，到時無論招待哪一國的王族都不遜色。期待妳們今後的表現。」

的確，這是連神經質的培斯塔都點頭稱是的頂級接待陣容。

「「「感謝您撥空指導。」」」

大夥兒朝培斯塔整齊劃一地鞠躬。

培斯塔則聽得一臉滿意。

「真有一套，培斯塔。拜託你果然是對的。」

「不不不。這工作很划得來，您何時需要儘管吩咐便是。」

聽我出聲慰勞，培斯塔爽朗地笑了。

為了聊表謝意，我給他免費入住的豁免權。培斯塔入住可起到視察效果，順便確認大家的螺絲有沒有上緊。簡直是一石二鳥。

如此這般，迎接使節團的準備工作確實就定位。

還有另一件大事。

應該說這才是重點。

矮人王國——去武裝大國德瓦崗的考察行程已排妥。

曾派使者互通有無，日期也敲定了。這件事對我國來說是至關重要的喜事。

武裝大國德瓦崗正式承認魔國聯邦是一個國家，此為對外公告的好機會。

不只立文書締定邦交，還能藉這類活動讓其他各國認可我們，希望對今後的國家營運有幫助。

魔物創立新興國度，不曉得人們是否能接受這件事。

這是最大的課題。

話雖如此，先是讓尤姆成為英雄，費茲又替我們放風聲美化，人們已開始認定我們是出力幫助英雄的友善魔物集團。

在這樣的氛圍下，大國正好開口邀請我們。可以藉此一鼓作氣博得信任，算是千載難逢的好機會。

直到博取信用行動塵埃落定前，都不能掉以輕心。至於去人類城鎮遊玩的事，等國家營運上軌道再談也不遲。

「無論如何都要成功！」

聽我這麼一說，朱菜跟紫苑紛紛點頭。

「這是一定要的。」

「包在我身上。紫苑身為您的祕書，一定拚盡全力！」

她們振作精神，開始處理公事。

我則幹勁十足，邊處理目前想到的一切問題，邊等待逐漸逼近的命運之日到來。

＊

有徵兆顯示使節團即將到來。

跪在我跟前的德蕾妮小姐帶來這個情報。使節團一進入朱拉大森林，她第一個動作就是跑來知會我。

「感謝妳特地跑來通知。」

「別客氣，區區小事不足掛齒。」

說著，德蕾妮小姐露出微笑。

笑起來還是一樣美麗。那白皙明亮的面容透著神祕感，看的人將為此迷醉。

假如我不是史萊姆，大概早就陷進去了。

喔，不行，盯著她看太久，朱菜跟紫苑會不高興。我明明是沒眼睛的史萊姆，她們卻神奇地知道我在看哪兒。

是有超能力嗎，還是女性直覺？

總之，別挑起無謂的紛爭才是上策。

「以後有事再拜託妳。」

「當然好。那我先告辭了。」

留下一抹微笑，德蕾妮小姐當場消失不見。還是一樣神出鬼沒，這名女性真讓人猜不透。

如此這般，我接著通知大家使節團會在幾天後抵達。

碰巧就在那時，尤姆一行人來造訪本鎮。

如我所料，尤姆在法爾姆斯王國以英雄之姿飛黃騰達。雖然這個男人當上英雄了，但他還是想來本鎮作真正的自己自由自在放鬆一下。

嘴上說來找白老練功——揭個冠冕堂皇的名目，可是我早就看出他真正的目的是吃美食泡溫泉。

尤姆說這次要住上幾天，我不忘提醒他少惹麻煩。

「聽好，魔王卡利翁的部下要來這出使，你們幾個小心別跟他們起衝突啊。」

「喂喂喂，少爺你把我們當什麼了？該不會以為我們會笨到找魔王爪牙麻煩吧？」

尤姆聳聳肩回話。

話是那樣說沒錯，不過，世上確實存在超乎想像的白痴……

「對了，先別管那個。為什麼魔王的部下會造訪這個城鎮？」

我都還沒回答尤姆，他就先丟問題問我。

魔王卡利翁底下有個重要幹部，曾變成魔王級魔物「暴風大妖渦」的基核。經歷一場大混戰後，我將他從核心分離出來、救他一命，才有機會跟獸王國猶拉瑟尼亞建立邦交……但尤姆等人當時並不在場。

所以說，他們並不清楚後半段如何發展。

我自己也拿不定主意，不確定是否該把真相說出來，一直都沒說明事情原委。

「也對，還是跟你講一下好了。既然這樣，等你泡完澡就來接待室一趟吧。」

「好，我知道了。」

待尤姆回應完畢，我就跟他約時間。

紫苑用熟練的動作記下預定行程。她說要從外在觀感做起，沒想到愈做愈有祕書風範。

接下來，該怎麼對尤姆說明才好。

如果只有尤姆一人，依我看還是說說來龍去脈會比較好。打定主意後，我決定跟他坦白某種程度的內情。

簡單說明我的身家背景，以及跟魔王有何淵源。

該說多深入得好好琢磨一番，可是問我這事情傳出去會不會覺得困擾，倒也不會。正好相反，就算我說自己原本是人類，他們多半也不會採信吧。

趁這個機會說清楚講明白或許不錯。

人家才剛入鎮就拉他站著說話也滿過分的，這類話題還是整頓好再談會比較妥當。懷著如上想法，我才要尤姆等會兒單獨一人進屋。

卸除行囊、洗完熱水澡，尤姆來到接待室。

時間在晚餐後，按當初指定的時間抵達。

「好了，你要跟我說什麼？」

「哎呀，別這麼著急嘛。」

我請尤姆就座。

坐上有靠背有椅肘、鋪了皮料的柔軟長椅（沙發）。

接著我也挪到對面的椅子前。

「先跟你說一聲，可別嚇到喔！」

「嚇到？我怎麼會——」

無視正要發表意見的尤姆，我變化成人類姿態。與其用說的，還不如給他看更快。

「什麼！」

尤姆嚇到啞然失聲。

所以我才提前給忠告嘛，好像沒起到半點效果。

「就跟你說別嚇到了。」

嘴裡說著，我比照辦理朝椅子坐去。

彷彿算好時間，朱菜進到屋裡來。

都按計畫跑。

跟我們打過招呼，朱菜替我和尤姆準備飲料。端出矮人三兄弟次男多爾德作的精美玻璃杯，倒入些許無色透明的液體。

朱菜再度跟我們點頭致意，隨即退到我後方待命。

以這動作為起頭，我伸手拿取玻璃杯。

品嚐那股芬芳，確定成品無虞後，我建議尤姆「來，先喝一杯吧」。

尤姆被我的人化嚇到，又看朱菜的可人模樣看到入迷，一直處於定格狀態。只不過，一聽到我的勸酒聲，他總算有回神跡象。

「沒、沒問題。抱歉，那我就喝他一杯──」

他一邊說並一口氣乾杯，最後噎個正著。

「──咳咳、咳！咕喔喔，這什麼玩意兒？」

朱菜趕緊奉上清水，尤姆則一鼓作氣喝乾。稍微咳了一陣子，症狀好不容易才消停。症狀剛停，他就一副很在意自己喝了什麼東西的模樣，啟齒拿那句話問我。

「你喝不慣蒸餾酒嗎？以前我們跟矮人王國的成員一起辦過宴會，當時他們對於沒酒可喝的事好像頗有怨言。所以他們之前就帶麥酒跟葡萄酒來，可是他們說這種酒喝不醉，一直猛灌酒。所以說，我才想讓他們喝喝本人熟悉的酒。這個是試作品一號。」

整人計畫圓滿成功。

尤姆曾誇口說他是酒國英豪，我就找他來當實驗品。

剛才尤姆喝的是白蘭地，葡萄酒的蒸餾品。

手法有點齷齪就是了，拜「解析鑑定」所賜，我順利重現頂級風味。卑鄙手段再加碼，我的獨有技「暴食者」還加進來大顯身手。

不是發酵就是腐敗，差別在於一個有害一個無害。

拿「大賢者」控制「暴食者」的腐蝕效果，結果我在未精製對人體有害物質的情況下腐蝕成功。

換句話說，它發酵了。

有這能力可用，要精製酵母或麴易如反掌。

我已經把酵母交到朱菜手裡，往後餐桌上將多出麵包。酒就不需多做解釋了，排在眼前的東西即是

成果。

麴還有很多問題待解決，目前正在研究。但不久後，甚至能造出日本酒和味霖、味噌吧。要是能弄到黃豆，應該有辦法製造醬油。

這些技能強到能讓我畫大餅。

我個人有點懷疑發動技能滿足興趣真的沒問題嗎？結論是沒問題。有效運用才能突顯它的價值，發揮真正的長處。

先弄出第一階段的發酵酒，之後就簡單了。

白蘭地不是唯一，我還準備蒸餾麥酒製成的威士忌。

兩種酒的酒精濃度都偏高，喝不慣的人大概會覺得喉嚨很燒。不過，對嗜酒者來說可是難以抗拒的美味。

對尤姆進行這類解說之餘，我一面示範正確的品酒方法。

只可惜我這副身體喝不醉。即便如此，八成是回憶起從前那些感受的關係，心情上有辦法模擬喝醉酒的感覺。

「原來如此。這個喝起來真的很美味呢，少爺。」

「對吧？」

「硬要選邊站的話，我比較不喜歡加水，只加冰塊更對味。」

「你真內行，尤姆老弟。」

看準緊張氛圍卸得差不多了，我開始切入正題。

「那麼，現在就來——」

我接著將至今的事約略說給尤姆聽。

包括轉生的事、其他各類細節，就不曉得尤姆能聽進多少。都喝酒了，搞不好一宿醉全忘光光。我是覺得這樣也好，才硬要上酒啦。

還有另一個原因，總覺得聊這種事扳張臉不太好。

像是跟幾位魔王糾纏不清啦，不用打哈哈的方式實在說不出口。

但尤姆他……

「不，我相信你。畢竟魔物在蓋城鎮，照常理想根本不可能嘛。」

他三兩下用話乾脆帶過。

這傢伙的適應力還真強。

眼下尤姆仍對白蘭地頗有愛，完全不嗆咳地喝得一臉美味。

「不是吧，你相信我？」

「都說我信啦。話說回來，你剛才提到魔王……來人是魔王的部下，實力肯定不容小覷。」

「嗯——誰知道。他們又不是來打架的，只是來調查雙方締結邦交夠不夠本而已。」

「可是，這邊不是派紅丸先生過去嗎？會這麼做應該有所考量，是為了方便對付突發狀況吧？也就是說，對方會基於相同考量，派實力堅強的魔人來訪吧……」

「搞不好會，但不干我們的事。假如我們這邊先出手，到時就沒戲唱了。跟魔王卡利翁敵對一點好處都沒有。我想對你說的只有一句話，白天也已經說過了——別找使者麻煩。你的部下也要確實遵守。我希望這次能和平共處！」

「我知道啦，少爺。就跟你說了，我們也沒蠢到會主動跑去招惹危險分子嘛！」

說得也是。

我接受他的說詞，防找碴對談到此結束。

酒類頗受好評，到時拜訪矮人王國應該能當不錯的伴手禮。

之後我開始跟尤姆天南地北地閒聊，那天晚上一整個耗到很晚。

＊

時隔數日。

不出原定日程，獸王國猶拉瑟尼亞的使節團來訪。

迎賓人由史萊姆狀的我打頭陣，其次是朱菜和紫苑。還有連同利格魯德在內的負責國家營運工作的滾刀哥布林長老們。

蒼影透過他們的影子觀望風吹草動。要是有什麼萬一就能即時飛出。

此外更有尤姆一行人加入迎賓行列，排場看起來還滿浩大的。

在我們列隊迎賓的這段時間裡，使節團現身。

有成排的豪華馬車，用黃金裝飾。

大型魔獸白雷虎拉著那些馬車。身上纏著放出青白電光的雷，光是遠看就很雄壯威武。

不用馬改抓虎來拉車，是不是該叫虎車才對？

按那股強大力量來看，換個裝飾或許叫戰車也通用。

「不愧是獸王國……」

「沒什麼大不了的。在利姆路大人的威嚴下，率領那點程度的魔獸連虛張聲勢都不夠格。」

我發出感嘆聲，卻被紫苑狗眼看人低的字句蓋掉。

不不不，紫苑小姐？

有什麼大不了吧。

「不管從哪個角度看，那都是在對我們展現實力吧。嗆人家的金碧輝煌沒什麼大不了，聽起來好像我們在打腫臉充胖子，反而不好看喔！」

「會嗎？裝飾那一大片又怎樣，戰鬥時根本派不上用場吧？」

「不不不，現在的情況跟作戰八竿子打不著邊啊……」

紫苑還真是……滿腦子盡想些打打殺殺的事。

那些應該是魔王卡利翁精挑細選的人馬，竟然因為對方不著重戰鬥實用性就把他們當白痴看，未免太糟糕了。

「不過呢，工藝方面的藝術性有待加強。仍不及多爾德的手藝。再說還有凱金跟葛洛姆等人幫忙，我們算運氣很好喔。」

「聽您這麼說真讓人欣慰，少爺。」

「我們也跟著顏面有光呢。」

聽完我的感想，人在後方的凱金跟矮人三兄弟引以為傲地笑了。

說老實話，他們每次都配合我的任性要求，真的幫了我很大的忙。工作態度值得更進一步的嘉許。

還在對該國行頭品頭論足，馬車隊列已靜靜地進到城鎮裡。

特別豪華的領頭馬車車門開啟，兩名女子從車上下來。

第一人生著直順的光亮白髮，是四肢纖細修長、睜著貓眼的美女。一看就知道此人是女性，但身上的妖氣相當凶猛，很像勇猛的武將。

第二人頂著金與黑交錯的雙色髮，是走妖豔路線的美人，一對蛇眼如寶石般美麗。乍看之下優雅賢淑，卻帶著冷酷的冰寒氣息，給人難以親近的感覺。

兩名魔人顯然非比尋常。

照身上的魔素量推估，跟之前來過的法比歐並駕齊驅。換句話說，這兩人恐怕……

「初次拜會，朱拉大森林的盟主。我是阿爾比思。人稱『黃蛇角』阿爾比思，魔王卡利翁大人麾下的三獸士之一。」

不出所料是重量級角色，沒想到核心幹部會親自出馬。

這麼說來，另一人也──

「哼！沒必要跟這些小角色打招呼，阿爾比思。原本還在好奇朱拉大森林盟主是何許魔物，看了才發現是弱小的史萊姆。把人當白痴耍也該有個限度！」

「別這樣，蘇菲亞。妳這種行為會令卡利翁大人蒙羞──」

「阿爾比思妳少囉嗦，不准命令我！矮人就算了，竟然跟區區人類──渺小奸詐卑鄙的人類打交道，有失魔物格調！」

看樣子魔人蘇菲亞很討厭人類，一開口就大吐苦水。

只看輕我大不了忍忍就過去了，她卻辱罵在場人類──也就是尤姆他們，不可原諒。

再加上我原本也是人類，更不可原諒。

尤姆怕他們會成為破壞友好關係的導火線，不管被人講成怎樣都照單全收忍氣吞聲。有把我的忠告聽進去。

仔細想想，尤姆這幾個月來實力大幅提昇。不該像這樣被人單方面看扁。

「我說妳，未免把人類看得太扁了吧？給我適可而止。對吧，尤姆？一直被人瞧不起很不是滋味吧？我准了，就讓他們見識你有多少斤兩如何？」

人家尤姆都忍住了，我卻忍無可忍。

有什麼辦法。畢竟尤姆是曾經跟我一同在白老門下修行的夥伴。雖然修行內容天差地別，相較於我和紅丸等人受的磨練根本微不足道……

話雖如此，多虧他好強又天不怕地不怕的個性，才能悶不吭聲地挺過白老的訓練課程。

尤姆還讓我想起日本的學弟田村。

田村是個自以為是又可愛的學弟。尤姆叫我少爺還很崇拜我，對我來說也是很可愛的學弟。比起學弟更像——對了，我們同樣拜白老為師，尤姆就好像我的師弟。

見他被人酸成這樣，我心中那把火燒得比自己遭貶更旺。稍微能體會蓋札王的心情了。

「咦，我，我嗎？」

面對怒火中燒的我，尤姆大吃一驚地回問。

幹嘛一副沒進入狀況的吃驚樣。快點給他們好看。

「就是你。只要沒死都能替你療傷，快讓她嚐嚐你的厲害！」

「喂喂喂，我說少爺……你不是想和平進行避免衝突嗎？」

「笨蛋！少說那麼天真的鬼話！我們是沒有主動出手的意思，但對方過來找碴就奉陪到底。」

沒錯，有人找碴就該奉陪。

再說還有另外一件事有點讓人在意。

「老大，你快點幹掉她！」

「一直被人看扁，感覺很遜耶！」

尤姆底下那群暴徒似乎也有意奉陪。

「嘖，真拿你們沒辦法。少爺，記得替我收屍啊！」

說完這句話尤姆撇嘴一笑，動作流暢地拔出愛劍屠龍剛刀，將刀握好。我的話起到激勵作用，他好像燃起鬥志了。

「我辦事你放心。這裡有一堆回復藥，你別擔心儘管上！」

「了解！」

尤姆應完便向前走去。

相對的，蘇菲亞一臉愉悅地高笑。

接著道出那句話——

「哈——哈哈哈哈！很好，人類。就不曉得你能不能滿足我？」

戰事當前，蘇菲亞這一聲喊得興高采烈。

就在這時——

負責抱住我的紫苑似乎有什麼想法，將我交到朱菜手裡。

咦，難道說……

才想到這兒，紫苑就做出預料中的舉動。

「等等。我一直在旁邊聽都沒出聲，卻聽到一堆罵利姆路大人的難聽話……因為利姆路大人說不可以出手，我才拚命忍耐，看樣子沒必要忍了。妳的對手是我！」

紫苑的眼神充滿殺氣，瞬間採取行動。

尤姆出手還在容許範圍內，但紫苑出馬肯定會搞得很難看……

唉，沒辦法。

照這樣看來不可能擋得了紫苑。事情來到這個地步，只能順水推舟了。重點是對方也幹勁十足，不適合在這個節骨眼上收回作廢。

「有趣！史萊姆的手下有多少斤兩，就讓我──『白虎爪』蘇菲亞親自鑑定一下！」

蘇菲亞顯露凶猛的虎族本性，大聲吼叫。依循最原始的鬥爭本能，紫苑和蘇菲亞展開激戰。現場眨眼間淪為戰場。

另一方面，來看看尤姆。

「──受不了。蘇菲亞真讓人頭大。克魯西斯！你去對付那個人。」

無視交戰的紫苑和蘇菲亞，「黃蛇角」阿爾比思對其中一名魔人下令。

「就算我在獸王戰士團裡敬陪末座，要我對付人類也太……好吧，就陪你這個人類玩玩！」

嘴裡邊發著牢騷，一名外貌精悍的年輕人出列。

灰髮灰眼，褐色肌膚，身材屬於精瘦型。

雙手拿著大型刀具把玩，用銳利的目光緊盯尤姆。

態度上把尤姆看得很扁，然而他目光銳利，恰似凝神品評獵物的獵人。

跟脫口的話相反，絲毫沒有鬆懈跡象。

不愧是卡利翁的部下。

雖然說自己敬陪末座，卻是一流的戰士。

我記得好像聽人說過卡利翁率領獸人族。

蜜莉姆跟我透露不少資訊。

一開始還要說不說的，結果我才稍微秀一下甜點，她就改口：「其實真的不能講啦，但我可以破例說一下。」然後說得超鉅細靡遺。

獸人顧名思義就是可以變身成野獸的亞人。

除了狗、貓、猴、熊、蛇、鳥這些代表性類別，還有象之類的大型稀有種。

再者，豬頭族（半獸人）或狗頭族這些低階魔物無法變身，屬於劣化獸人。結論就是獸人在魔物裡屬於高階族群。

同時具備人與魔的性質，一生下來就等同低階魔人。

一旦變身，將能發揮與本身特質相應的能力。

天生就是驍勇善戰的戰士，在這個弱肉強食的世界裡有一定地位。

若她提供的情報正確，獸人應該能從人型姿態「變身」成具野獸特徵的模樣。獸化姿態似乎才能展現真正的實力，表示對手雖沒掉以輕心卻不打算認真作戰……

蘇菲亞目前也還處於人型狀態。

紫苑究竟能不能打贏她？

不管結果是輸是贏——

紫苑對蘇菲亞，尤姆對克魯西斯。

兩起戰事已經點燃戰火。

我被朱菜抱在懷裡，於一旁靜觀其變。

＊

紫苑和蘇菲亞的作戰過程只能用精彩來形容。

雙方都對打鬥這碼事樂在其中——講白點就是戰鬥狂，光顧著出招出到渾然忘我。

目前兩人的速度及力量不相上下。戰況一度陷入膠著。

不過據我觀察，蘇菲亞的魔素量遠比紫苑還多。繼續打下去，紫苑肯定會屈居下風。照理說應該是這樣……

紫苑沒拔大太刀，赤手空拳對付蘇菲亞。

這表示她不打算取人性命，還是沒認真打呢？對手是實力在自己之上的魔人，現在不是裝從容的時候……

我沒料到紫苑會跳出來參戰，不過既然事情都演變成這樣，總該拚盡全力，以勝利為目標。

「紫苑那傢伙沒問題嗎？連刀都不拔，感覺好像在讓對手……」

「沒問題的，利姆路大人。別看她那樣，紫苑可是僅次於哥哥的強者。」

朱菜對我的自言自語做出回應。

她似乎早就看出紫苑在鬼人裡算第二強者。如今更掌握紫苑等人的戰況走向，獨有技「解析者」並非浪得虛名。

講歸講，朱菜應該也看出蘇菲亞頗具實力。但她卻不擔心紫苑，這就證明她對紫苑很有信心吧。

「——的確如此。正面硬碰硬，紫苑比我還能打。雖然很不想承認就是了……」

潛伏在我影子裡的蒼影亦心不甘情不願地表示贊同，想必紫苑真的很強。

她不只是一個很令人遺憾的祕書小姐。

我們邊聊這類話題，邊觀望戰況。

紫苑和蘇菲亞忙著搏鬥。互以技量、力氣較勁，逐步逼出對手的實力。

兩人誰也不讓誰，戰火持續延燒——

再來看另一邊的尤姆等人。

他們兩個一開打就祭出高難度技巧。

尤姆真的變強了。跟數個月前的他判若兩人。

這些日子他巡迴本鎮和法爾姆斯王國周邊都市、村莊，退治魔物之餘順便讓英雄的名聲遠播。經歷諸多戰鬥，相對累積不少經驗。實力等級大幅攀升。

如今已是無可挑剔的Ａ級強者。

乍看之下會讓人以為他發動攻擊是靠蠻力揮動沉重的屠龍剛刀。然而，這想法大錯特錯。那只是他精心計算的開場攻擊。趁對手避開這一擊出現破綻時，直接來個回馬槍，進行多段攻擊。

尤姆揮起屠龍剛刀輕鬆自在。運用超乎常人的超強技巧和力量對敵方魔人展開追擊。

敵方魔人——克魯西斯也不是省油的燈。

尤姆的斬擊似要將對手一刀送上西天，他卻在緊要關頭避開。不僅如此，他更以變幻自如的動作反擊尤姆。

雙手拿著大型刀械，展現驚人的高速連攻。動作美得像在跳舞一樣，將獵物逼至絕境、撕成碎片。

可以看出克魯西斯這個魔人對速度多有自信。

雖然與飛毛腿魔人克魯西斯為敵，尤姆依然笑得很樂在其中。發揮十足十的實力與魔人作戰，或許讓尤姆對自己有所成長的事多了實際體認吧。

一攻一防，攻守在眨眼間幾番輪替。

此時克魯西斯朝尤姆丟刀。

尤姆不以為意地避開。接著就地揮動屠龍剛刀，朝克魯西斯砍出奪命一擊。

但克魯西斯朝前方地面滾動，閃身避開此劫。還從尤姆腳邊溜過，漂亮地繞到背後。

尤姆為了進一步追擊轉頭看去，而克魯西斯丟出的刀正好化作迴旋鏢轉回他手中。

雙手刀交叉揮舞。

一把大劍接下那記劈砍。

實力不相上下。

讓人不由得發出感嘆，是場精彩的勝負。

「尤姆這傢伙，還真有一套。居然跟那個名叫克魯西斯的魔人打成平手呢……」

「說得是。這場戰鬥真的很精彩。」

我懷著佩服的心誇獎尤姆。抱著我的朱菜似乎也頗有同感。

看樣子，尤姆比預料中成長更多。

哥布達也一樣，白老在指導時最看重速度。反應稍微慢一點，就會付出慘痛的代價。若不想吃虧，免不了要磨練洞察力。

這就是尤姆反應飛快的祕密。

另外還有一點。

我送給尤姆的骸甲全身鎧也藏有祕密。

此鎧甲的特徵在於重量輕，防禦力極高。但更棒的是，它能與裝備者的動作相輔相成，具提高反應能力的效果。

武器及防具一旦沾染魔素，性能就會隨持有者契合度產生變化。用得愈久，該性能就愈高。

這套骸甲全身鎧也不例外，大概跟持有者尤姆產生默契了。

表示在最近幾個月以來的戰役裡，尤姆已經徹底駕馭骸甲全身鎧。

有這兩大要素加持，尤姆才得以練就不遜於魔人克魯西斯的身手。

就這樣，兩對人馬的交戰熱度持續增溫。

途中——

紫苑和蘇菲亞似要互探彼此的底細，攻擊越發猛烈……

「哈哈哈！居然能讓我打得這麼盡興。」

「哼，妳這獸人可別小看我！鬼人的力量足以粉碎天地，現在就讓妳瞧瞧！」

「哈哈哈哈哈，好啊，就讓我瞧瞧！再替我多找點樂子吧！」

決勝時刻即將到來。

蘇菲亞面帶笑容，伸長雙手的指甲砍向紫苑。那些指爪放出藍白色光芒，還帶著電。或許身為白雷虎的飼主就該這樣吧，她八成能操控雷電。

不過，紫苑也不輸人。

她沒有拔出大太刀，用雙手接住蘇菲亞的電爪。一接下電爪，情況就如雷電通過避雷針，電流自紫苑體表流竄而過。

蘇菲亞那電爪沒有撕裂紫苑的皮膚，被紫苑接住了。電流更導入地面，並未對紫苑造成致命傷。

發現電流被人導開，蘇菲亞「哦」了一聲，看似佩服地瞇起眼睛。

剛才紫苑用的是「氣鬥法」技藝之一，名叫「金剛法」。操縱氣，讓身體變得如鋼鐵般堅硬。再用鬥氣護住體表，分散敵方的攻擊力。

可想而知，這種技藝沒那麼好練。而紫苑漂亮地運用在實戰上，完美程度堪稱典範。

「覺悟吧！接下來輪到我——」

「好啊，放馬過來！我也開始覺得熱血沸騰了！」

繼蘇菲亞之後是紫苑。

明明就沒講好誰先誰後，紫苑卻一臉理所當然地擺好架式。

白老也大致教過赤手空拳的格鬥技巧，但紫苑用的不是那個。她似乎打算擊發只著重威力的超大型魔力彈。實在太瘋狂了，紫苑正馬力全開凝聚妖氣。

話說白老教的技藝，通常會在戰鬥過程中自然而然定敵方生死。不會像紫苑那樣，明目張膽地凝聚全身妖氣擊發。要是在戰鬥中出現這種破綻，敵人就會有攻擊自己的機會。

然而蘇菲亞卻把集氣動作視為理所當然，張開雙手，一副要等她集完再接招的模樣。

我完全無法理解戰鬥狂在想什麼。
紫苑好像準備就緒了。
這段時間在戰場上足以使人丟掉性命，對觀戰者來說卻只是一小段時間。
紫苑集氣時，蘇菲亞一直帶著愉悅的笑容，沒有挪動分毫。
對此，紫苑扯嘴一笑。
「讓妳久等了。來，接招吧！」
妖氣在紫苑的雙手間凝結，眼看她就要擊發蘊含凶惡破壞力的凝聚物——
「到此為止！」
這記聲響替爭鬥劃下休止符。
一把金色錫杖突然竄至紫苑前方。
是阿爾比思出手制止她們。

＊

企圖釋放妖氣彈的似乎不只紫苑一人，阿爾比思的尾巴亦掃至蘇菲亞面前。
尾巴。
沒錯，阿爾比思是半人半蛇的獸人。上半身仍維持美麗的女性姿態，唯獨下半身變成黑色巨蛇。
她在無人察覺的情況下「變身」回原型——也就是「獸化」。接著悄聲無息地移動，干涉紫苑和蘇菲亞的戰事。

身上完全沒走漏半點妖氣。就連我都沒辦法徹底壓抑妖氣，可見這人本領高強。

三獸士果然名不虛傳。關於這點是該放開心胸褒獎一下。

聽到阿爾比思出聲制止，克魯西斯也從戰鬥中抽身。尤姆跟著頓住，改用困惑的眼神看我。

我也朝尤姆點點頭。

「覺得還滿意嗎？那麼，我們是不是夠格了？」

「當然，我方人員都很盡興。對吧，蘇菲亞。這樣妳就沒話說了吧？」

「沒話說。我也很滿意。確實夠格跟我們平起平坐。我已經確定了。」

蘇菲亞答話時笑得極為爽朗。此外——

「你們也沒意見吧？往後再敢因對方的人類身分說三道四，老娘可不會隨便聽聽就算了！」

她還對獸人族同胞放話。

跟尤姆交手的克魯西斯頷首並開口答話。

「蘇菲亞大人說得對。能跟我打到這種程度的人沒幾個。大夥兒聽好，要對此以禮相待！」

說完，克魯西斯放聲大笑，還對尤姆伸手。

尤姆亦苦笑應允，兩人來個大力握手。

——雙方在這瞬間達成和解。

阿爾比思的反應讓我確定一件事，這些傢伙的目的果然不出所料。

講白點，他們在試探我們。故意挑釁我們，看我方會做出什麼反應。

開始產生疑問的時間點是蘇菲亞罵我是史萊姆、看不起我時。

魔王卡利翁看過我史萊姆的姿態，知道我原本是史萊姆。他一定對部下提過。

而且——

他以自己的名號發誓，約好要與我方締結友誼，總不可能又看輕我這隻史萊姆，臨時反悔吧。

所以我靈光一閃，猜想蘇菲亞可能是為了挑釁我方才借題發揮。她認為只要貶低對方的主子，肯定會有人大為光火。

另外還有一個理由。

就是這些獸人……在我看來實在老實得過分。

例如稱號。

阿爾比思自稱「黃蛇角」，看到她現在的模樣就明白為何那樣叫。因為她下半身是蛇，頭上長兩根角。分枝的龍角散發金色光芒，看起來很有玄機為其特徵。

蘇菲亞也是。

按「白虎爪」這個稱號做聯想，肯定是虎類獸人。剛才作戰時曾用電爪當武器，我想得應該沒錯。

依我看八九不離十，先前來的「黑豹牙」法比歐也不例外，大概是黑豹獸人，擅長用牙攻擊。也有可能是拿黑牙當武器的豹類獸人啦……

諸如此類，該種族八成很老實，老實到拿本該暗藏的特徵當稱號。

老實說我有種感覺——戰鬥時正面對決、不耍小手段，這對獸人族來說想必是很光榮的事吧。

這樣的種族，不可能違背主子魔王卡利翁的命令。

而我的推測一語中的。

接下來，還剩另外一批人沒處理。

「紫苑，妳是不是也能接受這樣的結果？」

我朝仍操著巨大魔力彈的紫苑出聲，結果她不知所措地回看我。

「是沒問題啦……但利姆路大人，這個該怎麼辦？」

「這個」是指魔力彈吧？

「沒辦法消掉嗎？」

「——消不掉。該說我已經沒力氣消了。」

仔細一看，紫苑整個人都在細細發顫，魔力彈隨時有擊發可能。她眼裡還含著淚水。

看也知道她筋疲力盡撐不住。

一票人嘩的一聲，從紫苑身旁散開。

「紫、紫苑。冷靜。動作輕一點。輕輕地將那樣東西往上抬。」

我想最緊張的人莫過於靶心蘇菲亞吧。

至於阿爾比思嘛，她速速將錫杖收回手中，完成避難動作。跑路速度真不是蓋的。

——雖然她是蛇，沒腳就是了。

蘇菲亞也想向後撤退，沒想到跟紫苑之間啪出一道電光，害她逼不得已停下腳。看樣子蘇菲亞身上那些電跟紫苑的妖氣起反應，產生絕妙的力場。

「喂，妳要撐住啊！」

她拚命替紫苑打氣。這件事攸關自身性命，聲音裡聽得出蘇菲亞喊得很拚。

真拿紫苑沒辦法。

居然出全力聚氣聚到連自己都控制不住……

「紫苑，用那個打我！」

我從朱菜手中跳離，迅速跑到紫苑和蘇菲亞中間。然後就地人化，舉起左手朝紫苑大叫。

「可是——」

「沒問題。相信我！」

「是！」

雖然她驚惶失措舉棋不定，但不管怎麼說，要撐也撐不下去了。

巨大魔力彈就此射出。不過，它只留下短暫的光芒，被我的左手吸得一乾二淨。

我發動獨有技「暴食者」吞掉魔力彈。

獸人族一行啞然失聲。

紫苑安心地癱坐在地。

我則愣愣地吐出嘆息。

再來換盛大的歡呼聲湧現。

就這樣，戰場總算歸於平靜。

順便說一下，我有點好奇要是我們沒中激將法，他們會怎麼做。

「要是我方沒中激將法，你們打算怎麼辦？」

「嗯？那就麻煩了。不過，碰上連應戰都不敢的軟腳蝦，我們絕不會把對方當朋友看。締結邦交的事大概會作廢吧，我想卡利翁大人應該能夠諒解。」

帶他們前往城鎮的路上順便問問，結果對方的回答還挺簡潔有力。

面對這群人用不著猜心思，個性上都很正直。

這樣一來，今後的交流應該會進展愉快。

想到這兒，我的心情頓時輕鬆許多。

＊

當天夜裡我們舉辦歡迎晚宴。

朱菜使出渾身解數烹製菜餚，讓我對這場晚宴相當期待。

各種酒類也跟著解禁。

一道道熱騰騰的料理排妥後，宴會正式開始。

結束巡視工作歸來的哥布達跳起滑稽舞蹈，逗得大家呵呵笑。

白老則表演劍舞，贏得獸人族尊敬。

矮人們更對朱菜示好，抱著必死的決心。每次總會落得狂喝悶酒。

以及尤姆他們堂而皇之地開起賭盤。以前我想說玩個遊戲打發時間，曾經教他們打過麻將。

目前看來，剛才跟尤姆對戰的魔人克魯西斯似乎滿感興趣的，跑過去加入他們。

那我也來插一腳好了，沒想到朱菜對我大發雷霆。

她說：「利姆路大人不擅長賭博，請您要有分寸。」

我自己也心知肚明。

我這人一陷下去就不知節制。

「大賢者」明明在腦袋裡勸我《南家可能在聽這張牌——機率百分之九十九。》結果我自認「現在出才叫男子漢！機率都給我去吃屎啦！」，把牌出出去還放槍。

上述情形屢見不鮮。

正所謂喜歡卻不擅長的興趣吧。

至少可以確定開「大賢者」一定百戰百勝就是了……

賭博這檔事，認真就輸了。道理我懂，但就是學不乖。

每次都這樣。

是說這次的目的在於招待客人。

就聽朱菜的勸，今日來當獸人的顧問好了。想著想著，我跑去找阿爾比思跟蘇菲亞——一去就看到喝得一發不可收拾的醉鬼兩枚。

使者們拚命制止，嘴裡說著「請您別再喝了！」。不過，他們的主子只把忠言當耳邊風。

阿爾比思用蛇尾抱住酒桶，整顆頭直接塞進去喝。那是蘋果白蘭地，酒精濃度很高。又甜又順口，我本想之後慢慢品嚐才偷藏這種頂級酒。

「是誰把酒桶交給她的……」

我懷著悲傷的心情，朝另一名醉鬼看去。

只見那裡有隻白色巨虎。不是我亂講，看起來真的很大。

蘇菲亞已經跳脫獸人領域，變成徹頭徹尾的野獸。

這邊這位正在舔裝滿大杯子的蜂蜜酒。

舔得好專心。

——這樣下去不行！

以上是我的感想。

倒在一旁的酒桶已經超過十個，兩人到底喝多少一目了然。

話雖如此，還在忍受範圍內。用的是蜂蜜沒錯，卻非阿畢特採到的稀有物，而是來自巨蜂巢的蜜。用天然素材製作的酒無法生產太多，但這點程度的東西以後再補作就是了。

問題在於獸人應該藏住真實面貌，她們卻大大方方露個徹底。

「喂喂喂，獸人的『變身』姿態隨便露給別人看不太好吧？」

我趕緊提問。

來自蜜莉姆的情報應該不會出錯才是……他們的回答卻讓我很驚訝。

「原來是利姆路閣下，抱歉讓您見笑了——」

有人難為情地答話，是名叫安利歐的獸人。他是法比歐的心腹，這次似乎特意來找我道謝。一直低頭謝我救助法比歐。

這位老兄安利歐向我說：

「的確，獸化姿態每個人不盡相同，但並沒有規定不能讓其他人看到。不過呢，這姿態如您所說，不會隨便在自家人以外面前展現。」

說詞如上，這件事被人雲淡風輕地帶過。

不僅如此，安利歐還針對蜜莉姆爆過的料進一步做詳細說明。

「喂喂喂，這不是獸人族的祕密嗎……」

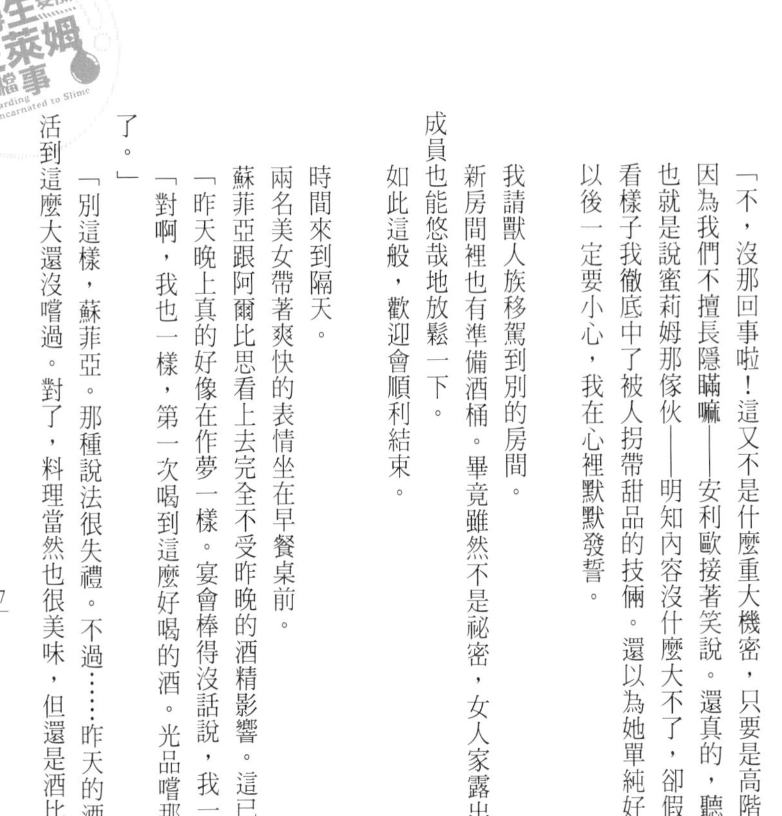

「不，沒那回事啦！這又不是什麼重大機密，只要是高階魔人都知道。」

因為我們不擅長隱瞞嘛——安利歐接著笑說。還真的，聽起來在獸人圈裡根本不算什麼祕辛。

也就是說蜜莉姆那傢伙——明知內容沒什麼大不了，卻假裝在祕辛大爆料，把我騙得團團轉……

看樣子我徹底中了被人拐帶甜品的技倆。還以為她單純好騙就小看人，沒想到蜜莉姆魔高一丈。

以後一定要小心，我在心裡默默發誓。

我請獸人族移駕到別的房間。

新房間裡也有準備酒桶。畢竟雖然不是祕密，女人家露出那種樣子還是不太好。而且希望其他同行成員也能悠哉地放鬆一下。

如此這般，歡迎會順利結束。

時間來到隔天。

兩名美女帶著爽快的表情坐在早餐桌前。

蘇菲亞跟阿爾比思看上去完全不受昨晚的酒精影響。這已經超越酒豪境界了，我邊想邊故作鎮定。

「昨天晚上真的好像在作夢一樣。宴會棒得沒話說，我一定向主子傳達這份感動。」

「對啊，我也一樣，第一次喝到這麼好喝的酒。光品嚐那好滋味就知道，跟這個國家交流真是選對了。」

「別這樣，蘇菲亞。那種說法很失禮。不過……昨天的酒確實很好喝。真的，那麼濃郁的滋味，我活到這麼大還沒嚐過。對了，料理當然也很美味，但還是酒比較——」

兩人不約而同大讚那些酒，菜餚的事則被晾在一旁。

聊著聊著，我提到目前仍無法插手水果栽培工作，故水果產量遲遲無法提高。

事實上，現今的糧食產量已大幅改善。然而這跟我們重點栽培可以當主食的小麥大麥等穀類，以及生產效率高又能當副食的薯類有關。

除了這些，我們還試著栽培稻米，首要之務在於米的品種改良。

我跟費茲等人打探過，但他們說不清楚有哪兒在種稻米。既然如此，只能自食其力種種看。一旦種植美味稻米的技術有了眉目，我就要將種麥的耕地改成水田，來個大規模種稻。

推行種稻計畫絕對不是用來滿足我的一己之私。米的營養價值很高，聽說跟麥類混合攝取能促進飲食均衡。

如果是具備肉體的魔物，身體結構就和人類差不了多少，所以我們要努力朝飲食均衡的方向邁進。不過呢，只要弄到米，量產日本酒將不是夢，本人的確懷有這份小小希望啦。

一部分理由在此，才沒空插手水果栽培，也分不出時間開墾新耕地。工程計畫又塞得滿滿滿，目前都靠蓋德硬撐。

我對用來當甜點的水果有一股渴望在，但填飽五臟廟的手段尚未臻於完善，因此我先把水果的事擱在一旁、告誡自己不能太貪心。

我針對這些點稍作說明。

緊接著阿爾比思就——

「原來如此，是這樣啊。那我就幫忙周轉一下，把上繳至我們猶拉瑟尼亞的水果運來這裡。所以說

——」

——你就用那個造酒，再分一些酒給我們——

好像有這麼一句副聲道音效竄入耳裡。

「——比例怎麼配？」

問題一出，蘇菲亞就笑著回答。

「這種小事隨你決定！我只要能喝到美味的酒就行了。魔王領土的果實品質一級棒，敬請期待！」

她掀幾下嘴皮，所有的雜事就落到我身上。

我個人也覺得這問題難以決定，她的回覆可說正合我意。

就算沒有要賣只是自用的，要搬一堆成品酒依然工程浩大。

假如能讓貨幣流通，我就不必為這種以物易物行為煩惱了……

獸王國知道貨幣流通的好處，卻因非必要而不予採用。

不透過貨幣交易，感覺好麻煩。

這時我突然想起某些專家專門處理那類麻煩事。

話說狗頭族商人——代表人稱作柯比——他們好像說過有時會去魔王領土走賣。我看就跟他們商量一下好了。

事不宜遲，趕快派人去請柯比吧。

柯比通常待在商人辦事處，隨叫隨到。

「利、利姆路大人，有何要事——」

「來說一下，我會派這位柯比率領的狗頭族商人過去，若你們肯核發通行證會比較方便。」

「沒問題。我們能保障他們在猶拉瑟尼亞境內的人身安全。」

「啊，咦，什麼！這不是三獸士嗎？」

「這樣我們就好辦事了。對喔，除了酒以外若還有其他喜歡的東西，我們也願意賣喔！」

如何？我用眼神詢問，阿爾比思馬上插嘴，臉上寫著「就等這句話」。

「關於這點，是有中意的東西沒錯。你們穿在身上的衣服，布料看起來很好呢。昨晚睡覺用的棉被也很棒，摸起來很舒服，我們非常喜歡。希望貴國可以賣這些東西給我們。」

看來阿爾比思對最近量產成功的地獄蛾魔絹極有好感。我請人拿一匹魔絹布給她，結果阿爾比思雙眼發亮，看得如痴如醉。

「務必賣這樣東西給我！」

這素材不單美麗好摸，防禦力還很高。要點頭應允可沒那麼簡單——我在做生意呢。

「他們好像要這個耶，柯比。果然大美女對這類東西很沒抵抗力呢！」

「不，不是指這個！請、請等一等！現在是什麼情形——」

「柯比也說過，那是我國的特產，數量稀少又昂貴。有沒有什麼東西跟它價值相當呢？」

用來交換水果，是可以拿適量的酒跟少量魔絹支付啦，可是我想硬起來討價還價。這樣一來，對利益敏感的柯比一定能諒解吧。

「要找我們能拿來支付的東西，就屬這類用於裝飾外表的石頭吧。」

說完，阿爾比思拿出色彩繽紛的美麗石塊。

看起來很像「魔晶石」或萃取物「魔石」，但顏色不黑八成不同。

我拿起一顆做「解析鑑定」，成分顯示為寶石。

可想而知，這個世界有寶石也是很自然的事。

「哦，原來是寶石啊。既然要換，我比較想要黃金啦──」

「利、利姆、利姆路大人，怎麼可以對三獸士大人──」

「黃金嗎？好像有吧。」

「是的，我們有。除了裝飾宮殿沒有其他用途，繳來的黃金都直接入庫保管了。」

「喔，那我想換那個。」

黃金有很多用途。可以用來加工，還能直接跟矮人王國貿易，或是拿來當金幣原料。

柯比從剛才開始就興高采烈，想必對這筆交易很滿意。

尾巴一直開心地搖啊搖，肯定沒錯。

「加油吧柯比。有大買賣嘍！」

「所以說，利姆路大人！這買賣大過頭啦──────！」

雖然柯比在大聲哀號，我卻笑著裝作沒聽到。

*

一會兒後柯比大概心情放棄地轉為冷靜，人已經心如止水。

他明白這件事木已成舟，決定往積極的方向看。心情轉換得好快，不愧是商人。

接著我們開始討論細節。

雜項取決似乎是隨從的工作，改由魔人安利歐出面對應。看開的柯比展現商人本色，與對方大膽交涉。

隨商人柯比自由發展，我們開始品朱菜泡的茶順便喘口氣。

一直以來，狗頭族商人似乎都不被允許進入獸王國猶拉瑟尼亞。此舉並非針對狗頭族，所以獸王國猶拉瑟尼亞才會成為遠近馳名的不允許弱者進出的修羅王國吧。

在魔王卡利翁治理的魔王疆域裡，一切財富都要繳納至中央國庫。因此在通常情況下，中央政府的需求都能獲得滿足。

狗頭族商人會巡迴中央以外的被支配種族城鎮或村莊，工作就是為他們配送欠缺的生活必需品。

從這種等級一口氣升至御用商人，怪不得柯比會嚇成那樣。

其他魔王領土似乎也是如此。

說到「天空女王」魔王芙蕾的領土，甚至連都市都不給靠近。

那是座天空都市——天翼國弗爾布羅，聽說將沒翅膀的人全拒於門外。

根據傳聞指出，該城貫穿高聳入天的山脈中腹，形成層積型都市空間。

我生前的工作和建設有關，實在很想去參觀一次，但聽起來好像很難進去。

而魔王蜜莉姆的疆土離這裡太遠，連去那做生意都很困難。

唯一例外的是魔王「操偶傀儡師」克雷曼，允許全境商人自由出入。

好像還對經濟學很有一套，境內以貨幣當貿易媒介。

傳聞跟東方帝國有貿易關係，讓人覺得這個魔王很懂得運籌帷幄。

只不過，聽說這些魔王鄰居的相關情報後，就屬這個魔王克雷曼最有可能在背地裡操縱豬頭帝（半獸人王）。

有財力、能替半獸人準備各種裝備，感覺只有魔王克雷曼才辦得到。

可是，我沒有證據。

再說我也懷疑此事不是魔王幹的，而是人類從中作梗。

總之，眼下先把這件事擺一邊。

品茶時，我從阿爾比思和蘇菲亞那聽說這些。

在我們閒聊的這段期間裡，雜項討論也順利告一段落。

「利姆路大人，小人柯比對您的感謝難以言表。我族一直以走商為業，竟蒙您交辦如此重大的買賣——」

柯比跪在我面前，說得感激涕零。這次尾巴就真的搖得很厲害了，搖到都快斷掉。

「柯比。好好加油吧。可惜還要過一陣子才能修整道路，目前你們移動起來可能會很吃力。」

我要蓋德整頓通往矮人王國的道路，接著修建連通布爾蒙王國的街道。同時修建更多的路會讓蓋德負擔過重。

「別在意！那是我們該操心的事！」

像要替我揮去擔憂，柯比笑臉迎人地回應。

雖然長著一張狗臉，但他看起來真的很高興，顯然是真心話。他們習慣往險惡之地做買賣，到時移動起來應該不會有太大的痛苦才是。

「人手夠嗎？」

現在才問好像有點晚，但我還是問了這個重要問題。

「這方面也沒問題。多虧利姆路大人同意我們在鎮上設置據點，於朱拉大森林活動變得很順利。人員上綽綽有餘。」

「是嗎？那就好。既然這樣，由我來安插護衛吧。」

「謝謝您。真是幫了大忙！」

柯比先是跟我連續道了好幾次謝，接著就換上嚴肅的表情、充滿決心的眼神，拔腿朝他們的據點跑去。

面對新到手的大生意，他似乎打心底充滿幹勁。

很好。真是太好了。

一旦確定要交易哪些商品，是能用傳送魔法陣傳送，不過，要定量很難又有其他限制。少量還行得通，如此龐大數量的商品基本上得以搬運為主。

此外，若不實際鑑定商品、進行等價交換，恐怕會埋下糾紛的導火線。

這種情況下，拜託有可信度的人居中周旋是最保險的。單就該點來看，跟哥布林族長時間有交情的狗頭族商人接下這筆買賣當之無愧。

該說他們是最棒的人選。

我也能因此放心，不必為煩人的以物易物苦惱。

魔國聯邦與獸王國猶拉瑟尼亞就此正式展開貿易。

＊

之後又待了幾天，三獸士蘇菲亞和阿爾比思啟程返回獸王國猶拉瑟尼亞。

身為部下的魔人安利歐和其他隨從仍留在鎮上。聽說上頭的人交代他們來學習我國各類技術，所以這些人每天都很努力學習。

他們看到凱金和矮人三兄弟的工房覺得很佩服，參觀施工的建築物時不忘熱心調查強度。另外還跑去視察街道整頓工作，似乎對效率之高嘖嘖稱奇。

更甚者，他們還說哪天有機會想親自進場體驗一下。

「若您准許，我們也想一起工作。」

後來這夥人開口提出請求。

並說滯留期間沒有規定長短，一直到交接人抵達前都想住在城鎮裡。

我跟利格魯德討論後，決定應允他們的提議。

此後還不到一個月，他們就加入大家，正式協助作業。

這些人比想像中還要來得認真，個性隨和。

而獸人中唯獨某人單獨行動。

是克魯西斯。

安利歐等人奉命前來學習技術，克魯西斯則不同。

「閉門思過的『黑豹牙』法比歐大人對我下令，要我幫忙利姆路大人。希望能報答您的恩惠——」

說完這些，克魯西斯就自願加入城鎮護衛隊。

話是這麼說，我只看到他跟哥布達等人一起巡邏、跟尤姆等人一起接受白老的特訓，好像愛幹嘛就幹嘛。

沒關係，看他混得很開心，依我看沒什麼大問題。

——就這樣，來自獸王國猶拉瑟尼亞的使節團和魔國聯邦成員自然而然地打成一片。

第二章

來自蓋札王的邀請

Regarding Reincarnated to Slime

為發燒所苦的孩子出現在眼前。

額頭上放著用來退燒的濕布。

變溫前又有新的布泡水，接著水被擰乾。

照料得很悉心。

明明不是自己的孩子。

那孩子微微睜開眼睛，我則綻放微笑，對他說「沒事的」。

或許覺得很放心的關係，孩子再度閉上眼睛沉睡。

夢不斷重複。

畫面轉暗。

每換一次就出現不同的孩子。

孩子們看起來很痛苦。

——對，這應該是夢才對。我的心情卻沉重不已。

唔——……

虧我特地練習睡覺還學會睡懶覺，卻老作苦悶的夢。

這是在懲罰我嗎？

不，怎麼可能。

拋開負面想法，多看光明面吧。

表情灰暗會害大家擔心，必須裝出開朗的模樣——

＊

和矮人王蓋札約好的日子即將到來。

長時間出差的紅丸終於回來了，這樣我才可以放心前往矮人王國。

假如紅丸遲到，我就得請對方通融並延後拜訪時間。畢竟我會擔心外出時國家是否安全無虞。

紅丸和利格魯向我報告獸王國猶拉瑟尼亞的情況。

首先是紅丸發言。

「戰士團只有『厲害』兩個字能形容。鍛鍊得相當徹底，連一兵一卒都不放過。把魔王卡利翁和利姆路大人剔除在外，光派我們這些人作戰，勝算上有很大的疑慮。」

紅丸好像把視察重點擺在軍事層面。

根據他的判斷顯示，獸人軍團實力了得。

「對方派來的使者也對我方戰鬥訓練讚譽有加耶……」

「應該是白老在的關係吧。光看訓練程度，我們不輸他們。只不過，人數跟基礎能力差太多了。講白點，五萬名獸人比半獸人二十萬大軍更危險。選擇避開戰爭是對的。」

紅丸是很有自信的人，該國戰力卻讓他對獲勝沒把握。果然沒錯，魔王軍不是好惹的。

無論如何，戰爭是最後手段，藉由交涉避免上述情況發生，這才是高明的外交手法。

「不過，既然這樣，擬個不需正面對戰也能贏的戰術不就得了。」

「戰術嗎？」

「嗯。基本上，作戰時只要打倒敵方大將就算贏吧？用不著擊潰人數眾多的敵兵部隊，只要針對指揮官個別擊破就行了。打倒指揮官之後，再斷他們的各方補給、癱瘓指揮及通訊系統不就成了？」

「鎖定指揮官……原來如此……」

「沒啦，不用想得太複雜，半獸人王之役不就用過這招嗎？沒滅掉二十萬大軍，只料理首領。再以部隊為單位套用。朝打倒敵兵帶頭者的方向訓練，應該能讓戰況進展得更順利。」

「的確。斷絕指揮系統，對手就會變一群烏合之眾。」

「就是那樣。我想用不著我多說，你們也知道被人斷絕指揮系統會很麻煩吧？會讓我方頭大的事換個角度先下手為強，情勢就會對我們有利。提昇個人基礎實力的水平確實有難度，你只要朝該方向訓練士兵團隊合作就行了。然後我再利用『思念網』，讓大家搞不清誰是指揮官，應該能稍微提昇戰力吧？」

「有趣。我想到新的訓練方式了。最近大家被白老狂操也不會唉唉叫，正好可以進入下一階段。」

「不錯喔。那就拜託你嘍。」

紅丸開心地咧嘴而笑。

看過獸王卡利翁自豪的軍團後，他似乎有危機意識了。

不過，我提的點子好像讓他靈機一閃，對此不再惶惶不安。

答應代替外出的我保家衛國之餘，紅丸還要跟白老同心協力鍛鍊魔物士兵。

再來是利格魯。

「跟我國相比，猶拉瑟尼亞的建築物很粗糙。可是，王宮相當富麗堂皇，財富明顯集中在一方身上。但這不是壞事。因為居民都希望這樣。魔王卡利翁跟底下的獸王戰士團影響力驚人，人民都在保護傘下過著安穩的生活。」

不愧是魔王卡利翁。

徹底捍衛自身國土。

光想起那身霸氣就讓人怕得發抖，會有如此報告也能讓人理解。

利格魯繼續報告下去。

「不僅建築層面，工藝等部分也是我國技術力領先。」

「哦。也對，不僅有凱金等人坐鎮，還有黑兵衛和朱菜嘛。表示我國的技術力相當優越嗎？聽到這種話真讓人開心。」

「正是，利格魯說得沒錯。我也這麼認為，獸人和受他們庇護的種族都過著簡樸生活。」

是喔。

不光只有利格魯，連紅丸都這麼認為嗎？也就是說，我們的生活水平提昇不少。

跟人稱豐饒國度的魔王直轄地相比，我方毫不遜色。

才剛想到這兒，利格魯又繼續說：

「唯獨一點棒得沒話說，好到讓人瞠目結舌的地步。」

「哪點？」

「回您的話。是農業。我國完全無法與之比擬，該國有遼闊的田地，栽種各類讓人目不暇給的農作物。豐饒大地並非浪得虛名。此外，他們維護管理那片土地的技術也很了得。」

至此，利格魯的回報事項告一段落。

原來如此，是一片豐饒大地啊。

兩國締結契約，約好進口部分作物，出口作物製成的商品……那我們可不可以另外學習耕作技術？

「你說的那些技術，我們有可能學會嗎？」

「……或許可以。」

「好！那下次派使節團時，我們就編些莉莉娜從管理部門挑出的推薦人選入團好了。還有，再讓他們仔細調查這些技術是否能用於我國。」

「有道理。目前糧食問題已經獲得大幅改善了，但某些地方仍在試驗改良階段。或許派人去學能找出改善問題的方法也說不定。」

聽我這麼提議，利格魯德也表示贊同。

就這樣，我們預先確立目的，知道下次派使節團要針對什麼重點學習。

剩下的細節就交給利格魯德等人討論打點，我就此步離會議室。

接下來要前往矮人王國，行前準備可不能馬虎。

忙於挑選要送蓋札王的伴手禮、將商品開發狀況彙整成一份資料、準備我要穿的衣服等等……

想想還挺麻煩的——更正，是工程浩大才對。

紅丸還理所當然地跑來當跟屁蟲。

「咦？你身為使節團的團長，不用一起討論嗎？」

「不用，沒關係啦。魔王卡利翁是值得信賴的人。一路上或許需要派些護衛當保鑣，但不用擔心他

的人馬暗算我們。我跟利格魯先生都這麼認為，已經決定下次開始讓利格魯先生當團長帶使節團了。」

「是喔，那就好。既然你們都認同他，這就表示魔王卡利翁不是單靠蠻力的笨蛋。」

「的確。其實我有故意找他碴，結果被他笑著帶過。」

給我暫停一下——！你剛才裝沒事帶過什麼重點來著！

「你居然！後來沒怎樣吧？他真的沒生氣吧？」

「沒有。不過總不能用『黑焰獄』，所以我就被痛打一頓。看來我功夫還不到家。老靠力量決勝負是大忌，我記得白老這麼說過。還以為受蜜莉姆大人鍛鍊，實力已經變強了——」

紅丸說得臉不紅氣不喘。

不行。還是別放紅丸出去比較妥當。

給利格魯當團長，這樣肯定不會出問題。

或許利格魯就是那麼想才提議當團長的。

再說，利姆路大人外出時要由我保衛家園嘛——紅丸補了這一句。

也對。紅丸有個任務，代替外出的我保家衛國。

「就拜託你了。」

「了解。反正我連『黑豹牙』法比歐都打得過，只要魔王級的傢伙沒出現，我都有辦法保護大家！」

噢噢……

明明亂找碴還誇他實在不是很優，但打贏法比歐挺厲害的。這都是拜魔王蜜莉姆這類高手幫忙訓練作戰技巧之賜吧。

紅丸也有所成長。

憑那好戰性格放他外出著實令人擔憂，不過，由他代替外出的我守城就像打了一劑強心針。

今後我外出的機會大概只增不減，就讓紅丸當守城主力吧。

＊

時間來到出發當天。

我整頓衣著，人來到外面。

大夥兒都忙著做行前準備，就我一個閒人。

不，不只我一個。

還有凱金跟矮人三兄弟。

穿著平常不會穿的體面禮服，一臉不知所措地晃來晃去。

緊張的模樣令人發噱。

「大家早安！」

「啊，少爺！」

「「您早！」」

「……」

米魯得還是一樣不講話。不可思議的是，雖然沒講話卻能看出他想說什麼。

四人要來個睽違已久的返鄉之旅。

所以他們才會手足無措，在那想東想西。

「不過多虧少爺幫忙，我們總算能重回祖國。真的很感恩。」

「說得沒錯。對吧，各位？」

「是啊。」

「……」

聽人聲聲感激滿難為情的，米魯得的反應則令人想笑。話說回來，他們四個看起來好像很高興，我也覺得欣慰。

畢竟照現狀看來是我害他們失去故鄉，我一直對此耿耿於懷。

「我也很高興。真的很慶幸能認識你們。凱金不僅幫忙製作武器，還擔任生產工作的總負責人。葛洛姆的工房總覽本國防具生產。除了工藝品外，多爾德更研製魔法裝備。還有米魯得輔佐本國的建設部門、設計各大建築。大家貢獻良多。」

「嘿嘿嘿。您這麼說，對工匠而言真是莫大的讚許！」

凱金此話一出，矮人三兄弟就開心地點點頭。

你們是真正的工藝專家，當之無愧啦。受他們的喜悅心情感染，我跟著哈哈大笑。

就這樣等了一會兒，行前準備已經就緒。

因為跟矮人們聊天的緣故，我得以忘記那個沉重又苦悶的夢，忘得一乾二淨。

懷著愉快的心情踏上旅途。

一路上進展順利。

在蓋德等人的努力下，街道整頓得很棒。

道路拓寬，連馬車也能輕鬆通行。

為了享受這份成果，此行我們搭兩台馬車移動。

應該換個說詞。

獸王國猶拉瑟尼亞的使節團搭虎車，因此我們搭的該叫狼車。

由蘭加的部下星狼族拉車。有體型壯碩的狼拉車，我們得以在道路上悠悠前進。

本日參加國外考察行程的人馬，扣除我跟矮人一行還有將近十名成員。

首先是我的頭號祕書紫苑。

再來是第二祕書朱菜。說祕書不夠貼切，地位上更貼近御用廚師。還要靠她說明充當商品的紡織物，這次應該有機會大顯身手。

老實說，我原本想叫紫苑看家。然而她大力反對，我才會把人帶來。

「不公平！太不公平了！只有朱菜大人去……居然跟利姆路大人單獨出去旅行——」

總之呢，她又哭又叫就對了。開怪力大鬧特鬧……

一整個鬧到不行。

我們又不是要去旅行，是辦正事好嗎——就算我朝該方向解釋，紫苑仍聽不進去。

沒辦法——或該說我覺得說服紫苑很麻煩——才會帶她一起去。

眼下這人一臉開心，將我抱在胸前、笑咪咪地坐在車上。

第一台狼車不只我跟紫苑坐，還有朱菜跟我們同乘。因此旅途中，我一直被紫苑和朱菜抱來抱去。

四個矮人搭第二台狼車，肯定又臭又擠。雖然我唸了一堆，被兩位美女環繞的旅程倒也快活。

順便說一下，我有把蘭加帶來。看不見身影，其實躲在我的影子裡保護我。

並非比喻，而是應用「影瞬」，一直潛藏在我影子裡。如今也沐浴在我的妖氣裡，舒服瞇著眼。

我問他「會不會覺得無聊？」，結果他回說「沒問題，頭目！屬下還覺得渾身舒坦呢」。基於上述原因，我就讓他一直待在影子裡。

有什麼突發狀況可以立刻叫他出來，這樣我也比較放心。大家一致認為蘭加很適合當護衛，當初已先決定出發這天讓蘭加待在影子裡暗中保護我。

此外亦有哥布達率領數名滾刀哥布林組成護衛部隊。

似乎是他的直屬部隊。

其中某人看起來特別少根筋。

是名叫哥布杰的見習生。好像是被我隨便取名的傢伙，話說這人的臉一副蠢樣。

「那傢伙沒問題吧？」

「您說哥布杰嗎？沒問題啦！」

是有點白痴沒錯，但沒什麼好擔心的——以上評語來自哥布達。

哥布達本人有點蠢，這名滾刀哥布林則被他評為有點白痴。看見那副蠢樣，我內心的擔憂開始擴大。

看上去一點也不像沒問題的樣子，講歸講，擔心也不能怎樣。至少他有辦法駕馭星狼。

由哥布達及其麾下狼鬼兵部隊員共計六名護送，我們行進於街道上。

車體部分行得很安穩，坐起來還算愉快。只不過速度快到一般馬車無法比擬，跑起來將近時速四十公里。

祕密就在獨特的緩衝裝置裡。不固定車軸，改採獨立形式。因為這樣的設計，車子既能吸收衝擊又能高速移動。

又是一個見證矮人鍛造技術有多精巧的作品。

不僅如此，車輪也藏有玄機。

通常只會對車輪進行補強，但那樣很快就會損壞。所以，我們固化樹脂代替輪胎，協助吸收衝擊。

樹脂比想像中還要來得柔軟、耐用。拿來當輪胎素材，性能上不輸前世的車胎。

哥布達對成品感到讚嘆，曾興致勃勃地盯著車軸和車胎瞧。

聽說他以前自己作過貨車，大概是拿那貨車做比較吧。他邊發出感佩的嘆息邊說：「好厲害！要是當初有這樣弄就好了！」既然他有那個意思，下次就讓哥布達一起作小型貨車吧。

不小心離題。

因為下了那些工夫的關係，我們才能旅行得輕鬆愉快。

當然，車體性能只是其次，蓋德他們將路整平才是最大的原因。

旅途進入第二天。

柯奈特大山出現在遠方。

有了整得平平順順的道路，這趟旅程著實舒適。

移動距離約一千公里，大半時間都花在穿梭森林。

耗費天數跟前次旅程不相上下，過程卻大幅改善。

這次我們享有國賓級待遇。

當上國賓的我們還馬力全開趕路造訪對手國的話，實在很不識相。

因此，這次我們採時程進行上綽綽有餘的方式。

跟上次不同，甚至每隔一段距離就準備小屋。原本是建來給工人用的，之後開闢交易路線再改成可居住的旅館。

所以說，晚上住的問題就解決了。

旅途中還遇上正在進行道路鋪裝的豬人族(高等半獸人)。

於高高在上的監工帶領下，他們按部就班、嚴守紀律地工作。做起來極為熟練，絲毫不拖泥帶水，說老實話，比我前世看過的工地現場更有條不紊。

堪稱理想中的工事環境。

「大家辛苦了！」

我隨性地開口慰勞，結果大夥兒不約而同向我們下跪行禮。

「您、您來了，利姆路大人！工程進度都有按計畫來。地整得很順利，目前來到表面打磨階段。我們從矮人王國那邊反鋪回來，前行之路已全數完成！」

我稍微朝前方看去，只見該處有鋪得漂漂亮亮的路綿延。

路面鋪滿小粒砂石，再均勻鋪上碎石塊壓製而成。光這樣就足夠發揮道路該有的功能了，他們還在上頭鋪另行切割的石材。

即所謂的石板路。

在這麼短的時間裡準備那麼多石材還均勻鋪平，換作前世根本不可能實現。然而這個世界有便利的技能，便利到卑鄙的地步。

利用蓋德獨有技「美食者」的「胃袋」，讓高等半獸人們搬運小型物資——應該換個說法——進行傳送。只要善用這種特性，於石材切割場加工的石材就能直接送入現場工作人員手裡。

這樣效率當然一級棒。要是有這麼方便的作業方法，不曉得前世工作起來會有多輕鬆……

不用在資材放置場煩惱個老半天，搬運上更省事。將技能發揮到淋漓盡致，確實是很有魔物風格的施工方法。

話雖這麼說，高等半獸人的努力亦不可抹滅。並沒有因為技能庇蔭就偷懶。

因此，我決定好好感謝他們。

「哦哦！你們很努力嘛。那今天就早點結束手邊工作，好好休息一下吧。」

說完，我從「胃袋」裡拿出幾個酒桶。再將那些酒桶重重地放往地面。

「別喝過頭喔。」

現場頓時響起劇烈的歡呼聲。

大夥兒紛紛向我道謝，這天我們決定在該處逗留。

隔天。

「「「利姆路大人，早上好！」」」

我在紫苑的懷抱下走出小屋，前方出現數百名整齊列隊的高等半獸人兵。

「唔喔！」

害我發出一聲驚叫。

昨天某些人忙著工作沒來跟我打招呼，所以才趁早上過來列隊等待的樣子。

「很好。辛苦了！」

有人高高在上、滿意地點點頭，是紫苑。

朱菜則面露苦笑，一面跟大家打招呼。

哥布達他們七嘴八舌說些像是「呀——！好壯觀！」之類的話。

蘭加一副事不關己的模樣，一直隱身在我的影子裡。他對道路優劣沒什麼興趣，才一直置身事外吧。

我跟他不同，對接下來要走的成品道路完成度饒富興致。既然如此，當然免不了對數百名高等半獸人表達感謝。

「大家這麼賣命讓我很欣慰。今後也要繼續麻煩各位了！」

雖然只是一句簡單的話，高等半獸人們的士氣卻大大提昇。

接著我聽取大家的問候，逐一肯定他們的辛勞。人們紛紛露出笑容，我也跟著開心不已。

話說昨晚給他們當犒賞的麥酒頗受好評，我在出發前夕又多給高等半獸人隊長幾桶。

抱持感恩的心果然很重要。

今後有人要去工作現場探望時，我得交代他們加帶酒類當慰勞品。

後來他們重新投入工作，我先是觀望一陣，看完就離開現場。

*

進入完工的道路後，狼車的狀態便安定下來。

速度好像變得更快些。這樣一來，施工也算值得。

加工過的石板表面較為粗糙。該部分與裝在車輪上的樹脂輪胎相合，起到防滑作用。

此舉是為了讓下雨天的車輪不至於打滑。但我沒想到這麼做會幫助車體安定，外出旅行的商人應該很樂見，算是令人開心的誤判。

帶著滿足的心，我隨狼車搖晃前進。

四天後上午。

一行人終於抵達目的地。

武裝大國德瓦崗。

上次來的時候，我們還在門前排隊。

抬頭仰望威嚴的大門，我懷念地瞇起雙眼。

是本人自認瞇起雙眼，目前是史萊姆沒眼睛。

所以我跑到車子裡變成人型，換上體面的正式服裝。

才剛下車，我就發現門前一陣騷動。

該不會是哥布達？這念頭瞬間閃過腦海，結果不是。

順著騷動方向看去，只見一群矮人跑了出來，正在開啟大門。

撞見這一幕，來自其他國家的商人和冒險者們好奇地吵鬧著。

「嗨，老哥。你看起來很有精神真是太好了。」

是警備部隊的隊長，凱金的弟弟凱多先生。

「噢噢，老弟，好久不見！我在利姆路少爺底下做事，過得很開心呢。」

「我想也是。看你的臉就知道。對了，利姆路閣下在哪兒？姑且不論老哥一直受他照顧，他可是國賓呢。得先問候一下才行……」

諸如此類，兄弟倆待在我身旁交談。

說什麼傻話。我不是在這……念頭轉到一半，我才想起現在是人型狀態。

「凱多先生，先生！好久不見。我就是男孩子氣女孩，會使變身系幻覺魔法的大才少女利姆路～！呀比！」

我不由自主地順應情勢搞笑，有些微自我厭惡的感覺。心裡暗自發誓再也不幹這種事。

當初曾做過謎樣設定——跟凱多一起亂掰筆錄內容，不知為何現在外表還真的比照辦理變成美少女。這外表多半得歸功於靜小姐，但跟設定條件不謀而合，著實讓人吃驚。

「……咦，不是吧？你該不會是——利姆路——閣下？咦，居然這麼……你真的被壞魔法師詛咒了——？」

「怎麼可能——！客套話就免了，我是利姆路本人。凱多隊長！」

凱多隊長一雙眼睜得老大，嘴巴嚇到合不攏。看樣子精神上完全陷入混亂狀態。

我懂他的心情。換成是我看到史萊姆變成美少女，肯定也會嚇得驚惶失措。

「利姆路——閣下，見您別來無恙小人亦深感欣慰……」

大門完全敞開後，凱多總算擠出這麼一句話。

在凱多等人的帶領下，我們通過門扉。

一般而言，馬車等物要走別的入口。只將行李卸下，馬車按規矩要安置在寄放處。

然而，我們這次是國賓。遂大大方方搭狼車進門。

此外我們還很引人注目。

由體格壯碩的狼系魔物拉車——他們是星狼。光這點就足以挑起人們的好奇心。但最重要的點在於一行人還得讓對方勞師動眾開大門迎接，才會變成門邊人群關注的焦點。

「竟然能役使健壯的魔獸，應該不是泛泛之輩？」

「那是魔獸嗎？怎麼沒看過……」

「那輛車的構造好奇特。車輪獨立出來，保持絕妙的浮沉度。又能維持一定的穩定度，想必是出自巧手鍛造師的傑作。」

「更重要的是，他們還開那扇大門迎接，究竟是何方神聖？就連小國王族都不曾受如此體面的待遇吧？」

「說得對。會不會是哪邊的大國王族？如果是，護衛好像有點少？」

「話說我很在意一件事，該不會來人不是國王，而是公主吧？」

「真的——！看起來很可愛啊——！」

此類交談聲自四面八方傳來。

糟糕。我為了省事就一般地變成人型，既然要變是否該變男人……可是變男人會一直消耗魔素，感覺有點棘手。

事到如今去想那個也沒用，再說對方都給我們國賓級禮遇了，保持平常就好。就這麼辦。

我把那些話當耳邊風，但為了導覽跑來跟我們同乘的凱多卻大力頷首。

「真的是。由我來講雖不太對，但你們被人當國賓請來卻只帶這麼一點人，未免太隨便了吧？說這種話多有冒犯，還望你大人不計小人過。」

如此這般，凱多對我進逆耳忠言。

「不不不，我很高興你這樣勸我。因為我對那種事沒半點概念。話說回來……真的太少了嗎？」

「對，少過頭了。一般來說會把排場弄得更大，帶大規模隊伍，藉此誇耀該國實力。法爾姆斯王國每年都會派人造訪一次，每次都跟著豪華至極的隊伍。」

「是喔……」

我完全沒概念。

聽起來國與國的對應超乎想像地麻煩。

「果然，應該把狼鬼兵部隊全都帶來。天空再派龍人族駐守，讓人見識利姆路大人鋪天蓋地的神威。」

「不，所以說，那樣一來會讓我國守備變弱，所以駁回，當初開會不是說好了嗎？」

紫苑不滿的牢騷聲傳入耳裡，我則出面緩頰。

開會時我曾認為紫苑的提案太誇張，或許就該那樣安排。

「不過，我們的裝備一點也不遜色喔。哥布達他們的裝備統一更換過，都是最新型的魔法武具。行家一看就明白它有多少價值、戰力多高。」

朱菜用沉穩的笑容打圓場。

的確，哥布達一行人的裝備都是特質級逸品。

當前數量不多，是珍貴的試作品。包括黑兵衛造的武器、葛洛姆作的防具。多爾德還在上頭施了〈刻印魔法〉，將之強化成魔法裝備。

此行的目的之一就是展現我國技術實力。因此，我才會讓他們穿最新型裝備。

〈刻印魔法〉目前仍存有高度失敗率，應該還要等好一陣子才能讓每個人都配到特質級裝備。然而，沒必要趕工蒐羅頂級裝備，眼下有這樣的成果就該滿足了。

「沒錯。我也注意到了。其他國家的人姑且不論，我國同胞全都眼神大變，看得目不轉睛呢。」

凱多笑著點頭。

沒能湊大隊人馬固然失策，就品質來看卻不輸大國。

「那就沒問題啦。」

說著，我也露出滿足的笑容。

*

我們在大道上筆直前進，被人領進宮殿裡。

此時凱多與我們告別。

「晚點見，老哥。」

「嗯，老弟。晚點再聚。」

兄弟倆互相寒暄幾句，凱多離去前也向我行了個禮。

此時有人出來迎接我們，是身穿禮服的天翔騎士團團長德魯夫。

雖然他作文官打扮，但我絕不會錯認那對銳利目光。聽說天翔騎士團是國王直屬的機密部隊，所以平常才隱瞞真實身分吧。

「好久不見，利姆路先生。見您身體安康真是萬幸。」

嚴肅的面容增添笑意，德魯夫開口向我問好。

「德魯夫先生也別來無恙。今日承蒙招待，不勝感激。」

我朝他問候回去。

「哈哈哈，不需要對我用敬語啦。容我先帶您去見吾王。對了，在那之前——」

德魯夫爽朗地笑個幾聲，一面朝部下使眼色。多數人員都是如假包換的文官，但裡頭好像混了幾名天翔騎士。

「恕小的冒犯！你們的裝備要先寄放，能否請各位配合？」

「沒問題。請。」

我輕輕頷首，交出插在腰際的直刀。對方則用熟練的動作畢恭畢敬地接下那把刀，直接將刀收進保管箱裡。

朱菜交出用「魔鋼」製的扇子，這算武器嗎？若她堅持那是一把普通的扇子，對方應該會睜一隻眼閉一隻眼吧。算了沒關係。

紫苑也卸除大太刀。但她沒有立刻交出去，反而狠瞪文官。

「這是我的寶貝『剛力丸』，可別對它太過粗魯啊！」

說完，她依依不捨地看了大太刀一眼，再將它交到文官手中。

到底是多愛那把刀啊。甚至替它取名，對刀愛不釋手。

接刀的文官瞬間踉蹌了一下，最後還是使勁站穩腳步。要是他把刀弄掉，紫苑肯定會大發雷霆。

這人八成是天翔騎士團的人馬。一般人連端起那把大太刀都很難。

就這樣，我們三兩下解除武裝。

比較麻煩的是哥布達他們。

哥布達等人連鎧甲都穿了，為了換裝必須離開現場。

「那先這樣，晚點見。」

「遵命！」

反正哥布達他們沒辦法進去謁見國王。護衛都要在鄰近的房間待命。

隨行人似乎只能有文官，我個人對此沒意見。

該說朱菜就算了，竟然還把紫苑當文官對待，真是讓我既驚訝又感激。

紫苑確實在當我的祕書，但不管是誰、從哪個角度看都會覺得她是武官吧……

明眼人都看得出一旦被排擠在外，紫苑肯定會忿忿不平耍任性。多謝矮人王寬宏大量。

繳完武器後，我們在德魯夫的帶領下行走於王宮內。

上次一來就被打入大牢，所以這次我懷著截然不同的心情，像逛大觀園般四處張望。

這種時候發動「魔力感知」，眼睛不需要到處轉來轉去很方便。看在別人眼裡，我走路的模樣肯定威風凜凜。

我們就這樣漫步在長廊上，最後來到一扇特別豪華的大門前。

「朱拉．坦派斯特聯邦國國主，利姆路陛下駕到！」

負責看守大門的士兵提高音量，放聲宣告我的到來。隨著宣告聲響起，門自內側敞開。

「請進。蓋札王在等您。」

矮人女侍從中踏出，邀我們入內。德魯夫的任務似乎到這結束，他用眼神向我們致意並後退一步，

再來就退到門邊入列，抬頭挺胸站定。

好拘謹。

我不清楚的繁瑣規則太多，有種做什麼都不對的惶恐感。不過，那份擔心好像是多餘的。

「好久不見啦，利姆路！」

蓋札王一叫住我，讓人無暇煩惱、眼花撩亂的狀況就來了。

在對方的催促下，我坐到蓋札王對面的椅子上。

代替緊張的我，朱菜開始跟對方寒暄。還姿態優雅地將帶來的伴手禮目錄交給該國文官。

朱菜好強！我暗自佩服。畢竟現在的我不知該怎麼辦才好，完全幫不上忙。

話雖如此，我還是按事前套好的招笑臉迎人迎到海枯石爛。

利姆路大人只要趾高氣昂裝偉大就行了，剩下的交給我處理——以上是朱菜的說法。本人相信她會罩我，一直故作鎮定，優雅地杵著。

中間的你來我往全由朱菜一人包辦。魔物歸魔物，但不愧是大鬼族（食人魔）公主。

只見朱菜行事落落大方，端莊的模樣讓人不禁看痴。

這一來一往看似漫長，換算成時間其實只有一小段。

我完全沒把他們的對話聽進去，其實是對「大賢者」的自動記錄有信心才當耳邊風。之後再拿出來慢慢聽做為未來的參考就好。

在我摸魚時，朱菜跟文官的口頭應酬告一段落。

為了歡迎我們，聽說今晚有準備宮廷餐會。

這類宴會準備起來通常要花上好幾天。幸好我們沒有遲到。

距離晚上還有一點時間。

對方顧念我們旅途疲憊，讓我們暫時去事先準備好的房間歇息。到那以後，我終於可以喘口氣。

「剛才好緊張。」

「呵呵呵，這樣啊。但利姆路大人看起來架勢十足呢。」

「對啊！看到那威風凜凜的英姿，我都看呆了。」

「紫苑，妳身為祕書還有待加強吧？」

「呵呵呵，朱菜大人的玩笑真難笑。」

「……這不是玩笑。」

聽朱菜跟紫苑一如既往地舌戰，我總算冷靜下來。

「話說回來。國賓級禮遇固然令人開心，但我可不想再遇第二次。」

「可是，今後當國賓的機會肯定愈來愈多，稍微熟悉一下會比較好。」

「或許吧。利姆路大人將來要當霸主，像這樣的雜事無可避免。」

等等，紫苑。

我從以前就有種感覺，紫苑好像誤會什麼了。我根本不想當霸主，只想跟其他國家好好相處。

「先跟妳講清楚，我可不想當霸主喔！」

「咦！怎麼會……」

紫苑一臉吃驚，但被嚇到的人是我才對。

看我們這樣，朱菜接著道「我早就跟她說過了……」，還傻眼地嘆氣。
搞錯方向的人似乎只有紫苑一個，擔憂事項暫時告一段落。

就這樣，蠢話聊一聊正好接晚餐時間。
哥布達他們待在別的房間待命，用餐場所也跟我們分開。
凱金、葛洛姆等人跟蓋札王面談結束後，打算好好滿足對祖國的思念之情。因此，目前大概跑去見兄弟或朋友之類的吧。
除了我，其他跟蓋札王同桌的人就只有朱菜和紫苑。
帶紫苑過來實在讓人擔憂，不過晚餐一直吃到最後都沒出太大紕漏。
「接下來，餐後能不能借點時間？」
蓋札王壓低音量問我，我順勢微微點頭，表示答應他。
對方則嗯了一聲並頷首回應。
身在這種場合沒辦法暢所欲言，都講些表面的應酬話。
得拿客套話或拐彎抹角的字詞裝飾，很難直來直往。
不小心說錯話被人當把柄就糟了，說話次數自然而然降低。
我個人忙著觀察蓋札王的一舉一動，學習用餐禮儀，所以原因之一也可說是忙著學沒空聊天啦……
蓋札王八成看出我的顧忌在哪兒，才想飯後另外找個時間吧。
我們移到別的地方，在那總算可以卸下心防作自己。
「好吃是好吃，卻不能細細品嚐。」

「會嗎？有很多罕見的料理，我吃得很滿足呢！」

「紫苑，妳應該多學點禮儀才對。要跟利姆路大人看齊──」

「姑且沒問題，但多少學一些吧。禮儀這種東西，別得罪對方就行了。」

反正換個地方禮儀就不同，有時某處的正確禮儀可能跟別處完全相反。我認為不需從頭記到尾。

順便說一下，魔國聯邦目前正在改善飲食問題，東西沒吃完就沒算禮貌。前世是日本人的我受那份感性影響，才會訂出這種規則。

不過，這些規則僅我方適用，其他國家並非如此。

每個國家的禮俗不盡相同。

有些地方認為使出渾身解數招待賓客才是美德，為了表示自己飽到吃不下，某些國家還藉吃不完來表達感謝之意，認為這樣才有禮貌。

前世的世界在禮儀方面跟他們大同小異，應該比照辦理就行了。

值得慶幸的是，矮人王國和魔國聯邦走相同路線，不需要剩菜。跟培斯塔講的一樣。

是說從寒暄到宮廷禮儀，培斯塔都教過我。但我還是很緊張很不安，才一直學蓋札王。這次算實際體驗一遍，下次有機會應該能做得更好。

紫苑也達到低標，事情圓滿解決。美中不足的只有一點，就是吃東西吃太快。

「因為太好吃，一不小心就……」

「哎呀，別在意。站在廚師的立場，看妳吃完沒剩會更開心吧。」

我用這話安慰紫苑。

「利姆路大人，您太寵紫苑了……」

話雖這麼說，朱菜眼裡其實帶著笑意。

就這樣過了一小段時間——

「讓你久等啦。」

嘴裡招呼著，蓋札王跑過來拜訪我。

為了打開天窗說亮話，討論兩國之間最重要的關鍵議題。

＊

我和蓋札王面對面，各自坐往面談用的椅子。

他背後站了潘和德魯夫做為護衛。

我後方也站了紫苑，朱菜則離席準備飲料。

有別於先前，蓋札王顯得一派輕鬆。

這樣我聊起天來也比較不會緊張，老實說真是萬幸。

我先是謝謝他招待我們吃晚餐，接著蓋札王就一笑置之。

「呵哈哈哈！你不是緊張到食不知味嗎？搞外交就要給對手下馬威。像你那樣要是被人看扁也無話可說。」

「話是這樣講沒錯，但培斯塔說我合格了啊？」

「哼。他就是那麼神經質，替效忠對象打分數肯定放水。」

總之呢，蓋札王當著我的面數落。但這樣我反倒不會緊張。

「下次會更好啦。」

「呵呵呵。交涉比訴諸武力還要麻煩，我也頗有同感。」

真想自由自在遊歷諸國——蓋札王輕聲發著牢騷。

若先王未急逝，搞不好他還過著自由自在的生活。

「來，該切入正題了。」

趁氣氛尚未變沉重前，蓋札王開門見山道。

我跟著點點頭，開始切入話題。

「好。先跟你說聲謝謝。多謝你撤銷凱金等人的罪名。他們也很開心。」

「哼！為了讓其他大臣閉嘴，那麼做是最妥當的。我原本就打算饒過他們。」

蓋札王說話時有些難為情。後來又補了一句：「再說，你當時身分可疑，放你在我們國內亂跑很不是滋味。」途中不忘扯出笑容。

「這說法有點過分呢。不過，我也這麼認為啦……」

「是嗎？」

語畢，我們兩人面面相覷並露出苦笑。

「說真的，我本人曾為此苦惱不已吶！要放下凱金跟葛洛姆他們，是個痛苦的抉擇。幸好就結果來看做對了。」

「嗯。他們的確很努力工作。多虧葛洛姆才有防具可用，多爾德和米魯得則在建築方面幫了不少忙。此外，凱金還替我整頓無暇顧及的領域，大家做事才不至於變成一盤散沙。」

「這樣啊……換個角度想，這樣也好。對他們來說，與其留在我國發悶，還不如去可以大展身手的環境居住。對了，培斯塔過得如何？」

他沒有一起來嗎？蓋札王這麼問我。

「沒有耶。我有邀過他啦……」

沒錯。我還邀了培斯塔，可是他拒絕了。

「感謝您的邀請，但做出成績前我都沒臉見蓋札王！——這是他的說法。不過……在我看來他單純只是想埋頭做研究而已。」

「呵哈哈哈。真像培斯塔的作風。他也找到能大展長才的地方了。可喜可賀。」

蓋札王說著便面露笑意。

看樣子他打心底關心前部下們。不能對外宣稱，很多事情身不由己，就連蓋札王也不例外。

剛道完謝，朱菜就接著上飲料。

是尤姆試喝過的新興酒類產品。

「請用。」

「嗯。這是……多爾德作的？」

蓋札王拿起玻璃製的酒杯，嘴裡發出讚嘆。

通透中帶著藍白色光輝，玻璃杯加工後宛如水晶。上頭的花紋也很精緻，一眼就能看出它的價值。

其實這個杯子是魔法道具。乍看之下裝飾得很藝術，其實是以〈刻印魔法〉附加解毒效果。話雖如此，沒有一定程度的魔法知識便無法發動……

「上頭刻著『解毒法』嗎？真用心。」

蓋札王輕而易舉看出其中奧妙，順便發動魔法。

「我是可以幫你試毒啦，但畢竟是魔物，對毒素有某種程度的抗性。拿來試毒應該不大可靠。」

我講真的。

酒精不算毒，濃度太高卻會害人宿醉。除此之外，有些人無法分解酒精，會急性酒精中毒。替酒量好的矮人操這種心或許很多餘，不過，還是要以防萬一一下。

蓋札王以口就玻璃杯，酒的香氣令他露出驚訝神色。

「哦！好高雅的香氣。」

大概很喜歡那股香味，他品香品了好一陣子。

我則不以為意地乾杯。

像火在燒的灼熱團塊通過喉嚨，一股熱意直上腦門。只可惜那種感覺一下子就沒了。

《宣告。抗毒……成功。》

成功個屁！真想吐嘈。

酒精又不是毒。為什麼你總是分不清啊？

好不容易弄出飲品，喝起來卻不暢快。空虛得要死，然而看我以外的人都喝得津津有味只好算了。

世上最悲哀的事莫過於喝酒喝不醉。

「居然有這種東西！」

看我把酒喝下肚，蓋札王也痛快試喝。依我看，喉嚨和五臟六腑八成遭受從未經歷過的強烈刺激。

刺激雖強，嗜酒出名的矮人卻不負其名。跟尤姆不同，沒有被酒嗆到。

「好喝。」

嘴裡一陣呢喃後，蓋札王又請朱菜幫他添酒。

德魯夫在蓋札王身後待命，看蓋札王喝酒的樣子充滿羨慕。看來事前有試過毒，已經嚐過味道了吧。

唯獨潘一人好奇地歪頭。

「兩位要不要也來一杯？」

朱菜很會察言觀色，開口邀兩人同飲。

「也好！那我就喝一杯。」

德魯夫好像等這句話等很久了，開開心心地接下玻璃杯。

「護衛喝酒不太好，但酒對我們來說跟水沒兩樣。」

編些冠冕堂皇的理由，潘跟著接下酒杯，接著一口氣喝乾。

「唔、唔唔唔！」

強烈的酒精讓潘難掩震驚。

「大家別客氣。反正這裡只有我們。就跟以前一樣，一起痛快暢飲吧。」

「那怎麼行……」

蓋札王臉上掛著孩子氣的調皮笑容，德魯夫則婉拒他的提議。

然而下一秒——

「好。今天要喝個痛快。蓋札都開口了，怎麼好意思推辭。看我喝了它！」

跟久經沙場的堅毅外表唱反調，潘一屁股坐到蓋札王右側。酒杯朝朱菜伸去，要她替自己再添酒。

「哇哈哈哈哈！潘，你怎麼了？今天跟平常很不一樣，挺識相嘛！」

蓋札王龍心大悅地拍拍潘的背，稍微噎到的潘則皺起一張臉。

「喂，少說兩句！反正門外有精銳待命，用不著操心。再說……我也一樣，不認為這些傢伙會加害我們。沒道理那麼做，做了也沒好處。再說，若他們有意加害，早就在之前的酒席下手了。」

潘一面豪飲，一面將德魯夫的擔憂笑著帶過。可能是聽進去的關係——或者放棄掙扎，德魯夫追隨潘的腳步，用力坐到蓋札王左邊。

「那我也來一杯！」

說完，他手裡的玻璃杯就朝朱菜遞去。

沒人知道他什麼時候乾杯的，酒杯空空如也。到頭來，德魯夫也沒能戰勝酒的誘惑。

接著，大夥兒暢飲一陣子後——

「對了，利姆路。趁酒醉前先問問，聽說你們用高輸出的魔法兵器打倒暴風大妖渦，究竟是什麼樣的東西？據傳威力之強大前所未聞，甚至超越戰略級魔法？」

「喔……那個啊……」

明明吐實了，卻一直不被對方採信的東西。

堪稱本次出國考察的契機、魔王蜜莉姆的超亂來特大號攻擊。

沒辦法。

只好再將事實陳述一遍，看看會怎樣。

「唔——……我都一五一十說了，你們還是不相信。是德魯夫先生誤會……」

「誤會？」

「嗯。那不是我們的祕密兵器，真的是魔王蜜莉姆發功啦。」

「唉。利姆路先生又開這種玩笑──」

「稍安勿躁，德魯夫。我也對這件事很感興趣。以下只是我這個軍部總司令的見解，碰上天翔騎士團共計百名發動總攻仍打不倒的對手，唯一手段就是出動戰略級魔法。癱瘓敵方的魔法防御，攻到敵人來不及恢復才是最有效的手段。不過，珍婆婆說過。就算發動『禁咒』等級的核擊魔法還是拿暴風大妖渦沒輒。理由在於它能擾亂魔法法則，熱量無法正確傳導。這方面超出我的理解範圍，但言下之意是魔法殺不死它吧？依此類推，魔法兵器一樣起不了作用啊？」

撫著下顎那些烏黑的鬍鬚，潘制止德魯夫，發表一番看法。

他說的珍，應該是在當宮廷魔導師的老婆婆吧。珍是魔法專家，似乎看出無法用魔法對付暴風大妖渦的原因。

魔法發動需透過魔素這種特殊要素當媒介。暴風大妖渦會以「魔力妨礙」擾亂魔素，無法用魔法料理它。

我獲得該能力才明白其中奧妙。

例如魔法的焰攻擊，即是燃燒魔素，朝對象導熱。因此，只要讓自身周圍的魔素遠離，熱的傳導率就會掉到谷底。

面對斬擊、凍結、雷擊等，亦能以相同手法封殺。是超好用的技能。

想突破這層障礙，別透過魔素即可。

不將暴風大妖渦當第一手目標，改引發暴風釋放衝擊，加熱那些空氣打過去……這樣或許能造成更大的傷害。

當初可能有偶然打出那種攻擊也說不定，但我忙著作戰沒注意，現在說只是馬後炮。

接下來，要說蜜莉姆的攻擊是什麼……

《答。有兩種可能性。用更強大的力量突破「魔力妨礙」，或更簡單的作法，不經魔素攻擊——但情報收集行動失敗，無法判定。此外，選第一種攻擊手段的機率較高——》

以上是「大賢者」的推論。

沒驗出不明物質，難以斷言是後者。除此之外，魔王蜜莉姆擁有強大的魔力和龐大魔素量，理論上足以技壓暴風大妖渦。

聽大賢者這麼說，確實很有道理。

「的確，魔法傷不了它……不過，拿魔王蜜莉姆當藉口，未免太過粗糙。若你們想私藏超乎常理的兵器，我也不是不能理解啦。」

德魯夫聳聳肩道。

與其接受魔王蜜莉姆參戰的事實，他寧可朝神祕兵器的方向解釋。

對此，蓋札王朝德魯夫擺出若有所思的表情。

「話雖如此，德魯夫。這論調真的有可能成立？將戰略級魔法的威力提昇十倍，就能打倒暴風大妖渦？連役使高階精靈的樹妖精發動大魔法都被那隻怪物癱瘓呢！要找能打倒那傢伙的魔法，威力肯定超乎想像。不過，換作魔王蜜莉姆……如果是身為龍姬的她，就算操控凌駕眾人智慧的魔法也不足為奇。」

蓋札王好像知道蜜莉姆的底細。

雖不清楚蜜莉姆的攻擊是否為魔法，但她打爆暴風大妖渦的事確實不假。肯定如蓋札王所說，超乎眾人想像。

「那不然，蓋札你認為是蜜莉姆幹的？」

潘笑嘻嘻地反問蓋札。

「這個嘛……想想是滿合理的，可是魔王蜜莉姆為什麼在那裡……理由讓人匪夷所思。既然你說是魔王蜜莉姆的傑作，總該跟我們說說來龍去脈吧？」

蓋札王把矛頭指向我。順著他的話，德魯夫和潘接連望過來。

「那麼，雖然說來話長，就談談離開這個國家之後的事吧。」

接著，我開始講被人趕出武裝大國德瓦崗之後的事。

大夥兒默默地聽著。

只見酒和下酒菜愈變愈少，酒桶在我說到尾聲時空了三分之一，速度快得嚇人。

另一邊的啤酒桶早就見底，照理說應該會有些酒意才對。

「聽起來合乎邏輯……可是——」

「嗯——居然馴服魔王蜜莉姆。」

「雖然難以置信……不過我記得，印象中好像有人回報看到一名少女在那做了什麼……」

三人面面相覷，開始交換意見。

不把他們當一回事，紫苑驕傲地說：「哼哼！利姆路大人不可能說謊！」原本還在心裡暗道她乖，結果紫苑早就加入喝酒大隊豪飲。

就剩朱菜一人替大家斟酒、張羅下酒菜，忙得不可開交。真是一位賢淑女子。希望紫苑多學著點。

還在想些有的沒的，蓋札王他們就出結論了。

「我們相信你，利姆路。」

「抱歉懷疑您，畢竟一時間難以相信……」

「哇哈哈哈！不過，能在這麼短的時間裡結識遠古魔王，利姆路先生真是奇人！」

搞了老半天，他們三個總算相信我了。

或許他們認為這麼做比較妥當，但誤會能解開才是最重要的。

原以為正經話能就此結束，結果我想太多。反而該說以酒宴為名的會談現在要來真的了。

*

我們分享彼此的近況，討論研究成果。

明天的行程亦做了安排，要在國民面前公開兩國的邦交關係。

大夥兒一路聊到深夜，這時我拿來當伴手禮的酒成為話題。

「話說回來，這酒真好喝。從沒喝過這樣的東西，味道十分強烈。究竟是什麼酒？」

酒桶都空去大半，怪不得他們會這麼說。這夥人一直喝酒精濃度高的蒸餾酒加冰，喝到醉是遲早的事。

「這是啤酒的蒸餾品，叫作威士忌。」

「哦？什麼是蒸餾？」

從這點問啊，講解起來有難度。

「如果是喜歡研究的人多少會有點概念吧？酒精成分是酒醉元凶，它的沸點比水還低。把釀造酒煮滾再收集那些蒸氣，就會變成酒精濃度高的酒。這就是蒸餾酒。」

簡單說明後，蓋札王恍然大悟地點點頭。

「原來是這樣啊。『異界訪客』造的高級酒搞不好出自相同技法。」

「異界訪客！」

哇喔，突然跑出有力情報。

若是同鄉還真想見見看。

「是啊。聽說帝都有異界訪客造的酒，那些酒全獻給皇帝。也有在市場上流通，但數量不多，都用天價買賣。好像沒辦法大量生產，這些不一樣嗎？」

好可惜。

我也想去帝國轉轉，可是那邊好像屬於軍事化國家，門禁森嚴。跟西方諸國不同，恐怕很難輕鬆造訪。

聽說還有專門收拾魔物的部隊，這下更不用說了。當然，西方諸國也有這類專家坐鎮，不能掉以輕心。

想跟身在帝國的異界訪客見面，最好平心靜氣等待時機到來。

說無法大量生產八成是藉口。

或許沒足夠的設施，然而這問題用錢就能解決。雖然只是我的推測，但那異界訪客可能想提昇稀有性才特意縮減數量。

「這個嘛。酒是一種享樂附屬品，或許無法生產太多。不過，這不是量產技術的問題，而是跟糧食有關。看之前連啤酒都沒得喝就能推知一二吧？小麥跟大麥是原料，我們好不容易才試種完成。明年準備正式栽種，要看收成量決定，搞不好沒餘力製造附屬品。」

所以說，我們只能作夠自家人喝的量——我繼續補充說明。

「這樣啊。我國的糧食也一樣，得從法爾姆斯王國和帝國進口。」

「說得是。我國糧食生產率低，算是我們唯一的弱點。」

「而且糧食不像武器或防具，可以靠傳送魔法傳送。無論如何都要靠商人居中買賣。不過，我國也是因為這樣才變成很成功的自由貿易都市……」

原來還有這樣的隱情。

該國強化成武裝要塞，但要在地底大空洞生產糧食確實有難度。陽光還是照得進來，卻不適合栽種食物。

因此他們才磨練技術實力，藉由貿易克服弱點。

變成自由貿易都市促進商人來往，進一步強化和其他國家的經濟合作關係，提高該國的存在價值，從而造就今日的大國——矮人王國。

我們也要向矮人王國看齊，跟其他國家保持經濟上的連繫。

可是話說，剛才好像聽到什麼關鍵台詞耶？

「我可以問個問題嗎？」

「什麼事？」

「嗯。你剛說糧食無法用魔法傳送——？」

「哦，這個啊——」

德魯夫代替蓋札王當起解說人。

聽起來，傳送魔法並非萬靈丹，有機物在傳送時會泡太多魔素變質。毛皮等物的品質多少有點變動，糧食則會變成無法食用的東西。

以前曾聽哥布達說過，矮人王國境內有經營所謂的傳送屋。因為這樣，我才想調查，看能否在今後運貨時派上用場。但聽到他們的說詞，我頓時遭遇挫折。

「連人都能用傳送魔法移動耶……」

聽到我自言自語，德魯夫和潘立刻答話。

「說到重點了。照珍婆婆的說詞聽來，原理跟消費的魔力完全不同。之前在軍事會議上，我們針對有效率的兵力傳送方式做過討論，當時她就用那句話回我。」

「哈哈哈。原本是想利用魔法將整批部隊送入敵營啦。聽說有國家為了嘗試兵團傳送，結果白白害數千人喪命。大概被逼到走投無路，才會出這種奇策吧……最後反倒害自己滅國。」

「喂，你們幾個，該不會喝醉了吧？那可是軍事機密喔……！」

「屬、屬下失態！」

「哎呀，不小心說溜嘴。抱歉抱歉，剛才那些話聽聽就好。」

大概喝醉了口風變鬆，兩人被蓋札王狠盯。

「若照規矩來，你們還得送軍法審判呢，真是的……」

蓋札王嘴上說得嚴厲，卻沒半點送審的意思。

靠老交情也猜得到他在想什麼，德魯夫和潘跟著露出苦笑，反省一下就算了。

「是嗎？果然只能乖乖開闢貿易路線了。枉費水果進口的事有點眉目……」

「哦？除了我國，還有其他國家願意跟你們建立邦交啊？」

「算是吧。不過呢，他們不是人類國家。」

「有這種事？那麼，究竟是哪個國家？」

「目前我們只到互派使節團的程度，是獸王國——」

「該不會是猶拉瑟尼亞？」

「怎麼可能！心高氣傲的獸王竟然會跟其他國家交易！」

「難以置信。太誇張了……」

看他們的驚訝程度比預料中還要大，讓我有種整人成功的感覺。

我開心地竊笑，繼續把話說下去。

「對，就是你們想的那樣。我想說這是跟魔王卡利翁交好的機會。他欠我一點人情，所以我試著提出交易請求。結果他爽快答應，我們就互派使節團。」

「你這傢伙，除了魔王蜜莉姆還勾搭獸王……假如這些都是謊言，你就是本世紀最大的騙子。不過——」

「看起來不像在說謊。」

「如此一來，魔國聯邦的重要性就水漲船高了。這可不是在說笑，你們將來有機會變成貿易重鎮。」

「對了，利姆路。你打算拿什麼東西交易？」

蓋札王等人吃驚歸吃驚，依然冷靜判斷、斷定我的話屬實。

至於蓋札王本人，他早就換上王者特有的眼神，開始觀望這件事之於該國是否有利可圖。然而，這打算正合我意。

「他們不愧是豐饒的魔國，水果這類奢侈品產量豐富。跟拿來填飽肚子勉強打平的我們不一樣。從森林裡摘回的水果只夠正餐吃。不過，倘若這次的貿易能多進一些，那些多出來的水果或許可以拿去造酒。」

「造果實酒嗎！果實酒是不是也能用蒸餾的？」

「當然啦。朱菜——」

「是。利姆路大人。」

似乎一直在等我開口，朱菜拿出另一只酒瓶。這是私家珍藏，當前產量不多的蘋果白蘭地。

「請用。」

她備妥新的玻璃杯，將杯子遞給大家。

此外還手勢優雅，朝玻璃杯注入半滿的透明酒液。插播一下，紫苑從剛才開始就不發一語，光顧著喝酒。這傢伙沒問題吧，我有點擔心。

「哦哦！好馥郁的香氣！」

白蘭地散發芳醇濃郁的香氣，跟先前的威士忌相比有過之而無不及。似乎深受蓋札王喜愛，只見他慢條斯理地淺嚐味道。

「真是不敢相信。喝起來比帝國的高級酒還美味……」

啊你喝過喔！我看先別拿這句話吐嘈他好了。

也是啦，不同於出自同鄉異界訪客之手的酒，我們的貨透過「大賢者」施行「解析鑑定」，編排最適當的製酒技法。強的還不只這些，更利用從樹人族聚落採收的魔木材，製出能在熟成過程中原封不動保留素材魅力的酒桶。

多了魔木的芬芳，又不減素材滋味。不僅如此，它們還以絕妙比例調和，催生極富深度的香氣。最後導出色澤不變的透明酒液。這種酒就算熟成也不會變成琥珀色，會一直維持美麗的透明狀態。

琥珀色比較像酒，但那跟個人好惡有關，論味道肯定是我家的酒較優。

若從零開始摸索，光精挑細選最合適的素材就得花好幾年研究吧。雖說我靠技能搞定很狡猾，但問我是否有信心贏過其他的酒，我可以肯定這酒絕對不會輸。

「我無論如何都要做成這筆生意。」

蓋札王說這句話時，內心似乎百感交集。

連德魯夫和潘都頻頻點頭，想必非常中意蘋果白蘭地。

此時，紫苑突然站了起來。

「沒什麼好擔心的。利姆路大人會排除萬難。我們的餐桌也自然而然變出許多美味佳餚，每天都有。後來還多了酒，感覺一切都在冥冥之中自有安排！」

高聲嚷嚷完，她將杯中物一飲而盡。

接著就一臉幸福地睡著了。

「…………」

我啞口無言。

又把麻煩事丟給我——本想找她發句牢騷，當事人卻睡得很爽。

每次都這樣，紫苑妳真是夠了。

不過，只要紫苑對我有信心，我就覺得任何事都難不倒我，挺不可思議的。心裡暗道真拿她沒辦法，又想實現她的願望。

「總之，我家紫苑都這麼說了，不成也得成。」

「呵呵，真可靠。不愧是我的師弟，利姆路。期待在未來的某天，我國能跟你們做買賣。」

現在別扯上師弟好嗎？

是說當初隨隨便便就承包下來了，但去獸王國猶拉瑟尼亞的路好遠啊。

光整路還來得及，但趕鋪石板路根本痴人說夢。

「也罷，首要之務得先整頓運輸路線。」

「關於這點……你旗下人員的工作效率真不是蓋的。速度比我國自豪的工作部隊快上好幾倍，沒多久就闢出一條路，看了直讓人膽寒呢。」

「可能吧，我也這麼覺得。」

「可是，這樣好嗎？我們沒出半點力。因為一開始根本沒料到你們會鋪出這麼棒的路……」

「這方面早就說定了，別在意。比起那個，我更想商量別的事。可以的話，希望雙方能積極達成共識——」

語畢，我暗自竊笑。

先讓對方心情愉悅，再來談正事。

一切都按計畫進行。

如此這般，我向蓋札王等人道出此行首要目標——販售低階回復藥和藥師挖角計畫。

結果我順利獲得蓋札王的首肯，說會積極達成共識。

＊

經過一個晚上，今天是公開宣告兩國建立邦交的大日子。

我自然跟宿醉無緣，蓋札王也面不改色，完全沒宿醉跡象。

不過，德魯夫的臉色有些難看，潘則躺在床上起不來。

軍部最高司令官這樣沒問題嗎？想歸想，那是該國的問題還是別深究好了。

有人在我耳邊小聲說「保持微笑」，我毫不猶豫地照辦。

就這樣，我順利挺過讓人緊張的時光。

然而照預定行程跑，我必須在典禮的尾聲致詞。

輪到我致詞前，我拚命確認演講內容。出發前有先跟利格魯德和凱金討論並決定要說些什麼，所以我看了又看，把演講內容背得滾瓜爛熟。

這樣就沒問題了，好！我替自己打氣。

還在確認演講內容，蓋札王的演說便告一段落，接著輪到我上台。

紫苑雙手並用，將我朝空中高高舉起。

「各位——初次見面。我是盟主利姆路．坦派斯特，來自朱拉．坦派斯特聯邦國，簡稱魔國聯邦。正如各位所見，我是如假包換的史萊姆，最近剛誕生不久。因緣際會下結識英雄尤姆，跟他素有交情。半獸人王入侵朱拉大森林時，我們攜手合作還森林和平。在這個武裝大國德瓦崗裡，魔物和人類不分敵我，攜手共創美好的國度，形成理想的共存共榮關係。我願追隨那份理想，在朱拉大森林裡構築成為人與魔溝通橋樑的國家。蓋札王認同我的理想，敝人對此感激不盡。還望今後能繼續互助合作，為此有賴各位協助。包含我在內，本國國民大多是魔物。換句話說，稱我們魔物王國也不為過。但我們的本性跟大家一樣善良。不須因我們的魔物身分感到惶恐，希望大家接納我們這些新朋友。我在此發誓這些話絕無半點虛假，句句出自肺腑，致詞到此結束。」

致詞雖短，我仍清楚道出心裡話，希望能打動德瓦崗居民的心。

反正我又不擅長發表高竿言論，乾脆將真心話全盤托出。

途中不忘若無其事加話，告訴大家本人與剛當上傳奇英雄的尤姆相識。

我真是太會掰了，原本這麼想啦……事後蓋札王卻替我打上大叉叉。

說我演講時間太短。太謙虛。太矯情。共計三大缺點。

跟零分沒兩樣，但我的顧問是利格魯德和凱金，難怪無法給出媲美蓋札王的指正。

就把它當今後的課題，先睜隻眼閉隻眼吧。

領導者即王國統治者。既然是統治者，面對國民就沒必要低聲下氣。要是沒注意，在別國國民面前展露這一面，往往容易被該國人民看扁。

此外還有一個最重要的關鍵，用畫大餅的天真想法治國是大忌。

「對人民抱有期待不是壞事。不過，哪天被人民背叛可怨不得人吶！領導者必須領導人民。對自己的想法沒自信，這種人根本不適合從政。美好事物不會自動找上門，必須主動爭取。」

其實蓋札王不需要沒事找事做對我說這些，那肯定是發自肺腑的忠告。

我懷著感激的心聽進這些話。

生前一直處在與政治無緣的環境裡，但現在好說歹說也算得上一國之君。都當一國之君了，說喪氣話前應該要先傾盡全力嘗試。

仔細想想，今生能得如此關心我的蓋札王這般人物當知己，運氣真的很好呢。

就算其中參雜利害關係，我依然珍惜這份好運。

＊

就這樣，我總算順利捱過武裝大國德瓦崗的重要典禮。

接下來就剩一些瑣碎的討論會，也可靠觀光等活動消磨幾天時間。

由德魯夫當我們的導遊。

他貴為天翔騎士團的團長，但外界都不知情。外在職稱是文官長，輔佐蓋札王為其主要工作。

「那麼，您有沒有特別想參觀的地方？在可行範圍內都能帶您過去。」

聽德魯夫這麼說，我就不客氣地提出特別想看的地方。

為今後的事做打算，任何具參考價值的設施都在參觀清單裡。

我厚著臉皮提出要求，德魯夫則爽快應允。

一連數日，他帶我參觀矮人王國境內各式各樣的名勝。

連製造工房、大規模傳送設備、地底大洞窟的空調管理廠都不放過。

這些技術對往後的我們來說似乎也大有助益。特別是空調設備，培斯塔等人一直在洞窟地底進行研究，希望能盡快為他們安裝。

「可是這類設施，非相關人員應該無法進入吧？」

「哈哈哈。一般而言是那樣沒錯，但我們有技術協議。您都知道更重大的機密了，現在才遮遮掩掩也沒用吧。」

德魯夫爽朗大笑，將我的擔憂一掃而空。

蓋札王有多信任我們，聽那句話就知道。

幾天的時光隨之流逝，該參觀的地方都大致參觀過了。

不過——

說起矮人王國，有個地方不可不提。

沒錯！就是夜晚的店家——「夜蝶」。

上次遭培斯塔攪局沒能盡興，這次則大不相同。

「哥布達老弟。」

「在！」

「萬無一失，都準備妥當了吧？」

「當然！」

「那我們今晚就朝那個地方出發吧！」

「終於等到這一天！好期待！」

我倆你看我我看你，在那暗自竊笑。

為了好好享受這天，我跟哥布達早就鉅細靡遺沙盤推演過。

我打算早早就寢，先留下「分身」才外出。再跟哥布達會合，兩人一同前往要去的地方。

也跟凱金他們事先聯絡過，約好去現場碰頭。

今天我們包場。

所以說，用不著擔心冒失鬼攪局，應該可以快活一下。

費用我出。我平常一點一滴存錢，以備這天到來。上次還有金幣沒用完，不須操心錢的問題。

大家別誤會，我個人沒那麼期待啦，但哥布達他們玩過頭給店裡添麻煩就糟了，所以我要來監視一下！簡單講，就是要有大人跟著。

以上，我找一套說詞說服自己，靜待夜晚到來。

接著，期待已久的夜間時刻總算來臨。

我帶著高昂的心情偷偷摸摸來到外頭。

沒出任何差錯，不忘留下分身。

朱菜和紫苑的動向也在掌握之中。

夜訪這間店最大的障礙就屬她們兩個，提防是應該的。

紫苑跟德魯夫、潘志趣相投，好像跑去參加夜間訓練。

時機實在非常好，夜店行跟訓練時期重疊。

而朱菜為了明天的歡送晚宴，得跟城裡的眾廚師長討論相關事項。

簡直是天賜良機。

錯失這個機會，往後別想自由行動。正因如此，我才按捺高昂的心情，等待這個夜晚來臨。

「哥布達，你在嗎？」

「在。我在這兒！」

我壓低音量試探，哥布達也輕聲細語地回我。

很好，我點點頭，準備來換場。

我們在暗夜街道上躡手躡腳地前進。

「好期待喔！」

哥布達不斷重複這句話。

怨念應該很重，他一直想去那裡。現在八成爽到極點了，臉上充滿笑意。

由於事前調查做得很周到，我們倆順利抵達目的地。

「歡迎光臨～！哎呀！各位，史萊姆寶寶來嘍～！」

「「「歡迎光臨————！」」」

「呀————！等你好久了～！」

「妳幹嘛，這次換我抱才對！」

「說那什麼話，又沒這種規矩！」

一打開門，歡迎光臨就傳進耳裡。

「好久不見～！過得好嗎？」

「好喔。媽媽桑，妳們也別來無恙哩？」

看看我，說話的調調好像哥布達。

「這還用說。您的朋友已經到了。」

今天場子被我們包下，她口中的朋友就是凱金等人。媽媽桑領我們進店裡，果然不出所料，在那的凱金等人被美女簇擁，看上去一臉爽樣。

「利姆路少爺，這裡果然是天堂！」

「利姆路閣下，真高興你今天找我一起來。」

「凱多先生對我照顧有加，這點小事不成謝意。我們後天會走，到時你就沒什麼機會見凱金，今天好好聊聊吧。」

「好，就這麼辦。」

「笨蛋！來這種地方還跟臭男人聊天幹嘛？難得有漂亮小姐在，我們也來爽一下！」

「就是啊，凱多先生。老爹說得對。」

「好。今晚送我作的項鍊給大家當伴手禮。選自己喜歡的吧！」

「…………！」

凱金還是老樣子，三兄弟也玩得很開心，太好了。

是說，多爾德你……

禮物什麼時候準備的？居然一個人偷跑賺好感度，真是不容小看的狠角色。

「喂！你怎麼可以偷跑！」

「老爹，這裡是戰場喔！想法太天真沒辦法成為最後贏家啦。」

凱金發動吐嘈技，卻被多爾德帥氣迴避。不過，是不是真的帥有待商榷。

話雖如此，女孩子們都被禮物逗得喜孜孜，這次就算多爾德作戰成功吧。

媽媽桑也把我抱到腿上，背後傳來軟呼呼的懷念觸感。

就是這個，就是它。這樣就對了！

為了追尋這樣東西，男人們在荒野間徘徊。

這裡是綠洲。

讓男人稍微喘口氣的地方。

我感動無比，順手送媽媽桑酒。如此一來，這間店除了有尋常的啤酒、葡萄酒、果實酒、牛奶當菜單，又多了威士忌、白蘭地的冰酒和兌水酒豐富成人品項。

「哎呀，這是什麼？」

「這個啊。是預定生產的新商品。蓋札王已經是預約客戶了，但我會偷偷放一些到這間店裡，妳可以試著包裝成熟客限定品推出。因為我想聽聽感想。」

「原來是這樣啊！可是，送我沒問題嗎？」

「沒問題。不過這種酒產量不高，有錢也買不到，得留意一下。希望妳以一人贈一杯來調查定價多少才賣得掉。」

「瞧瞧，史萊姆先生真有本事。先前在那個廣場上演講，緊張僵硬的模樣彷彿不是真的。」

媽媽桑說著說著就笑了，臉上掛著沉穩的微笑。

她似乎有聽我演講，真是羞死人。還以為她上晚班，白天都跑去補眠。

「那個啊，沒什麼啦。我在演戲，都演出來的。看起來很嫩吧？」

「呵呵。就當是那樣吧。」

我找話遮羞，媽媽桑則笑著拿這句話堵我。

接著她續道：

「不過，我覺得很棒。感覺很誠懇。在我看來，要吸引其他人，誠實才是最重要的。這方面，史萊姆先生該拿滿分。就覺得你很講信用！我也想看看摒除人類和魔物的藩籬，充滿歡笑的國度。」

這番話讓我很開心。

我發自內心發表演說，有人沒笑它是白日夢，還打心底喜歡。

「謝啦。」

好不容易口頭上有辦法道個謝聊表。

就這樣，我們度過愉快的夜晚。

哥布達一開始也很緊張，後來不知不覺隨著大家瞎起鬨表演雜耍。

雖然被女孩子玩弄於鼓掌間，但他本人看起來很開心，我還是別潑他冷水好了。

玩著玩著來到回家時間——

「好啦，差不多該走了。」

「也對。待太久會給人添麻煩。」

「不麻煩啊～」

「哎呀，要走了嗎？」

「哈哈哈，媽媽桑。我們有空再來！」

是很想繼續待啦，可是不回去不行。

就算我留了「分身」，一旦穿幫還是會死得很難看。

凱多已經打掃過凱金他們以前的住處了，這幾人似乎打算回那裡。

他事先張羅，以便凱金等人隨時來都能回去住。

我和哥布達則決定回平常住的迎賓館。

「你們聽好，回去也要小心別被其他人發現喔！今晚的事你知我知就好！」

事到如今應該用不著我提醒，但還是提一下以防萬一。

沒錯，我只是稍微提一下。沒想到……

「耶？朱菜大人有問偶們去哪，結果偶全說了。」

坐在哥布達那排倒數第一的傢伙大爆料。

你、你說什麼——！

我們全都嚇傻了。

「喂喂，你這傢伙……真的全講了？」

「真的假的！哥布杰，看你幹了什麼好事！」

「你居然——欸，我們死定了！」

哥布達臉上毫無血色，小隊成員也一副慌亂樣。

「那、那少爺，我們先回去好了……今天的事，那個，請您別跟朱菜說我們有來……」

凱金他們酒意全失，幾人慌慌張張地逃離現場。把燙手山芋丟給我們……

「哥布達——！你這王八蛋，到底是怎麼教那白痴的！」

我朝哥布達開砲。

「對、對不起！」

哥布達流著眼淚拚命道歉，不過，這不是哭就能原諒的事。

話雖如此，生氣並不能解決問題。

此時我耳裡聽到——

「您今晚好像玩得挺開心嘛。」

「您遲遲沒有回來，所以我們過來接您，利姆路大人！」

一是朱菜冰冷的聲音，二是紫苑帶著恨意的話語。

完了。

凱金等人露出世界末日來臨的表情，自動自發跪坐。

看樣子晚了一步。

我跟著放棄無謂的抵抗，老老實實道歉。

「「「對、對不起——！」」」

「哎呀？沒什麼好道歉的啊。」

「是的。我沒有為你們瞞著我偷偷跑來的事生氣！」

朱菜跟紫苑這把怒火燒得可旺了。

之後——

在夜店——「夜蝶」前面。

我們聲淚俱下，頻頻向朱菜和紫苑道歉。

＊

被哥布達的部下哥布杰害到，我們的下場慘到不行。

哥布達已經夠瞎了，沒想到哥布杰更扯。

今後要小心提防哥布杰才行。

時間來到隔天。

順利用完身在矮人王國最後一餐晚餐，蓋札王把我叫去。

「利姆路，我決定接受你的提議。」

蓋札王說完就遞出一樣東西，是記載藥師派任相關協議的文件。

「這是草案。希望你看完盡快統整可以接受的部分，再回覆給我。」

「好。我這就帶回去，跟大家討論看看。」

可喜可賀，他有意願接受我們的提議。

以上，該在武裝大國德瓦崗跑的行程都跑完了，我們動身回國。

ROUGH SKETCH
克蘿耶・歐貝爾
艾莉絲
蓋爾
良太
劍也

第三章

前往人類國度

Regarding Reincarnated to Slime

我進入夢鄉。

作起近來越發鮮明的夢——

——快點。

又來了。

——求求你，那些孩子……

又是這個夢。

——救救那些孩子。

好啦，我答應妳。

——求求你。那些孩子在王都。

王都？

——英格拉西亞王國的首都。趁現在事情還有轉圜餘地，那些孩子就拜託你了——

——夢作到這醒來。

夢醒後，我發現自己哭了。

總覺得這不是單純的夢。

事不宜遲，趕緊前往人類王國——英格拉西亞吧。

＊

我們回到睽違數週的魔國聯邦。

我不在的這段期間，紅丸跟利格魯德同心協力帶領大家。

「沒人作奸犯科，日子過得很平順。也是啦，哪個不識相的傢伙敢幹壞事，我會出面收拾他。」

「魔王卡利翁大人已經送水果來了。但由大型鳥魔獸進行空中運輸，運載好像滿有限的。」

紅丸和利格魯德先後向我報備。

鎮上的魔物平時就相處融洽，諒他們也不會捅什麼大簍子。反倒我在場才頻頻發生天大問題。

魔王卡利翁送來的東西已通過品質檢測，分成食用品及製酒材料。手腳真快。

能做到這樣，就算我哪天不在也不成問題。

尤姆他們和滾刀哥布林、高等半獸人這些鎮上魔物打成一片。雖然我外出，雙方也沒有起衝突。

鎮上那些魔物遵守我定下的規矩，對待人類意外友善。

尤姆的夥伴都不會狗眼看人低，因為對方是魔物就看輕他們，而是用平常心對待。

這夥人原本是小混混要不就是亡命之徒，但他們的心胸並不狹窄。

此外，我覺得尤姆這個男人很有人望。他確實具備領袖魅力。

或許是我們雙方有意攜手合作，分工起來意外地順利。

尤姆一行人以魔國聯邦為活動據點，定期巡視森林裡的村莊。沒什麼異狀就在白老底下修行，平時都這樣度日。

對邊境村莊支援體制趨於完備才得以如此和平。

之前一發現危險的魔物或魔物群體就得通報公會，公會再選出討伐部隊，派遣須一段時日。視情況而定，有時必須預先派出調查部隊。

某些村莊沒有昂貴的魔法道具「通訊水晶」，等救援部隊抵達少說也要一個星期。

這方面，有鑑於獨角獸的移動速度非比尋常，就算通訊水晶回傳遠方村莊的緊急求救訊號，也能在兩天內前往救援。

獨角獸可以不吃不喝持續奔跑，全拜牠的體力所賜。

若牠們拿出真本事，瞬間速度可比星狼族還快。

不愧是B+魔獸。

幸好牠們沒某種莫名奇妙的特性——只讓處女騎。

城鎮周邊有狼鬼兵部隊當警備員，警戒周遭狀況，不過以當前情形來說，他們歸類為多餘戰力。

或許是這樣的緣故，每當尤姆等人接獲村莊請求出動時，狼鬼兵部隊都會派五名支援人手隨行。

我方有餘力，才以幫手名義出動。這麼做可以讓那些村莊認識我國，是值得推舉的做法。

對尤姆他們來說似乎求之不得，一行人二話不說地接受這份好意。

除此之外，尤姆等人好像覺得單方面接受幫助很過意不去，還將特有的集團戰鬥技巧、劍術、個人格鬥技等技術教給狼鬼兵部隊成員。其中就屬求生技巧、獨門野營料理最具參考價值。

我不在並不會使這層連繫崩解，雙方逐漸構築穩固的信賴關係。

既然少了我不成問題，我就可以放心前往人類國度。

當天夜晚。

我聚集幹部召開討論會。

「——就是這樣，不需要大陣仗，我打算去人類王國和城鎮做個短暫的低調旅行。」

當著大家的面，我道出夢中見到的事。

那些夢大概來自被我吃掉的人——井澤靜江。

靜小姐之所以懷著糾葛的心情，下定決心即便如此仍要見魔王雷昂一面，其中一部分的原因或許在此。

為了過懶散生活睡懶覺，卻作到有關靜小姐的夢……正所謂世事難料。

是因為我吃掉靜小姐時，她的靈魂也被我吞掉？

以上只是推測，但我自認猜得八九不離十。

然而，「大賢者」並沒有替我解惑。

平常「大賢者」連我沒問的事都雞婆解答，如今卻安安靜靜。不，假如我在心裡默問就會回答，但不確定的事項通常不會答話。

「大賢者」通常只會給正確答案，我看它很不想承認這點吧。

靈魂究竟是什麼？

就連「大賢者」都不知道該怎麼答。

把事情大致說明一遍，我晃眼環視眾人。

「我明白了。不過，利姆路大人要獨自一人外出旅行，這要求實在讓我們難以答應……」

利格魯德用凝重的神情發表看法。

「確實如此。倘若利姆路大人有個萬一，好不容易整合的朱拉大同盟或許會整個瓦解掉。」

對利格魯德的話表示同意，白老似乎也不贊同。

「還好啦，要是利姆路大人不方便一個人去，派護衛就解決啦？」

此時紅丸出手相救。也就是說我的人身安全受到保障，他們就沒必要反對。

一提起護衛的事，紫苑就舉手發話。

「既然如此，我跟去就行了吧？」

紫苑根本沒把話聽進去吧。居然說要跟來。如果她真的跟來，我不就沒辦法低調了。

「不……這次為了避免爭端，我不打算以魔物身分前往，要變成人混進去。根據蒼影所說，鎮上布了各式各樣的『結界』，超越A級的你們跟來，肯定馬上露餡。再說……人家一看就知道妳有長角吧？」

「角只是裝飾品！還有，我可以靠精神力壓抑妖氣！」

「那妳試試。」

見紫苑無理取鬧，我便要她實際試一下。假如她真的能壓抑妖氣，藏根角而已總會有辦法。要我帶她同行也可。

「喝啊啊啊啊——！」

結果紫苑的妖氣愈來愈強。

根本反效果，笨蛋！

「妳這白痴快給我住手！建築物都要壞了！」

被我怒著聲喝斥，紫苑像洩了氣的皮球般垂頭喪氣。不過，我若在這給她好臉色看，惹事鬼就會跟來。

「妳很厲害，替我維持鎮上治安吧。交給妳了！」

「遵、遵命！包在我身上，利姆路大人！」

稍微誇幾句外加派個任務，紫苑的幹勁就回來了。好單純。

接下來，看紫苑自曝其短，紅丸跟著擺出沒趣的表情。

「聽起來，我也又要看家了嗎……」

他失望地說著。一開始會提議八成是想親自擔當護衛，但隱藏妖氣這點，紅丸跟紫苑都不及格。畢竟他在鬼人族裡擁有最高的魔素量，那也是沒辦法的事。

再說，要找人代替外出的我看家，紅丸是不二人選。有辦法同時鎮住好幾個種族的非紅丸莫屬。

因為紫苑和蒼影都不擅長治國。

「這麼說來，只能由我隨行嘍。」

朱菜面帶微笑應聲，可是她跟來亦構成一大問題。

的確，朱菜的妖氣不比紅丸、紫苑。話雖如此，她仍接近A級。要假也假不了。

還有最重要的原因在。

「不，我有個工作想派給朱菜。希望妳替我看守，注意我不在的期間是否有可疑分子出沒。」

我拜託朱菜幫這個忙。

假如我在，馬上就能知道有沒有可疑分子滲入。我一直發動「解析鑑定」看守這個城鎮。

雖有蒼影實際派員固守，卻難保沒有魔人隱藏妖氣入侵。

既然挑起眾魔王的注意，當務之急就是保持警戒。我跟蜜莉姆是朋友，還和魔王卡利翁交好，應該不會有人跑來硬碰硬啦……

想歸想，對手可是魔王。不得不提高戒心。

這樣一來，拜託朱菜待在鎮上，替我揪出可疑分子會比較妥當。朱菜具備獨有技「解析者」，探索能力不亞於我。

蓋德都沒出聲。

我已經交辦重要工作給他——總攬魔國聯邦第一國家事業、負責監督連通周邊國的道路修建，蓋德不可能沒擔當地拋下工作不管。

他的責任感很強，知道自己該守什麼本分。

白老和黑兵衛也不例外。

「跟去是沒問題……但利姆路大人更希望老夫操練士兵吧。」

「嗯，俺也沒辦法。要跟凱金大哥一起造大家用的刀。」

他們兩個也一臉遺憾樣，但這次只能死心。

即使找不到合適人選，未帶任何護衛去那晃蕩仍非我所願。

除了聽卡巴爾三人組提起，我還實際克服幾次危機，知道自身實力強大。

然而，實際面對魔王蜜莉姆這種霸者後，知道自己明顯大意不得。

打不過大不了逃走，可是對手搞不好一看到我就殺過來。為了防範於未然，我必須帶護衛。

「放心吧。頭目有我跟著。你們儘管放一百二十個心，好好執行任務。」

蘭加嗅出我的想法，興高采烈地宣告。

尾巴一直搖搖到都快斷了，欣喜之情溢於言表。

「不光只有這樣——我會派一個『分身』和利姆路大人聯繫。一有狀況就即時知會大家，你們用不著杞人憂天。」

繼蘭加之後，蒼影跟著發話。身為實際去過人類城鎮的魔人，他一副心裡有譜、老神在在的模樣。

有他們兩個跟在身邊，讓我放心不少。

現場另有替我帶路的合適人選。

「總之別擔心。為了這天，我早就跟卡巴爾他們套好交情了。到時再拜託他們帶路。」

「原來如此，這樣我就放心了。蘭加先生、蒼影先生，利姆路大人就拜託你們了。」

利格魯德似乎被我說動，放下緊張的心情，願意讓我出門旅行。

而且——

「那麼，現在就叫哥布達去請卡巴爾先生和其他人。我先去收拾行李。」

他反應很快，主動要求替我收拾旅行必備的東西。

不愧是利格魯德，這男人真可靠。

大夥兒都沒有意見，這下我可以心無旁騖地踏上旅途。

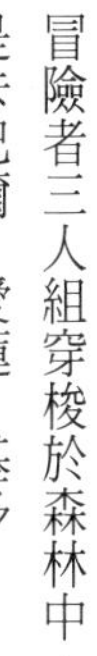

冒險者三人組穿梭於森林中。

是卡巴爾、愛蓮、基多。

他們的工作是探索森林，討伐目標物、採收委託人要的東西。

有時得露宿野外好幾天，工作內容相當累人。然而現在的探索工作比以往要來得輕鬆許多。

多虧朱拉大森林裡出現魔物王國——也就是魔國聯邦。

如今，三人組已經造訪利姆路的城鎮好幾次。那座城鎮最適合拿來當出外冒險的據點。

每次造訪都會看到城鎮多出新風貌，正持續發展。

還可以拜託他們修理裝備等等，說老實話，他們三人很希望對方在鎮上蓋個用來當冒險據點的住家。

拜訪時會順便帶森林裡採到的香草或蔬果當伴手禮。對方很喜歡他們送稀有物，結果不知不覺間養成頻繁採集的習慣。

這麼做不單為了當禮物，還是替自己做打算。

神奇的是，魔國聯邦會栽培這些稀有植物，有時能量產成功。那樣一來，鎮上就會提供稀有物製成的菜餚，三人間接也能一飽口福。

「話說那個城鎮的菜，真是愈作愈好吃了！依我看，朱菜的手藝跟王都廚師有得拚吧？」

「不不不，更高竿吧？比故鄉的高級佳餚還好吃呢。」

「說得對。俺對吃算滿挑剔的，但朱菜小姐的料理棒得沒話說。其他人的手藝也已經不容小覷啦。」

「沒錯。可是，你們聽好。我們的目的不是只有去吃飯而已。明白吧？」

卡巴爾神情認真地告誡二人，一面按捺興奮的心情。

食物的美味自然不在話下，但好處可不只這些。

「你們應該沒有滿腦子都是吃的，忘記我們該幹嘛吧？」

「還問，這種問題很多餘耶！」

「就是！利姆路少爺特地拜託俺們，得努力報恩才行！」

聽兩人這麼回答，卡巴爾點頭回應。

突然現身於這座朱拉大森林，轉眼間成為鄰近一帶支配者的魔物——魔國聯邦盟主利姆路，他請卡巴爾三人組過來，說有要事拜託。

跟他們很熟的滾刀哥布林哥布達現身時害三人組嚇一跳，不過，這已經不是第一次了，所以他們冷靜對應。

當哥布達說「利姆路大人好像有事拜託你們喔！」，三人組並不覺得麻煩，反而喜孜孜的。當下爽快答應。

他們從利姆路那邊拿了不少好處。

除了放他們在城鎮裡自由活動外，從前身陷危機時還被利姆路的手下救過。

不僅他們三個，利姆路對全人類來說更是恩重如山的魔物。

失控的焰之巨人。

率領大軍的半獸人王。

足以吞噬王國的暴風大妖渦。

這些之於小國布爾蒙王國，全都是前所未見的危機。

解決上述危機的不是別人，正是魔物（史萊姆）利姆路。

他們受過的恩惠數也數不清。

話雖如此，三人組出動的理由不只這些——

「可是話又說回來，周遭的戒備如此森嚴，我們去公會接討伐任務也沒用吧。」

「哪裡沒用了？俺們不需要出半點力，魔物素材愛怎麼拿就怎麼拿。」

「對啊。我們的等級來到B+，都托利姆路少爺的福！」

「是沒錯，但好像有點奸詐？」

「笨蛋！照妳那樣說就沒戲唱啦，愛蓮。」

「就是！別人的好意要心懷感激接下！」

「我也這麼想啦，可是一直欠他人情實在是……他要求的報酬就只有那麼一點，說明城鎮的情況和自由公會結構。」

「也是啦。俺為了回報利姆路少爺的大恩，有準備許多奇聞軼事……」

「沒差，那位仁兄不會在意這點小事啦。他都說了，收集對入城有益的情報也是重要工作。」

三人組你來我往地討論這些。

從對話內容可以得知，魔國聯邦配有巡視城鎮周遭並維持治安的警備部隊。由滾刀哥布林和星狼組成，名叫狼鬼兵部隊。

他們移動起來速度飛快，負責確保城鎮周邊安全。森林治安得以維繫，他們確實功不可沒。

維持治安產生的部分效應如下，有大批魔物素材聚往利姆路的城鎮。三人組則提供情報給利姆路，換取一些魔物素材。

當然，魔國聯邦本身也會運用魔物素材。有件事讓三人組不解，不知為何有名的矮人工匠就住在魔國聯邦裡。然而高手工匠未必會將魔物所有的部位徹底運用。既不適合作武器防具又不能拿來煮，這類部位通常當垃圾處置，可以免費送給卡巴爾等人。

那可是大甜頭。

有獨角兔的角、大毒蛙的蹼、巨熊的耳，運氣好的話，還能弄到甲殼蜥蜴的角等等。拿這些部位去公會報到，視同討伐任務完成。

接下城鎮周邊的危險魔物討伐任務，事後提交素材。交完就會加分，等級跟著提昇。雖然那些部位無法直接賣錢，對三人組來說卻是利用價值頗高的素材。

講是這樣講，其實他們所屬的布爾蒙王國自由公會分會長費茲早就看穿一切……跟作弊沒兩樣，但不穿幫就相安無事。秉持這份精神，卡巴爾他們一天到晚過去撿垃圾。

曾跟三人組一起見利姆路、去該鎮視察過，卡巴爾他們幹什麼勾當逃不過費茲的法眼。

費茲只傻眼地告誡「別疏於鍛鍊啊！」，全因這三人是維繫他跟利姆路交情的橋梁。此外，他還知道三人組受城鎮魔物們的「師範」——鬼人白老指導，認為他們偷懶歸偷懶，實力不至於造假。

姑且不論費茲怎麼看，周遭的眼光讓他們如坐針氈。

成績迅速扶搖直上總會惹人疑竇。要是做得太過火被大家發現就糟了，所以他們打算收斂點。

「是說這次挺難得的，好像是少爺本人有事相求。」

「真的！他願意找我們幫忙，感覺好開心喔。」

「就是。這次輪到俺們出力了！」

雖然三人組有點天兵，但這次利姆路差人聯絡，說有事拜託他們幫忙。

他們聽了理當赴湯蹈火。

如此這般，卡巴爾一行朝利姆路的城鎮去，意氣風發地前進。

據哥布達回報，卡巴爾等人正往這邊過來。大概再過兩、三天抵達。

聽說他們看哥布達用星狼的「影瞬」回鎮，臉上寫滿羨慕之情。

愛蓮好像能發動元素魔法「據點移動」，可是用那種魔法進行長距離移動需耗費大量的高價觸媒。所以說，她只在短距離緊急逃生時發動該魔法。

而培斯塔的魔法陣以昂貴「魔鋼」當固定媒介，不需要額外的觸媒。

若給愛蓮等人魔鋼製的魔法陣，他們或許就不需要觸媒了……但魔鋼又大又重，給了反倒要費盡力氣搬運。對冒險者而言，高價和使用次數有限固然是缺點，觸媒用起來卻比較輕巧方便。

接下來……

利格魯德會替我做行前準備，我決定把握這段空檔，向培斯塔、戈畢爾轉述蓋札王與我簽訂的契約內容。

有關這份協議書，我已在歸國路上的狼車裡看過。

文件上記載目前從事藥師工作的人員姓名，以及挖角他們的底限條件。我細細閱覽，琢磨是否接受這些條件。

事後不忘跟凱金等人討論，心中隨即有了答案。

接下來只要找當事人戈畢爾跟培斯塔，讓他們看看協議書內容就行了。

培斯塔成天埋首於研究中，到拒絕返鄉的地步。就不知他進展順利，抑或遇到瓶頸……

我發動魔法陣，朝洞窟內部傳送。

戈畢爾出來迎接我，跟我一同前往培斯塔的研究中心。

「噢噢，利姆路大人！恭候大駕。這裡的環境真不錯！」

被戈畢爾領去的我只見培斯塔拚命做研究，他發現我造訪就慌慌張張跑來，接著彬彬有禮地打招呼。

「好久不見，培斯塔。別來無恙，你好像有點變瘦了？有沒有好好吃飯啊？還有睡眠，是不是都有按時睡覺？」

我擔憂地問了。

「一切都好。這裡的菜非常好吃，菜色也日漸豐富。我都有確實享用。至於睡眠，這就……我確實連睡覺都捨不得，但這裡備有簡單的床鋪，忍到撐不住再睡也行！」

看樣子飯有好好吃，覺卻沒什麼睡。

弄到過勞死就糗了。喜歡是一碼事，不知節制可是個大問題。

不過呢，他本人會這麼做都出自熱愛。所以我只叮嚀一下，要他適可而止。要是培斯塔不聽勸，我會逼他休息。

跟一方面必須指揮群體的凱金不同，培斯塔只負責研究。這裡對培斯塔來說肯定跟天國沒兩樣。

「對了，開發狀況如何？已經能穩定萃取了嗎？」

「非常穩定，利姆路大人。問題點果然出在大氣成分的作用上。先創造真空狀態，再於真空中萃取，就能成功製出『完全回復藥』。這下可以穩定生產某種程度的藥量了。」

接獲我的提問，培斯塔快樂地做出回報。

「重點栽培的希波庫特藥草生長狀況如何？」

「栽培得很順利！本人有細心呵護。」

戈畢爾回答時相當自豪。

「確實如此。如今，戈畢爾先生已經具備一些藥學知識了。」

培斯塔跟著頷首肯定。

這麼說來，總算可以正式進入量產階段。

一開始我打算拜託黑兵衛，要他用獨有技「研究者」大量複製，可是那麼做會替未來種下麻煩因子。

光靠某人出力完成，倘若那個人不在了，就什麼都辦不到。

必須創造能永續生產的環境。培育技術人員，這攸關往後的國力發展。

基於上述考量，我才和矮人王國做出協議。

「那好。我跟蓋札王達成協議，準備補充人手。」

「噢噢……」

「竟然有這種事……」

嚥了嚥口水，戈畢爾及培斯塔端著緊張的神色等待後續發言。

「你們先看看這個。」

語畢，我攤開藥師一覽表和寫有加入條件的文書。

「噢——連約翰跟馬歇都名列其中。按這條件看來，要請他們所有人不成問題——」

培斯塔說著朝我投來熱切的目光。

「他們厲害嗎？」

「我想讓他們當助手，都是好人才。在這裡培訓的話，其中一人有望接班當研究培育員。」

「這些人可以信任嗎？」

「當然。我願賭上矮人的尊嚴保證！」

培斯塔答起話來自信滿滿。

我只想知道這些人是否可以信賴。按培斯塔的反應推測，應該很ＯＫ。

他說這些人才可以當助手用，還跟我的想法不謀而合，連繼承人的培訓都考慮到了。

相信培斯塔應該沒問題。

「戈畢爾，你怎麼看？若有新人加入，可以和睦相處嗎？」

「哇哈哈哈哈。您多慮了！我也有培育部下，戒備周到。有像是培斯塔先生的成員加入，一起工作如虎添翼呢。」

多點人也沒問題——戈畢爾同樣爽快應允。

既然如此，我的答案只有一個。

「好！那我們接受所有條件，把矮人藥師全請過來。培斯塔，拜託你詳查條件與能力是否吻合。戈畢爾去通知全體龍人，確保洞窟內安全無虞！」

「是，交給我吧！」

「遵命！本人戈畢爾定努力工作，粉身碎骨在所不惜！」

「對了，還有一件事，戈畢爾——」

「是，什麼事？」

「等你辦完這次的工作，就去當幹部。要好好加油，為我效命。」

「咦……我去當……幹部……？您說幹部嗎！」

「是、是啊。艾畢爾總有一天會跟你恢復父子關係，你會當上蜥蜴人族首領吧。你現在是我的部下，我想給你相應的職稱。還是說，這樣會給你帶來困擾？」

「不、不會。一點都不困擾！我、我真的……好開心……嗚嗚！」

戈畢爾感動萬分，整個人哭得稀里嘩啦。

是男人的眼淚。

「太好了。真是太好了，戈畢爾先生──」

培斯塔拍拍戈畢爾的肩膀，嘴裡朝他道賀。但現在說這些還言之過早。

「喂，有聽進去嗎？前提是任務成功喔！不小心得意忘形，一切都會付諸流水。要謹慎行事啊！」

「是！我會拚命努力！」

戈畢爾的激動心情似乎有些平復，他流著淚發誓使命必達。

如此一來，回復藥即將成為魔國聯邦特產，其生產體制邁入全新階段。

＊

在那之後，培斯塔對我說明當前狀況。

目前生產速度如下，要生產最高品質的「完全回復藥」，一個得花一天。採收希波庫特藥草、用魔法設置真空作業處、操作萃取器，光弄這些就得從早忙到晚。之後再花十小時，完成草汁萃取。這段時間要用來讓草汁與魔素融合，沒辦法精簡。

是說在我體內製作，三兩下就完成了……但我想這件事用不著特地提出。

如果靠黑兵衛的技能，三小時似乎可以作一個。

但剛才也提過原因，這次不能叫黑兵衛處理。黑兵衛只要專心製造武器就行了。

回歸正題。

做好的「完全回復藥」稀釋可製成一百個「低階回復藥」。我們採用魔素含量高的地底湖水，效果似乎比一般品更優。

該作業需透過魔法效果〈膜造〉進行，原本由培斯塔負責，如今戈畢爾學會那招就跳進去幫忙。如此一來，每個人的工作便清楚劃分。

龍人負責採收希波庫特藥草，培斯塔調藥，戈畢爾稀釋成一百份。

換句話說，一天就能生產一百個低階回復藥。

順便補充一下，稀釋後濃度只有完全回復藥的五分之一，效果卻相當於矮人王國製作的高階回復藥。

其效果如下。

完全回復藥：效果等同我手上的回復藥。能修復缺損部位的萬能藥品。

高階回復藥：能徹底療癒重大傷害。無法修補缺損部位。

低階回復藥：能治癒某種程度的傷。

差不多這樣。

所謂的部分缺損即斷手斷腳，知道治療效果有多厲害了吧。先透過藥裡的魔素成分催生義手義腳。過一段時間就會變成活生生的血肉，如同原生手腳。

到此有個問題浮現，我們該拿哪種商品當主力？

目前一天只能做一個完全回復藥。

換算下來，高階回復藥只能變出二十個，低階回復藥最多生一百個。不過，待那些藥師加入我們當研究員，一天的生產量有望提升三倍。

無論如何，栽培希波庫特藥草都需要時間。

用不著進一步提昇生產速度。

「好，等生產步上軌道，完全回復藥就直接保管備用。此外，我們還跟蓋札王約好交貨一百個低階回復藥。那就順便換一下客層，拿高階回復藥二十個當我國特產。各產線個別對應生產。可以嗎？」

「嗯。如果約翰他們過來，應該可以吧。到時我就能專心指導。」

若成真，生產體制將趨於完備。

為今後做打算，培斯塔空時間教導新人就變得至關重要。

在培斯塔看來，他大概想把雜事丟給新人，自己埋首研究吧。

鍛鍊新人能讓自己輕鬆許多——這麼想也無可厚非。

「那就沒問題了。兩位，拜託你們嘍！」

「是！」

「包在我們身上！」

聽完兩人強而有力的回應，我邁步轉身離去。

＊

方針就此定案。

我各取十個當樣本，從保管庫移至「胃袋」。

想在城鎮裡向商人展示這些，跟他們交涉，拿來當魔國聯邦今後的特產。

立刻去跟凱金商量一下，得先決定拿出來賣要定價多少才行。

我火速跑去找凱金討論。

首先要來複習，這個世界的主流貨幣是硬幣。

紙鈔不存在。應該說，紙才剛出現，紙價高昂。

再來說說所謂的硬幣。

挺讓人意外的，聽說西方諸國多用矮人王國製造的貨幣。

這怎麼可能？疑惑歸疑惑，那些都是鐵錚錚的事實，我再怎麼吐嘈也改變不了。

依前世的常識而論，各國貨幣的價值隨國力增減。說金錢價值等同國力也不為過。

那道理拿到這個世界也通用。

在西方諸國裡，有些國家亦發行該國貨幣。

雖然發行了，品質有保證、來自矮人王國的貨幣卻成為主流，變成廣受人們使用的官方貨幣。說得更白點，矮人王國發行的貨幣特別強勢，成為基礎貨幣。

選用某國特有的貨幣，兌幣商會嚴格檢視，手續費相對高昂。

我手邊只有凱多給的金幣，這樣反倒省事。

話說在這個世界裡，貨幣用途似乎僅限買賣物品。

發行國債、期貨這類炒高貨幣價值的制度完全不存在。從某個角度來說，堪稱反應真實價格的透明交易制度……

之所以能摒除投機交易，全因西方諸國有所謂的評議會制度，不過，這件事離我很遙遠就是了。

深入探究會把頭搞爆，上述話題索性先擱著。

通用貨幣主要分三大類。

銅幣、銀幣、金幣。

首先是銅幣，一枚差不多抵十圓日幣。

以一圓為單位的小錢稱作次幣或劣幣，各國在這方面多採用自家出產的錢幣，目前沒什麼機會看到。

再來是銀幣，一百個銅幣可以換一枚銀幣，一枚銀幣相當於千圓。

去鄉下住一晚，差不多要付兩枚銀幣。兩千圓乍聽之下很便宜，品質卻不比付出金額。別期待服務水平比照現代化日本，當然也沒附餐。所以，會給人一種很貴的感覺。

最後是金幣，可以用百枚銀幣換得。價值等同十萬圓，這個世界採金本位制，黃金價值不斐，怪不得金幣值這麼多錢。

甚至有人一輩子都沒看過金幣，可想而知這個世界的生活水平到哪兒。

要說無緣目睹，其實還有一種叫星金幣的東西名列其中。由矮人經特殊加工技法打造而成，裡頭凝聚了魔素壓縮體。這種金幣的價值高居藝術品等級。

一枚星金幣的價值換算成金幣可兌百枚，用於大買賣及國家對國家的交易。以我個人的感覺來說差不多有一千萬圓的價值，還擅自做出解讀，認為它不是貨幣，該當證券看才對。

順道提一下，扣除前幾天的夜店揮霍，我這還有十五枚金幣。價值相當於一百五十萬圓，好像發了一筆小財。

至於一晚花掉多少，還是別深究為妙。

差不多這樣，以上就是這個世界的貨幣價值。

百枚銅幣換銀幣一枚，百枚銀幣換金幣一枚。簡單明瞭。

那麼，這就來決定定價吧。

我拿一樣東西當參考，就是目前矮人王國正在販賣的回復藥＝低階回復藥。市場價格為銀幣三枚。

沒想到挺貴的。搞不好一天的薪水買個回復藥就沒了。

不過，身體對冒險者而言形同資本。

與其身負重傷無法上工，還不如買貴貴的藥，一般都會朝這個方向選擇。

再說像討伐任務這類差事往往要上攸關性命安危的戰場，不會有人蠢到省藥送命。

就算有會使回復魔法的術師當夥伴，自己的命終究還是得靠自己顧。發動魔法須耗費一段時間，人們很容易在那段期間喪命。

雖說術師身手也是定生死的關鍵，但危急時刻用藥更快更確實。

以此為前提，來看看高階回復藥。

比效用，低階回復藥完全不是它的對手。畢竟高階回復藥內含五份低階回復藥的藥量，最低定價不超過個五倍根本不合成本。

「你知道嗎，少爺？定五倍還是太便宜。最少要賣銀幣二十枚。這不是給新手買的便宜貨。客層要鎖定B級以上的冒險者。賣貴一點不要緊。可以的話，我們最好賣銀幣二十五枚。」

聽凱金說得口沫橫飛，我才恍然大悟。

的確。這種藥很好用，要是有大家貪便宜訂一堆就麻煩了。

沒利潤的事努力再多也是白做工，定二十五枚確實有道理。

要出貨給蓋札王的低階回復藥決定一個比銀幣二枚。賣一百個就相當於金幣兩枚，一天賺二十萬呢……他會定期購買，跟戈畢爾等人付出的勞力也成正比。

想賺一大票，就用獨門商品高階回復藥賺吧。

價格定在銀幣二十枚，一天的業績就等同金幣四枚。定銀幣二十五枚，換算下來等於金幣五枚。這方面就要看我的交涉手腕了。

「看我的厲害。我會談出高價，提昇獲利水平。未來還要讓規模擴增十倍百倍，努力充實國庫！」

「就是這股魄力，少爺！」

我先是同意凱金的提案，接著就結束討論會。

一切搞定，蓄勢待發。

＊

呀呼──────！

待在城鎮裡，感覺就是無法放鬆。

一想到可以像這樣放鬆身心靈外出旅行，久違的解放感就湧上心頭。

我要好好享受這趟旅程。

把握不可多得的好機會，敞開心胸享受一番。

話雖如此，此行前往人類城鎮還有一個重要目的。

夢境的事自然不在話下，更要談妥特產的販售事宜，除了這些，我可不能忘記一開始定下的目標——去見同鄉的「異界訪客」。

至於這些同鄉，自然是靜小姐的兩名弟子。

聽靜小姐說，這兩人也是「異界訪客」。

以前我讓她看故鄉長怎樣時，靜小姐曾回傳部分記憶給我。

他們是神樂坂優樹（Yuki Kagurazaka）和坂口日向（Hinata Sakaguchi）。

我兩個都想見，但坂口日向感覺很危險。

就覺得她一直以來只相信自己的力量。別說是並駕齊驅，十年前早已超越靜小姐，老實說我很怕碰到日向。

因此，去見日向之前還是先會會優樹好了。

理由不單只有這些，優樹如今是立於自由公會頂點的自由公會總帥（Grand Master）。

想必實力非同小可，來當我這個魔物的合作對象，肯定是最硬的後臺。

我細數待辦事項，思緒飄往陌生的人類城鎮。

轉生到這個世界將近兩年。

終於可以前往人類國度。

我們的城鎮位於森林深處。

背對封印維爾德拉的洞窟山，東北方有矮人王國，東南方是獸王國。

而法爾姆斯王國位於矮人王國西側，布爾蒙王國則座落於魔國聯邦西面。

目前出城鎮的路有三條。

一條是通往矮人王國的路，即將竣工。

第二條剛動工，連通獸王國。

我現在要走第三條，朝布爾蒙王國去。

要從布爾蒙王國來我們城鎮，大致可走兩條路。

看是要筆直前進，直接穿越森林。

還是途經法爾姆斯王國，半途切入森林。

經過法爾姆斯王國要走比較久。但森林危機四伏，時間充裕走法爾姆斯王國線會比較安全。

卡巴爾他們每次都走該安全路線造訪本鎮。

前半走法爾姆斯王國和矮人王國的街道，之後再入森林。當然他們是徒步前進，免不了走獸道。

回程就麻煩了。

來可以叫輛共乘馬車，回去不一定有馬車可坐。就算他們運氣好遇到一輛馬車，人家是否讓三人組搭乘又是另一回事。

所以光單程就會從兩個星期變一個月，耗費時間大大增加。

天候、與魔物對戰等事由亦會大幅影響路程，三人組曾自豪地說他們拿生命冒險。

對這樣的他們而言，現下撞見嶄新道路橫貫森林，三人組自是目瞪口呆。

「怎麼有這條路……？」

「嗯？之前不是跟你們講好了嗎？說要拓個街道。」

「對，是說過沒錯……可是……未免蓋太快了吧？」

嗯——會嗎？

按前世的常識來看是太快沒錯，可是親眼見識魔物的力量會覺得這樣很正常。那表示我已經很融入這個世界了吧。

「不會太快。我一直努力加速，但這樣還不夠。為了讓利姆路大人認可，大家要更賣力才行——」

蓋德這麼說。

他要再次回到工作崗位上，遂跟我們一同啟程。

「不不不，雖然蓋德先生這麼說，施工速度在俺們看來還是快得很哩！就連國家的直轄工程都沒這麼快……」

「對啊……就算有一堆魔導師級的術師，蓋路速度還是沒辦法快成這樣……」

基多、愛蓮和卡巴爾全都看傻眼。

真拿這些傢伙沒辦法。

未免太大驚小怪了。

日子一久，他們應該就見怪不怪了。

「這樣不是挺好的嗎？哎呀，好期待喔。就拜託你們帶路嘍，卡巴爾老弟。」

我愉快地改變話題，眼神莫名呆滯又空洞的卡巴爾總算回神。

他趕緊點點頭，動身鑽進狼車裡。

載著依然難以置信的卡巴爾等人，我們的狼車離開城鎮。

之後一段時間過去，卡巴爾三人組仍顯得有些鬱鬱寡歡。

接著就用無論如何都無法接受的表情看向這邊。

難道說只住一晚就出發讓他們忙得團團轉，心頭才有疙瘩嗎？

其實我剛準備妥當，晚上卡巴爾三人組就準時抵達。

雖然對他們過意不去，我們隔天早上還是起了個大早出發。

「只是一點小事沒問題啦。」

「對對對。因為少爺一直很照顧俺們。」

「我們就是為此而來的，別在意！」

如此這般，他們爽快答應，不過……

「是不是該多住一陣子，等體力恢復再出發？」

我擔憂地問道，卡巴爾趕緊搖搖頭。

「你誤會了，少爺！是這輛車的性能太好，一想起之前旅行的事，我就感嘆自己命賤！」

他這麼說。

似乎等著接卡巴爾的話，愛蓮跟基多相繼開口：

「對對對！怎麼會這樣，太扯了！這輛馬車，該說這輛狼車才對！完全不會搖耶！」

「就是！移動起來舒適成這樣，根本不算旅行！」

兩人說得臉紅脖子粗，頻頻指出這輛狼車有多扯多厲害。

「好，等一下等一下。」

我趕緊安撫他們。

「妳說車子不搖，沒有吧？不是一直震來震去嗎？」

安撫完順便補這句。

事實上，開在光整地沒鋪路的地基上，車輪一輾到小石子就跟著跳動。我們以時速三十到四十公里的速度前進，衝擊力道不小。

抖到我一心期望道路快點完成。

然而，在愛蓮大聲嚷出那句話後，我的心情相較之下顯得多餘。

「哼！這樣根本不算搖！一般的馬車沒辦法駕這麼快，要是車伕打算比照這個速度駕車，乘客會生不如死啊！」

「說得對！照理說搭真正的馬車，屁股會很痛。搭乘時間一長，身體會這邊痛那邊痛！才震一下就喊車在搖，搭真正的馬車肯定會欲哭無淚喔！」

「是啊，少爺。搭這麼舒適的車還哀『啊啊～好累——』，要不就問『你累了嗎？』，那我們之前的辛勞算什麼。再加上，以前某些時候還跟探險沒兩樣，邊走邊擔心隨時可能來襲的魔物，現在這樣過太爽了，我沒辦法把它跟旅行劃上等號！」

找我抱怨這種事也沒用啊？真的就在旅行嘛……

「呃，沒啦。總之你們先冷靜下來。基本上，凱金他們都沒跟我提過這種事啊？所以說，我才覺得大概就是這樣嘛？」

「不覺得——」

「一點都不覺得！」

「俺不覺得……」

三人異口同聲否認。

搞得我好為難。

「別這樣啦。現實就是這麼殘酷啊！這也算旅行的一種。」

「不不不，你的想法太奇怪了。」

「對嘛！雖說搭起來舒服是比較好……」

「其實是因為車由凱金先生他們出力製作，才不透露半點風聲。要利姆路少爺認可他們的作品，他們才會滿意。所以他們才絕口不提大家都知道的常識。說到這個……凱金先生跟葛洛姆大師他們為什麼也跑來鎮上住？說不通啊！」

對於矮人族裡數一數二的工匠跑來投靠我一事，他似乎疑惑不已。

關於這點，我只能說他們願意當我的夥伴才跑來，其他無法透露。

「反正他們都自己跑來加入我方了，就別計較這麼多嘛。還是說你們討厭輕鬆旅行，想用走的？」

「啊不，這就免了……」

「剛才都說我喜歡輕鬆旅行了嘛！」

「其實俺求之不得。」

看他們嘮嘮叨叨煩死人，我以為三人組比較喜歡用走的，沒想到問題一出就被即刻否決。

這夥人真難搞。

「那就結束跟車子有關的話題！別管那個了，跟我說說人類城鎮的事吧？」

語畢，我強制打斷這話題。

他們幾個聽了在那可是來可是去，但基本上還是對搭起來舒適的狼車心滿意足，之後並沒有繼續嘮叨。

之前都沒聽人提過，沒想到常識落差會出現在這種地方。

原本打算去人類城鎮買馬拉車，我看還是重新考慮一下好了。幸好及早得知這方面的常識。

*

夾帶一些小插曲，旅程進行得很順利。

我們一大早出發，目前時刻來到正午。

「真是不敢相信。那座山已經離我們這麼遠了……」

聽到卡巴爾的呢喃聲，基多和愛蓮默默地點點頭。

這也難怪，拉狼車的星狼個個都是B級魔物，跟馬不一樣，跑這點程度的距離不需要休息。此外，剛才那些奔跑動作之於星狼只是小跑步。要他們卯起來跑也沒問題。

蓋德看三人組那樣不禁露出苦笑，接著又朝我搭話。

「利姆路大人，敢問您午餐有什麼打算？前方不遠處有休息用的小屋。」

細心如蓋德，聽起來他已經命人在屋裡備妥飯菜。

「不愧是蓋德。準備在這休息兼用餐嗎！」

此話一出，車內立刻一陣沸騰。

卡巴爾他們剛開始抱怨連連，現下已習慣舒適的狼車，甚至有閒情逸致欣賞路邊風景。

翻臉跟翻書一樣。

一抵達小屋，蓋德就從駕駛座下來。

負責拉車的星狼都來自蘭加，也就是所謂的分身。因此我們不需要車伕。

分身只要沿著道路跑就行了，放他們自己跑沒問題。但蓋德認為他身軀過大，才沒進車內搭乘。

如此認真的個性讓人頗有好感。工作情況亦如實體現他的性格，蓋德可說是全體工作人員的榜樣。

用餐之餘，我們聊起接下來的安排。

目前連通布爾蒙王國的道路只開通一半。超過三分之一是未開發的森林。

工程進展如下——

當初我從空中進行探勘，選定障礙物較少的路線。每隔一段距離測一次高度，先掌握起伏狀況再擬定最理想的施工計畫。

蓋德他們則按部就班行動，依施工計畫造路。

工作分三班進行。

第一班負責砍樹搬運。

第二班整地改良。

再由第三班鋪設最外層的石板。

分工不算太細，差不多是這樣。

該路線沒繞太多遠路，延伸距離約三百公里。跟矮人王國相比，布爾蒙王國的所在位置近多了。

有樹木繁茂的森林、險峻的山和谷溝，外加魔物威脅。

這些東西橫在該國與我國城鎮間。

待此路開通，一般商人徒步走單趟將花不到一星期。雖然還得想法子對付路上的魔物，但這條路會帶來不少貢獻。

他們可能會搭馬車，從布爾蒙王國到魔國聯邦城鎮就變成三天。魔國聯邦城鎮往矮人王國變十天。算入其他條件或許要增減幾天，不過，未來從布爾蒙王國到矮人王國可望兩個星期搞定。

目前要先通過法爾姆斯王國前往，最短得花上三個星期。不需過於煩惱魔物問題，卻得防範強盜之類的宵小，花在保安層面的費用跟我家路線不相上下。這樣一來，我國的重要性勢必水漲船高。

喔對，現在討論道路的重要性還言之過早。

接下來的行程是先讓狼車約莫跑個一小時左右，到時會抵達現正進行的施工現場。再往後面去就沒路了，要下車用腳走。

「原來如此。也就是說，總算輪到我們上場啦。」

卡巴爾精神抖擻地發話。

他說對了。

「拜託你們嘍！」

「沒問題。」

「交給我們吧！」

「嘿嘿，俺要大顯身手！」

三人幹勁十足，看樣子應該沒問題。

結束用餐討論後，我們再度踏上旅途。

兩小時過去。

在蓋德及其他高等半獸人工作人員的目送下，我們踏入茂密的森林。

「嘿嘿，利姆路少爺。你千萬要小心喔！這裡已經是魔域，朱拉大森林內部！」

「話是這麼說沒錯，但有我們陪同儘管放一百二十個心！」

「俺辦事你放心！」

三人組拍胸脯保證。

我可是朱拉大森林的居民，你們狂批這裡是魔境會不會太超過啊。

這時卡巴爾拿出小刀，切斷糾纏在一起的藤蔓，弄出人勉強能通過的縫隙。

基多的耳朵貼於地面，似乎在確認是否有凶惡魔物靠近。

愛蓮詠唱魔法，替大家上驅蟲、毒感應、表皮防禦等多重效果。行經這座森林可能會被毒蟲螫、被藤蔓的荊棘刺傷，潛藏許多隱形危機。這是老手才懂的內行事，讓我不禁有種恍然大悟的感受。

我也變成人型，戴上從懷中取出的面具做好萬全準備。這樣不管從哪個角度看都不像魔物。比較像可疑的冒險夥伴。

「少爺你為什麼特地戴面具哩？」

可能不滿我遮住那張臉，基多開口提問。

「其實我還沒辦法完全隱藏妖氣。要是魔法結界讓我露出魔物原形就糟了，戴著以防萬一。」

聽我這麼說明，基多小聲叨念「不會吧，怎麼看都不像魔物啊……」，最後勉強同意我的做法。

之後我們持續走了三小時。

時間來到傍晚，差不多該張羅晚餐了。然而，他們三個完全沒有停下來歇息的意思。身上冷汗狂冒，正在拚命討論些什麼。

總覺得我們好像一直走剛才走過的路，他們到底在幹嘛啊？

我想說有老手帶路，交給他們處理應該沒問題，不過……

有人已經快哭出來了，我還是問問吧。

「喂喂喂，你們該不會迷路了吧？」

「哈、哈哈哈。照理說應該不會迷路啦……」

卡巴爾答話的邏輯有點可疑。

這樣下去沒問題嗎？

我偷偷叫出腦內地圖來看，我們果然走在剛才走過的路上。

大概是我多心了——最好是！

「喂！搞什麼鬼，你們根本迷路了吧！」

三人被我的話嚇住。

「「「對不起！」」」

卡巴爾等人紛紛低頭，異口同聲向我道歉。

看樣子真的迷路了。

這樣還敢自稱專業？

算了，不跟他們計較……

反正旅程又不趕，在外露宿也挺麻煩的。

今天先回工程現場，明天再出發吧。

工地裡備有簡單的小屋，可以放鬆歇息。

我們已經開過一次路了，才花一小時左右就返回小屋所在處。

我先用「思念網」聯絡蓋德，飯菜已在工地小屋內備妥。

三人組顯得顏面無光。

「怎麼會在那種地方迷路呢……」

「害我的自信心萎縮……」

「俺可是找路專家呢！比你們還受傷好嗎……」

他們似乎打算在我面前好好表現，這下垂頭喪氣得很。

見卡巴爾等人如此沮喪，蓋德拿一株花給他們看。

「原因會不會出在這朵花上？」

嗯，這個是？

「啊！這不是幻妖花嗎！B級以上才可接採取任務，找起來也很吃力！」

此時愛蓮興奮地插嘴。

靠近這種花會產生幻覺，可以拿來當魔法物品的素材，好像是很稀有的花。

「對。因為這種花的關係，害我們工程延宕。剛才忘記先警告你們，抱歉。」

說完，蓋德朝三人低頭賠不是。

他似乎認為有「魔力感知」的我不可能被迷惑，才疏於發出警告。

的確。我可以飛在空中擬定拓路計畫，一般不會朝我下地行走外加迷路的方向聯想。這不是蓋德的

錯。

嚴格說來，都是想品嘗冒險氛圍的我太隨性才會出這種紕漏。

「這個嘛，我袖手旁觀也要負一部分責任。明天再出手幫忙！」

除了反省，我順便做出宣言。

對了，聽說蓋德認為花會妨礙工作進展，已經把這一路上的幻妖花摘光。百株以上的幻妖花正裝袋置於倉庫裡。

機會難得，我把這些花全吞進「胃袋」，開始進行解析。

燒掉會噴發幻覺粉，埋起來則重新生根，又是一尾活龍。妖幻花的性質相當棘手，大夥兒似乎很高興我回收這些花。

既然是採收對象或許有某種用途，還能幫到蓋德他們。

正所謂一石二鳥。

就這樣，我們度過旅途第一天。

隔天一早。

我打算照昨晚講的，盡全力協助。

該你上場了，「暴食者」！

心裡默念這句，我稍微向前伸出右手，讓技能發動。

轉眼間，眼前的大樹消失無蹤。

「蓋德，我很想幫你們吃掉阻擋開路的份，但這樣太花時間了。不好意思，我只吃擋路的樹大致整理一下，拜託你善後。」

「遵命。這是我應盡的職責，您無須多費心神。」

見蓋德應允，我開始邊走邊吃擋路的樹，吃得很隨興。速度跟昨日相比不可同日而語。

「……居然有這種事。」

「太扯了。這招太超過啦！」

「我知道利姆路先生天生神力，但這實在……」

三人組不知為何好像很反感，但那不干我的事。

「你們幾個。別發愣，快點走吧。」

我催促他們前進，一行人再度踏上旅途。

東摸摸西摸摸一個星期，我們終於來到森林的出口。一路上幾乎都照規劃路線走，此行並沒有浪費太多時間。

我個人沒急著趕路，而是享受久違的旅行樂趣。

不過呢，那是因為史萊姆的身體不會累又能保持清潔，才有辦法說出這種話吧。

愛蓮一直有用〈淨化魔法〉，我順便請她教我。試用後發現我的魔法效果更強，所以我替大家施了一遍。這個舉動造福大家，三人組旅行起來似乎比以往快活許多。

加上升火輕鬆簡單，又帶了豐富的食材。

最棒的是，我用「胃袋」把狼車車輛裝來，那可是有屋頂附長椅的好物。各有兩張椅子一前一後面

對面做雙腳固定，可以讓兩個人當床鋪睡。

我不用睡覺，一直當守夜人也無妨，卻被三人組斷然拒絕。

所以就變成兩名守夜者在外待機，另外兩人待在安全的車內休息。

這比隨便找個民宿過夜還要愜意，三人組看起來相當滿足。

「利姆路先生！我們一直組隊冒險下去吧！」

愛蓮萬般感激地提議，但這是不可能的事。

還沒當上朱拉大森林盟主的我或許會接受邀請，然而如今的我已有責任在身。國家營運全丟給利格魯德等人也沒關係，可是我實在無法置之不理。

——總有那麼一天。等大家不再需要我了，要我跑去當自由自在的冒險者也行。不過話又說回來，到時你們已經不在人世了吧——

不經意地，這個想法閃過腦海。

蜜莉姆是否也有同樣的經驗？

要好的朋友終究無法陪自己走完人生，如果是我會選擇走上孤獨之路嗎？

我不知道。

對目前的我來說，人生經驗仍不足以為這個問題找出答案。

Regarding Reincarnated to Slime

布爾蒙王國。

人口不到百萬，國家規模不大。

有一些村落，還有治理這些村落的貴族領主。

僅王都夠格稱作大都市。

是如假包換的小國。

在三人組的帶領下，我朝農村前進。

繼森林之後是一片寧靜祥和的景色，只見田地裡有用柵欄圍起的村落。

首先，我們要去立於王都的自由公會布爾蒙分會。

預計去那裡找費茲，請他寫要拿給自由公會總帥神樂坂優樹過目的引薦函。

事前未經打點大概無緣會見這類大人物，我個人認為引薦函不可或缺。費茲當初也爽快應允，等我到場就會幫我準備才是。

村莊有對外派定時馬車。

雖說一天只有兩班，搭那個馬車去王都卻三小時有找。

由於國土狹窄的緣故，道路整頓工作相對確實。交通感覺滿便利的。

我們於中午時分抵達村莊，在兼賣餐點的旅店吃午餐。

此時，偷閒的我碰巧聽到某人拉大嗓門自賣自誇。

「然後，我就拿大戰斧狠狠地砍下去，結果把這傢伙解決了！」

「好強——！不愧是比特大哥！」

「比特大哥，這傢伙是很強的魔物吧？你一個人搞定嗎？」

「是啊。有本大爺出馬，獨角熊哪是我的對手！」

話者好像殺了某種強力魔物，讓我很感興趣。

我偷偷朝該處瞥去。

緊接著，不知名的屍體立刻咚的一聲，被人用力放到餐桌上。

害我差點把口裡的東西全噴出來。

還以為是他們談的獨角熊本尊，結果來一個超級贗品。

充其量不過在熊身上埋進獨角兔的角，桌上就擺著那個魚目混珠的東西。

動物跟魔物不好辨別。

再加上妖獸和魔獸等等，要細細區分不是件容易的事。

就好比蘭加，嚴格說來他算是「妖獸」。

專吃魔素果腹的歸類「妖獸」，跟動物一樣會吃肉或果實的稱作「魔獸」。不過呢，兩者差異難以辨別，蘭加更是連肉都吃。按正常邏輯分也分不出個所以然。

話雖如此，動物跟魔物之間有個明顯差異。

就是強度。

無論妖獸魔獸，力量都遠在動物之上。

基本上動物吸收魔素就會變質成魔獸，增強是應該的。

朝這個方向想，要判別屍體真假出乎意料地簡單，對肉質進行調查三兩下就能水落石出。

但一般人八成搞不清楚。

除非他們跟我一樣具備「解析鑑定」……

魔物會掉「魔晶石」，有那樣東西馬上一翻兩瞪眼。

「喂，有人拿假獨角熊賣弄功夫，這樣行嗎？」

「咦？哦，真的耶。是說利姆路少爺，你居然有辦法看穿他的伎倆？」

「啊，真的！上面黏了獨角兔的角。當魔法師的一下就會看穿了……」

「果然沒錯，妳一眼就看穿啦？那樣也會沒辦法拿去回討伐任務，不就毫無意義？」

「不，少爺。那傢伙的目的不是這個。拿去王都馬上破功，在這種村子卻能當英雄！編說自己負責保護村子，騙個免錢食宿。」

原來如此，高招。

基多的解釋讓我開竅。講白點就是騙子。

世上的騙子百百種。

順便上了一課讓我心滿意足，打擾他騙人真抱歉，本想置之不理……

「欸欸欸，給我暫停一下。你們幾個，竟敢說這東西是假貨！把本大爺當白痴，知道自己會有什麼下場吧？」

在那吹噓的叫比特的男子起身，跨步朝這邊走來。

為何這類仁兄的耳朵都特別靈敏？

還喜歡沒事惹事找人麻煩……

腦子裡才在想些有的沒的——

「咦？那不是卡巴爾先生嗎……」

「愛蓮小姐也在！」

「另一位是基多先生嘛！」

先是這些聲音傳來，接著我們瞬間受餐廳客人包圍。

似乎聽見人們的話，比特停下腳步，臉色越發鐵青。

「什、什麼嘛……你們三位還真壞。既然都回來了，就跟我說一聲啊！」

他一臉諂媚地靠近卡巴爾，拚命討好他。

轉得真快。

「你哪位？」

「討厭啦，就之前被你打成豬頭的比特啊！在王都找麻煩，蒙受卡巴爾先生指導的比特！」

聽起來好像還在王都惹過三人組。

當初似乎企圖偷卡巴爾的行李，這次又從小偷轉職成騙子……

該說他愈挫愈勇，還是白痴一個。

話又說回來——

居然有這種事！

真沒想到，卡巴爾三人組好像很出名。

跟那個騙子比特好像不熟，對方卻很尊敬他們。村人也用看偶像的眼神看卡巴爾等人。

是說受奇怪的傢伙尊敬應該不怎麼開心吧。

不過，三人組是出名冒險者的事讓我好吃驚。

他們最近嶄露頭角，迅速竄升成知名冒險者。

嗯，該不會是……？

我在猜，他們一天到晚來我們鎮上拿魔物素材，該不會用這招提昇評價吧。

疑惑的視線掃向三人，只見他們慌慌張張地別開目光。

這件事就別追究了。

每個人都有不欲為人知的祕密。

話是這麼說沒錯。

但現在不追究不代表事情就此作罷。

「你們幾個，知道該怎麼做吧？」

「「「當然！」」」

不用說，他們三個異口同聲應答。

知道就好。

這樣一來要是有什麼麻煩，三人組肯定會傾力相助。

然後，也跟比特算個帳。

「假如你也希望受人讚賞，有什麼狀況就該多少出點力吧？平常就要耕耘，這樣大家才會對你另眼相看。」

「……是。我會注意的。」

我只有稍微念個幾句，事情就這樣算了。

卡巴爾他們跟比特半斤八兩，沒那個臉繼續數落比特。比特看起來也有反省跡象，事情應該能就此打住。帶著途中發生的小插曲，旅途順利地進行下去。

＊

我走在小國布爾蒙的王都裡。

建築物走古樸路線，但它們看起來都很堅固。

這是美好的舊時代——姑且不論是否美好，模樣很像散發浪漫氛圍的歐洲中世紀城鎮。

相較於多為日式建築的本國城鎮，布爾蒙王都別具風情，感覺很有趣。

街上行人洋溢歡快氣息，絲毫不見半點陰暗憂鬱。

據卡巴爾等人所說，該國預測魔物將大量增生，還發布警報。但隨著魔物警報解除，人們也找回以往的朝氣。

這也難怪，畢竟當初擔憂的魔物襲擊事件並未發生。

即使如此，布爾蒙仍具有邊境國色彩，街上那些武裝人員格外醒目。

幸好此處有不少奇裝異服的人，戴面具也不至於引人注目。

整個很幻想風。

是說，有件事令我吃驚。

用我的「解析鑑定」觀察後得知，許多人用的武器防具都是爛貨。

他們的實力和裝備不相上下，沒什麼厲害之處，但我曾在矮人王國看過一些冒險者，這些人的裝備要比布爾蒙冒險者更好一點。

「少爺，這是當然的。因為這邊優秀的鍛造師太少了。」

「俺們為了收集武器和防具費很多心力呢。有錢也買不到。」

「我也是，好想買新的杖，卻找不到像樣貨色……」

三人組正好替我解惑。

聽完總算明白了。怪不得他們看到凱金這類矮人工匠跑來本國城鎮會驚訝成那樣。

在我看來稀鬆平常，對三人組來說卻是天大的意外。

話說回來，我好久沒沉浸在人類街道特有的氛圍裡，心情變得格外興奮。

還跑去買攤販賣的烤肉串，邊走邊吃。這些攤販讓我想起再怎麼懷念都回不去的日常生活。

肉串用什麼肉不得而知，吃起來出乎意料地美味。

講是這樣講，其實鑑定一下就知道肉串本尊為何，但我沒鑑定。我要「解析鑑定」別的東西。

這樣東西就是醬汁。

我一吃就知道醬汁怎麼調配，雖然有點奸詐就是了。

如此一來，朱菜的菜單又能增添其他品項。

我們邊逛街邊走，最後抵達自由公會布爾蒙分會。

那是一棟石造的厚重建築。

是這個世界少見的五層樓建築。

話說我還是頭一次見到高過三層樓的建築。

矮人王國蓋在山脈下方的大空洞裡，高度最高只達天花板。王宮也不能倖免，不存在高樓大廈。

重點位置設有加了魔法的採光窗等等，亮度跟室外差不多，讓人嘆為觀止。

所以說，我一直先入為主認為這個世界沒有高樓大廈。

一進到建築物裡就迎來舒適溫度，彷彿開了空調。

我不受氣溫影響，但「熱源感應」可以測出當前溫度，跟外頭溫度差多少一目了然。

看樣子這座建築備有來自魔法的溫度調節機能。

出現讓人意想不到的高科技，表示這世界的文明等級可能滿高的。

或許是魔法加持的緣故，該文明朝不同於原生世界的方向發展。要是少了魔王和魔物等生物，人類搞不好能發展出更高度的魔法文明。

從反面解釋，這些開發動力全都拿去用在魔物身上。顯示這個世界的生活環境很艱困，需投入相當人力對付魔物。

為了避免跟魔王對立才把豐饒的土地讓給他們，要是有什麼原因刺激到人類，他們也會反過來攻打魔物。

目前魔物仍然占上風，然而今後的發展天曉得。

人類的慾望永無止境，為了捍衛我國權利，必須及早擬定應對方針。

還好有來。

我國並不打算侵攻他們，倘若不幸敵對，掌握對手的底子將變得至關重要。

參觀人類城鎮、了解這個世界的人類，上述作為都會大大影響今後的方針。
我打算仔細觀察，好好研究一番。

好了，一直站在這也不是辦法。
我在三人組的帶領下入內。
內部空間跟市政府的櫃台大廳很像。
有機場等處常見的收受物窗口，標示牌上寫著「收購處」。多虧「大賢者」解說才看懂上面寫什麼。
這技能真的很萬用。
櫃台大致分成三大類。
其一是剛才提的收購處。
再來是對全公會成員的一般窗口。
還有冒險者公會員才能利用的專用窗口。
就是以上三種。
收購處即字面上的意思，收購採取物或出給公會的貨物等。
一般窗口則供新手和在鎮上過活的公會員使用。可以來這裡加入公會，或者退出公會。
專門窗口只准具備冒險者資格的人使用。
冒險者泛指採收、探索、討伐這三個部門的成員。
主要活動範圍都在城鎮外的人才叫「冒險者」。換句話說，有辦法戰鬥是當冒險者的最低條件。
舉例來說，其中有一個魔法部門。

會使用魔法才能加入，但那樣頂多只能走一般窗口。

光會用魔法還不夠。

必須擇一加入採收、探索、討伐部門，先弄到在城鎮外的活動經驗，此後便具備冒險者資格。

卡巴爾、愛蓮、基多各自分屬討伐、採收、探索部門。

似乎是這樣來各司其職。

是說這三人或許比想像中來得更有才。

聽完說明才知道，要當冒險者意外困難。

那麼，獲得冒險者資格有什麼好處？

好處在於自由度高，也就是成為自由公會命名由來的制度。

規則明定自由公會成員隸屬於哪個國家，冒險者卻能自由變更所屬國。可以更動住所、跨越國境跑到其他國家去，只要本人有那個意願，限制上相對寬鬆。

當然，戰爭等非常時期限制較多，但經過第三國就沒問題。

要從A國移到B國，逐一提身分證明很麻煩。換成冒險者，與自由公會合作的國家會替他們查核身分，故能自由來去。

活動起來無國界，這就是冒險者。

這是因為冒險者能對付魔物，才享有特殊待遇。

不過講白了，其實只是讓他們自由選要繳稅的對象國。事實上，沒人會一天到晚在國家間改來改去。

自由伴隨責任，所以大家都想去住生活舒適的國家吧。

差不多這樣，接獲的說明如上。

我之後得去英格拉西亞王國跑一趟，很想先拿到充當身分證的冒險者資格。

告知心中想法後，三人組帶我前往一般窗口。

「要加入公會來這裡。」

「如果是利姆路先生，一定能輕鬆當上冒險者！」

「是說，俺看他不需要接受測試啦。」

時間接近傍晚。

再等一下下，櫃台就會出現人潮。

早上都很空，傍晚則會擠滿從外頭回來的人。

所以說，最好現在先登記完畢。

「麻煩妳，我想登記當冒險者。」

「——你幾歲？當一般公會成員還行，可是這個年紀當冒險者太小吧？」

櫃台小姐委婉拒絕我，此時卡巴爾立刻出聲幫腔。

「哎呀，別這麼說嘛。不要看利姆路少爺這樣，他是跟外表差很大的高手喔。看在我的面子上讓他申請吧，好不好？」

我看起來像小孩子，早就猜到對方會這麼說。

事前有跟卡巴爾等人商量過，還拜託他們幫忙，想辦法替我弄到資格。

「實力連卡巴爾先生都掛保證嗎？不過，測驗很危險喔……」

「無妨，沒問題。」

不枉三人組輪番上陣遊說，櫃台小姐總算心不甘情不願地辦起登記手續。

我開始填她給我的申請表。

有名字、年齡、特長、出生地等等。

填知道的就可以了。

所以我只填名字，另外在特長欄寫上劍術。

一般登記手續到此結束。接著要選加入的部門。

有實績就能三個部門全加，沒什麼好煩惱的。

我決定先加入討伐部門。

採收的話，必須去森林裡找來指定物品。

而探索要測試遺跡探索技巧，需前往英格拉西亞王國的人工遺跡接受測試。

能當場測試的就只有討伐。

當我忙著填寫時——

「卡巴爾先生，他今天也好帥喔！」

「愛蓮小姐最棒。今天也好漂亮！」

「笨——蛋！不懂基多先生成熟魅力的人就是那麼膚淺……」

上述對話傳進耳裡，我有點摸不著頭緒。

卡巴爾他們為何如此受歡迎？一開始去的村子也一樣，三人組很有人氣。

想著想著，我的資料也填完了。

「你確定？是不用大費周章啦，但最危險的就是討伐喔！」

「不會有事啦！說真的，就算我們三人一起上也打不過利姆路先生！」

「對啊。根本不是他的對手。」

櫃台小姐開口勸說，結果愛蓮和基多代替我答了。

聽到這句話，在場眾人全都吃驚地盯著我看。

雖然在我填寫時，有些話被我當耳邊風——

「欸欸欸，那個小不點好像要接受測試呢？」

「是不自量力吧？太亂來了！」

「要不要來賭他會過還是落榜？」

「想太多，根本不用賭吧！」

「可是，他腰上的劍形狀獨特。長這麼大從沒看過……」

「搞不好很厲害也說不定……」

「搞不好。因為他們三個一直對他很有禮貌。」

諸如此類，大家毫不忌諱地發表高見。

此時愛蓮他們正好吐出那句話。

「不會吧？那孩子比卡巴爾先生強？」

「真是不敢相信。可是，看卡巴爾先生一行人對他的態度，或許不假……」

隨著大家從震驚中恢復，這類對話開始慢慢興起。

「嘿！你們幾個安靜點。利姆路少爺，不好意思喔。都是些不懂禮數的傢伙——」

「不，沒關係。那不重要，我是想快點接受測試啦。」

卡巴爾的喝斥聲讓大家閉嘴。

同一時間，目瞪口呆的櫃台小姐趕緊點點頭。

「好的……是，也對。那麼接下來要接受測試。想當冒險者，等級至少得在D級以上。因此，不建議非戰鬥人員參加。討伐部門的條件特別嚴苛，最少要D+。可以的話，比較建議C級以上。這樣你還是堅持接受測驗嗎？」

她對我做最後的確認，我則點頭回應。

言下之意是出去外面闖蕩需有相當實力吧。

連那個比特都當上D+冒險者，測驗對我來說大概小菜一碟。

至於這些等級，好像也是神樂坂優樹定的。

加入公會從F級起算，累積戰鬥經驗躍升E級。若實力進一步獲得認可，就能當上D級冒險者。

如果找一些同伴組隊接任務，還能選高於自身等級一個階數的工作。

原來如此。

設定安全範圍，為了避免意外發生才定這麼詳細的規矩。

「麻煩妳了。」

如此這般，我準備接受測試。

不要叫我寫試題都好。

櫃台小姐從座位上起身，人消失在後頭。接著，她從後頭帶出一名男性。

八成是考官。

「哦。妳要接受測試啊。聽說比卡巴爾他們還強？那好，跟我來。」

這傢伙挺跩的。

還瞪卡巴爾他們，是有什麼過節嗎？

「喂，他好像在瞪你們？」

「那個啊……因為我們出名的關係，希奇斯先生很嫉妒。你看，他已經引退了……」

卡巴爾說到最後變得含糊起來。

視線落在名叫希奇斯的考官腳上。

是義肢。

說他引退，就是字面上的意思吧。

「別說些五四三，快過來。」

希奇斯出聲催我們。

我照他所說，穿過後門朝別棟建築去。

＊

測驗在狀似體育館的建築物內進行。

該處不單只有我們幾個，還有幾名閒閒沒事幹的公會成員，三三兩兩地跑來參觀。

這裡沒什麼休閒娛樂，一點小事也能炒得煞有其事。

升等考似乎也在這裡舉行。

任務依等級作嚴密劃分，測驗結果直接跟收入劃上等號。因此測驗除了每個星期一次的休假日暫停

外全年無休。

為了因應這些測驗，每個分會都有考官駐紮。

考官身兼危急時刻的儲備戰力。基於這類考量，通常會由A以上的退役冒險者擔任。

希奇斯就因失去一隻腳退役，才會來當考官吧。

「先說明一下。要是妳考過E級就會獲得權限，可以接著挑戰更高的等級D、C。若不幸落榜，想繼續接受測驗就得賺取積分，重新換取落榜時的等級。聽懂了吧？」

希奇斯對我進行概略說明。

也就是說，考過的等級往後倒一級，再從那一級重新來過。

雖然考過可以接更多種類的任務，這制度卻很麻煩。

假如有人一直過來考會很煩人，那麼設的用意在於要人培養足夠實力再來挑戰。

我懂他的用意，決定接受。

「沒問題。」

答案一出，希奇斯就點點頭。

「哼。既然實力高過卡巴爾他們，就讓我見識一下。記得跟神祈禱，小心別露出馬腳。」

說這話的同時順便酸卡巴爾等人。

也對，畢竟他們用賤招弄到魔物素材提交，他的懷疑其來有自。該說三人組賺積分的速度快到蔚為話題，才會招來不必要的妒忌。

這件事卡巴爾他們也有錯。

接著希奇斯往地面指去，嘴裡說著。

「測驗在魔法陣裡進行。這裡姑且有架確保安全的結界，但別過於依賴它啊？要是妳覺得死掉也毫無怨言，就踩進去。準備妥當就知會我一聲。」

我順著他的話往地面看去，只見那裡畫著約直徑二十公尺的圓。

圓圈裡附著幾何圖案──是魔法陣。

一踏進裡頭，半圓形的結界就跟著發動。

那些觀眾也興奮地觀戰。

「好了！」

我說得一派輕鬆。

「好。那麼，把眼前的敵人打倒！」

話聲剛落，希奇斯就放出蓄勢待發的魔法。

就這樣，測驗開始。

希奇斯的魔法是〈召喚魔法〉。

應該是愛蓮提過，名叫召喚師的術師吧。

可以叫出魔物，代替自己跟敵人作戰。印象中要召喚比自己強的魔物需具備許多要件，故魔物強度大多取決於術者等級吧。

希奇斯叫出的第一隻魔物從未見過，是低階魔物──獵狗。

訓練得很好。但僅只如此。

狗還來不及低吼──或來不及感到害怕──我就一刀砍斷牠的頭。

這樣就通過E級測驗。輕鬆愉快。

「好了，打完嘍。換下一隻。」

周圍一片鴉雀無聲。

「好、好強——」

某人自言自語的聲音傳入耳裡。

希奇斯好像很不是滋味。

「哦、哦哦。對啦，這點程度還是小兒科。不過，太過大意小心吃上苦頭。妳要挑戰下一級吧？」

「有。希望你直接跳A級。」

「A級？妳未免把人生想得太簡單了吧。只不過贏一個卡巴爾，少在那沾沾自喜。來，接著打！」

總覺得他的怒火好像燒到我身上。我這人直來直往，只是說出心裡話罷了……

算了，沒差。

感覺挺麻煩的，速速了結吧。

希奇斯對我的話感到憤慨之餘，不忘召喚下一個對手。

是全副武裝的黑皮哥布林——邪鬼妖精。

「喂、喂喂喂……那不是希奇斯先生的主力使魔嗎？」

「還全副武裝耶！聽說要戰勝它，連C級都很吃力……」

跟這些竊竊私語聲傳入耳裡的時間點不相上下——

「開始！」

希奇斯的嗓門大到蓋過那些耳語，示意我開打。

剛才好像聽到C級都很吃力之類的話，但這是D級測驗吧？

算了，沒差。

反正都不是我的對手。

「好了，結束。換下一隻。」

一刀砍死邪鬼妖精的我催著要下一隻。

這時希奇斯陣陣發抖。

「哦哦——挺厲害的嘛。那好，再來。」

周遭人士一片寂靜，比我本人還要緊張。

「團體戰也是必備經驗，看妳有沒有辦法？」

希奇斯說完就叫出三隻吸血蝙蝠。

好懷念。這種魔物曾經對我出手過，如今回想起來有種遙遠的感覺。

「別吵，快開始。」

周圍那些人似乎有話要說，卻被希奇斯宣告開打的聲音打斷。

不過，那不干我的事。

我三兩下清空吸血蝙蝠。

連知覺千倍速都不用開，蝙蝠的動作看在我眼裡跟靜止沒兩樣，殺得輕輕鬆鬆。

大夥兒已經啞然失聲，看我的戰鬥看到傻眼。話是這麼說，他們的眼速八成追不上。

因為吸血蝙蝠剛靠過來，我就在那瞬間一刀斃命。

「這樣C級也過了。麻煩出下一隻。」

希奇斯因我的話回神。

「居然連我都看不清楚！」

此時希奇斯初次顯露焦急神色。

「呵、呵呵呵。厲害。看樣子妳贏過卡巴爾的身手確實不假。好吧。就讓妳嘗嘗通往B級的試煉是什麼滋味！」

已經不是試驗，變試煉了。

希奇斯雙眼充血地放話，一改常態爆出魔力詠唱咒文。

旁邊那些觀眾全都悶不吭聲地觀望戰況。

其中一人嚷道「我、我去……叫分會長過來！」，叫完就跑出房間。

大夥兒完全不關心他跑走的事，希奇斯則在此刻完成召喚。

邪惡的魔物隨之現身。

四隻手頻頻蠢動──是低階惡魔。

我還是第一次看到惡魔。有種想吃他奪取能力的慾望。

話說，那就是〈惡魔召喚〉嗎？

一定要學起來──

《宣告。學習召喚魔法「惡魔召喚」……成功。》

哎呀。

沒想到簡簡單單就獲得〈惡魔召喚〉。

是說學習技藝得耗費一堆精力，魔法卻如此輕鬆。用眼睛看就學得會，感覺好像在作夢一樣。

雖然我個人算獲得就是了——

不過，現在不是想那種事的時候。

「這隻魔物是低階惡魔！是可以讓純物理攻擊作廢的怪物。來吧，妳要怎麼辦？想放棄最好趁早提喔！」

我才在心裡感嘆學魔法簡單得沒道理，希奇斯就興奮地嚷嚷出聲。

他的目的整個變調。打算拿我出卡巴爾三人組帶給他的悶氣。肯定沒錯，B級測驗不會出現這種魔物。

剛才不知道是誰跑去叫分會長。

大概去叫費茲吧，就算我沒硬上打倒這傢伙，應該也能重考啦……

沒差，反正我好像打得過，有沒有重考都無所謂。

——此時——

「……我說，那不是要組隊打的敵人嗎？」

「好像……我也一直在想這件事。」

「喂喂喂，一個人打那傢伙太勉強了吧。就算到B+，一個人打還是很吃力啊！」

這類交談聲陸續傳入耳裡。

周圍的看熱鬧群眾似乎也看出情況不對。

卡巴爾三人組亦不例外。

「希奇斯先生，這樣會不會太過火啊？不誇張，就算我們三人一起上，用盡全力也不見得有辦法打倒低階惡魔呢！」

「對啊！對付惡魔系魔物，用普通武器根本傷不了！」

「就是。這起來見笑，但俺完全使不上力。頂多只能擾亂它，替前衛爭取回復時間！」

大夥兒開始持反對意見。

然而希奇斯並沒有把那些話聽進去。

「哼！接受考核的人是那個面具小ㄚ頭吧！遇到一點危險就害怕，不配當冒險者！如何？妳要中斷測試嗎？」

希奇斯說得咄咄逼人，仔細看他的樣子有點奇怪。身上都是汗，一副拚命撐場的模樣。

往低階惡魔看去，只見它快要衝破枷鎖行動，看樣子希奇斯的支配力變低了。

想想也是。

從剛才開始，希奇斯就接連發動魔法。精神力差不多快見底，集中力進入散亂狀態了吧。

既然這樣，我快點讓他解脫吧。

「雖然有點問題，但我應該有辦法搞定。開始吧。」

希奇斯為我的話面露驚訝。看起來欲言又止，卻在最後關頭打住。

他似乎鐵了心做到底，朝低階惡魔注入更多魔力。

接著誇張地開口：

「說得好！這是最後的試煉，讓我瞧瞧妳是否能漂亮的過關斬將！」

嗯？最後的試煉？

疑問浮現的同時，低階惡魔跟著掙脫枷鎖。

B級試驗開始了。

話說回來，該怎麼辦才好。

我不太想在大家面前發動技能或魔法。

才在煩惱該出哪招，低階惡魔就目露紅光並詠唱咒文。

四顆火焰大魔球朝我飛來。

惡魔不是當假的，用的魔法相當了得。

開「暴食者」吃掉就解決了，話雖如此，我不想在觀眾面前使那招。

因此我選擇避開所有的火焰大魔球。

大魔球撞上後方的結界，捲起可怕的爆焰。

我身上有「火焰攻擊無效」技能，這些火不算什麼。可是毫髮無傷反倒不自然。所以我假裝慌了手腳，煞有其事地唱起咒文。

「水冰大魔槍！」

我放出的冰霜魔法中和部分火焰，造出安全地帶。

周遭的悲鳴聲轉為讚嘆，本人則毫不在意地握刀。

接著刀一揮。

物理攻擊傷不了惡魔的事似乎不假。砍起來怪怪的。

《宣告。物理攻擊對精神生命體無效。》

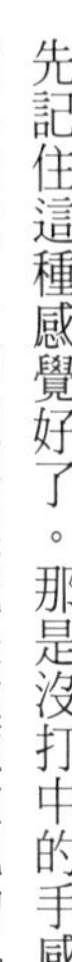

先記住這種感覺好了。那是沒打中的手感。

簡單來說，這隻低階惡魔是徹頭徹尾的「魔體」。

跟我和蒼影的「分身」一樣，身體由魔素構成。

加上附近有術師，面對半吊子的物理攻擊能極速再生。砍不出傷真的很棘手。

這類精神生命體一旦附著於物理肉體，就會變成具知性的惡魔族。那樣一來，物理攻擊多少能起到一點作用……但現在不是覬覦這招的時候。

低階惡魔疑似對我避開魔法一事感到惱怒，四隻手同時朝我殺來。

堪比鋼鐵的堅硬手臂連續揮動。速度滿快的，對我來說則跟定格沒兩樣。

明明吃掉就能輕鬆解決。

再來該怎麼辦？

水冰大魔槍看似能對它造成傷害，卻無法打出致命傷。看樣子惡魔對魔法也具備高度抗性……

啊，等等？

我記得魔法是意念的化身。

若水冰大魔槍的意念為「奪走熱能」，火焰大魔球的意念即是「物體燃燒」。

相對地，技藝「氣操法」能將自身妖氣——鬥氣直接轉換成攻擊力。用這招應該能對付精神生命體吧。

我已經學會魔力彈了，操縱妖氣易如反掌。可是直接釋放妖氣，大家會發現我是魔物。

不然——

來試一下看看。

我小心翼翼地凝聚妖氣，將妖氣轉換成魔力。原理在於讓它跟發動魔法用的魔素相結合。

人類體內的魔素含量不高，要發動魔法必須從大氣中汲取魔素。但我是魔物，用不著做那種麻煩事。可以在第一時間調用體內的魔素。

轉換成魔力後，我拿那些力量包覆刀身。順便灌注「強化、斬斷、破壞」的意念。看到刀發出微微的光輝，我的直覺告訴我這招奏效了。

《宣告。獲得追加技「魔法鬥氣」。》

成果出乎我的意料。

追加技「魔法鬥氣」——替妖氣添加簡易魔法效果的技能。

解釋上等同魔法與技藝的結合。

接下來只要砍就行了。

一碰到刀，低階惡魔就斷成兩截，碎成粉塵逝去。

「好啦，結束嘍。這樣我連B級都考過了吧？」

我的話讓觀眾回神。

緊接著——

「好強————！你帥斃了！」

「喂喂喂，強得很超過啊！」

「不會吧！竟然單槍匹馬打倒低階惡魔……」

「把面具拿下來，讓大家看看你的臉嘛！」

「臉長怎樣根本不重要吧！別管那種人，跟我們組隊吧！」

大夥兒歡聲雷動，要不就是邀我入隊。

＊

現場吵成一團，卻因某人的登場沉寂下來。

是費茲。

「你們幾個，都安靜點！」

他放聲大喝，原本吵鬧不休的公會成員全都安靜下來。

放著公會成員不管，費茲朝我走來。

「利姆路先生，您——還安好吧？要是您有個萬一，事情就麻煩了。」

說完他露出短暫的安心神情，接著又迅速斂去那些表情，改看卡巴爾等人。

「不是已經跟你們交代好幾次……替利姆路先生帶路別逗留，直接領他過來找我？怎麼會跑來這邊，還把事情弄成這樣？說啊？」

費茲額際浮現青筋，一雙眼猛瞪卡巴爾三人組。好像黑道人士。魄力驚人。

卡巴爾等人紛紛僵住，嘴裡說著「啊，不是那樣啦。」「這個嘛……」「我有出面阻止喔。」，各自替自己辯解。

然而，費茲沒有放過他們。

「閉嘴，一群蠢材！從今天開始，你們改叫三個傻瓜好了！」

他開口喝斥，要他們閉上狗嘴。

「這、這樣叫有點……」

「好過分，都是因為利姆路先生想當冒險者，我們才會……」

「……能不能改好聽一點的叫法？」

三人的哀求遭到無視。

「蠢驢！利姆路先生用不著接受測試，我直接以分會長權限給他B級資格不就得了！」

費茲狠電三人組。

這時，大家總算知道我是費茲的客人外加功夫了得。

就這樣，人們就地解散。

我們換個地方，來到費茲的辦公室。

三個傻蛋正襟危坐地跪著，旁邊的費茲一副頭大樣。希奇斯站在他身邊，臉色難掩尷尬。

「我說，這樣會突然變成大家注目的焦點啦。很少有人能用劍砍殺低階惡魔。那是魔法劍嗎？光靠魔法賦予或技藝『鬥氣劍』沒那麼大的威力，事情肯定很快就會傳開……」

「——情況不妙嗎？是說你看到就阻止一下嘛……？」

「這位大人，我根本來不及阻止吧？唉，現在說這個也沒用。替劍上魔法效果的技藝屬高階技巧，聽說聖騎士會用。隸屬自由公會本部的A級冒險者也會，有些人會用這類獨門技巧，並非特定人士專屬。不過，這是用來對付惡魔的王牌招式，被大家看出您是高手，到時會有一堆人跑來挖角。還是請您今後使用上小心點。」

費茲語帶嘆息地忠告。

事情會演變成這樣，全因三人組沒有乖乖聽話，費茲的視線已經說明一切。

但他說「在樓下看的人都是C級以下，這些低階成員應該無法看出重點……」，幸好還有轉圜餘地。

魔法劍──我的該改叫「魔法鬥氣」──最好別在人們眼皮子底下使用。

還好及早發現這點。

「謝啦。我今後會小心。」

我老實道謝。

不過呢，再多考一次試就能升上A級，令人有點惋惜。費茲的權限能替我認證B級冒險者資格，既然都要認證了，我希望他讓我拿A。

雖說還有特A級跟S級，但光是升上A級，待遇就跟下方等級大不相同。

「可是，我差一點就能拿A……」

「喔，不可能拿A啦。」

我在那自言自語，考官希奇斯順口答道。

「不，利姆路先生。我的意思並非您實力不足，而是分會最多只能核發B級資格。」

接著他又趕緊出聲解釋。

E升D、D升C再到C升B，可以無視評價跳級考試。取而代之，被刷掉就要重新累積點數，剛才已經說過了。

可是，想挑戰A級得累積實戰經驗。除此之外，要接受測試必須去自由公會本部坐落的英格拉西亞王國。

B級以下都可由A^{-}人士評分核准，想拿A級資格則要通過A級以上成員的測試。

想想也對。

「必須先接任務，把評價衝到B^{+}才能挑戰。」

就聽希奇斯的，先來賺積分吧。

「——話說回來。利姆路先生的實力堪稱一絕。聽到是卡巴爾他們介紹過來的，本來還以為您專走旁門左道……唉唉，是我看走眼了。」

說完，希奇斯低頭道歉。

「怎麼這樣，希奇斯先生好過分。」

「我們好沒信用……」

「太悲哀了。」

無視唉聲嘆氣的三人組，我跟希奇斯和好。

希望他們三個今後好好表現，藉此洗刷汙名。

時間來到當天晚上。

卡巴爾三人組、費茲、希奇斯加我共六名，正在討論今後該怎麼安排。

我的目的自然是那個，會見疑似同鄉的神樂坂優樹。

先前曾透過卡巴爾等人表明需要引薦函，費茲已經替我準備好了。

心懷感激地接下它，再放進「胃袋」免得弄丟。之後請他們幫我多發個身分證，該準備的東西就齊了。

「應該明天早上就能拿到身分證。我跟櫃台小姐說您是我的朋友，她大概會優先處理。」

「不打通關也沒差，她好像有看少爺的是怎麼打的。已經變少爺的粉絲啦！」

「也是啦。目睹那種身手，不當粉絲也難。」

「在俺看來，實在有夠帥。」

「身為考官的我很不是滋味，但身手確實了得。」

聽完大家的感想讓我好害羞。

「所以啦，我本來想用權限核發身分證，讓利姆路先生的實力保密。畢竟他隨便出手都很引人注目啊。」

費茲似乎為我下了不少苦心。

「關於這件事，我真的很抱歉。」

「「對不起！」」

繼卡巴爾之後，愛蓮和基多接著道歉。這方面怪我思慮不夠周到。太久沒來都會區心情雀躍，好像有點得意忘形了。

「我今後會多加注意，費茲你就別再責備他們了。」

我跳進去當和事佬，這次的事件就此落幕。

本想明天充分準備，快快出發……不料費茲要我先緩緩。

「是這樣的，布爾蒙王有意跟您密會。」

他爆出這麼一句話。

布爾蒙王好像得知我造訪的事，才想在三天後跟我進行會談。

我二話不說答應。

在那之前，我要先跟去跟費茲認識的貴族私下會面。

他想跟我實際協商今後兩國的交流方針。和王的會談將以該內容為基礎，雙方來個形式上的確認。

若沒有事先檢討，不能放我跟國家重要人物見面。

未決定協議內容就去，見了也是浪費時間而已。

有時會靠雙方首腦直接協商速戰速決，但這種案例畢竟是少數。

這次不存在迫於解決的問題，他們只想跟我草擬一個大方向。

我沒意見。

三天以後才要會晤國王，這段時間閒著也是閒著。再說我也很緊張，不知道他會問什麼，心裡預先有個底會比較好。

就這樣，明天和三天後的行程都安排妥當。

我們聊到很晚，這天我直接睡在分會的客室裡。

還有一件事。

好久沒來人類城鎮過夜外加資金豐富，可惜的是我沒機會跑去開拓「新天堂」。

＊

話說那個跟費茲很熟的貴族。

他的名字叫貝葉特。

爵位是男爵。

感覺很沉穩的建築就座落在高級住宅區，這裡是貝葉特男爵的住處。

低階貴族貝葉特男爵沒有封領地，聽說經常在住處和城堡間往來辦事。

「那傢伙講白了就是工作狂。」

這句話別說出去——費茲邊叮嚀邊洩男爵的底。

我也不打算跟別人說。

總之費茲有說，外界知道公會分會長跟貴族暗中往來會害他們立場尷尬，所以他一直對外隱瞞兩人的交情。

費茲領我進入男爵的家。

穿過整理得體面漂亮的庭院進入玄關後，活生生的管家爺爺便出面迎接。

女僕站在兩側，全都低頭鞠躬。有聽說他是低階貴族，這下我有點擔心對方是不是正經八百到超乎我的想像。

此時我想起前世去過女僕咖啡廳的事。

眼前這些都是真的女僕。讓我感觸良多。

不愧是異世界，看起來很端莊，舉止優雅，真貨就是不一樣。

看見這些女僕，我心中的不安逐漸消逝，真是不可思議。

恢復冷靜的我在管家帶領下步行於走廊上。

他引我走向最後那間房間，停在格外氣派的門扉前。

好緊張。

管家敲敲門，裡頭傳出「請進」。

老實說這樣很麻煩，但克服矮人王國宮廷禮儀的我已經無懈可擊。

敬語和禮儀尚未徹底掌握，可是拿出氣魄一定能克服。

一進到裡頭，眼眸狹長、冷靜知性、又高又瘦十足工作狂樣的男人立刻出面相迎。

跟費茲說的一模一樣。

「歡迎。我是布爾蒙王國的大臣，名喚貝葉特。請您多多指教。」

我都還沒打招呼，對方就先問候我。

我趕緊回禮。

「初次見面，我是利姆路．坦派斯特。您或許知道我的底細了，我是魔物史萊姆。對禮節還不熟悉，若有失禮之處請多多包涵。」

說完，我們互相跟對方握手。

這方面的習慣跟前世很像。

「請您放心。我掛名男爵，卻是未封領地的低階貴族。用不著拘禮，平常心對應就行了。」

貝葉特男爵似乎看出我內心的不安，才對我這麼說。接著就領我到座位前，邀請我坐下。

對方身上沒半點破綻，看樣子交涉起來會是一場硬仗。

「時間有限，我們開始談吧。」

女僕過來替我們倒紅茶。

男爵喝了一口，嘴裡如是說道。

費茲在一旁當仲裁人，跟著端正姿勢。看見這一幕，我也準備認真對談。

交涉大會就此展開。

＊

我跟貝葉特男爵持續交涉到晚上。

重點有兩個。

其一，魔國聯邦和布爾蒙王國要互相保障對方國民的安全。

其二，准許國民相互通行魔國聯邦。

首先是安全保障。

布爾蒙王國是國力弱小的小國，對付魔物的防備機制並不完善。一直以來都跟自由公會合作，勉強抵擋得了，國家方面無法提供全面性保護。

他們在這種情況下摸索自己的定位，最後演變成當今型態——派人支援自由公會的魔物討伐工作，布爾蒙則專心收集情報。

及早察覺危機，預先找出對策。按這種方式操作，防止大型災害發生。值得慶性的是他們至今仍未蒙受重大損害，有鑑於防範手段不嫌多，才想跟我們合作。如字面上的意思，哪一國遇到危險，另一國就要在可行範圍內出面協助。當然，還包括支援在森林裡活動的冒險者。他們沒什麼特別要求，只想在我們的城鎮裡補給。希望我們支援自由公會的冒險者，這件事昨天費茲已經拜託過我了。為前往森林活動的人提供睡床和物資，他們的活動範圍就相對提昇。這樣一來，城鎮受到的威脅勢必跟著降低。

換言之，他相信我們。

我自然樂於接受……

「當然，他們會支付費用。價格方面，希望能參考我國旅館——」

「貝葉特你先等一下。利姆路先生鎮上的旅館很舒適，不下於我國頂尖旅館。若比這裡的平均要價高也不能怪他們。」

「這樣啊？可是——」

「實話跟你說，那裡的等級稱療養勝地也不為過。」

「那這方面容後再議，先談武器和防具的保養——」

「等等，那裡的鍛造工房有凱金閣下和葛洛姆大師坐鎮。手藝在矮人王國裡數一數二，怎麼能拜託他們打這種雜！」

「你說什麼？那他們有販賣產品嗎？不然改用買的——」

「不行啦。他們那邊確實有其他地方沒有的裝備。可是這些都是高性能產品，連英格拉西亞王國的頂尖鍛造廠都做不出來。我不敢問這些裝備有沒有對外出售，至少B級以下的冒險者不可能買得起。很好笑吧？」

就這樣，貝葉特男爵的提案遭費茲逐一訂正。

對喔，聽他這麼說我才想起來，農村的旅店品質都很低落。這裡的公會分會蓋得煞有其事，但廁所或澡堂這類細部享受卻是本鎮獲得壓倒性勝利。

還有裝備，那些不是拿來賣的，只是試作品。

目前我們會定期納入素材。

戈畢爾從洞窟採收。

哥布達他們負責森林區塊。

他們會打倒魔物，搬回可以運用的部位。

其中不乏高階魔物的素材，可以拿來製造稀有裝備。

這類裝備品質優，買者應該不少，但目前還不能賣。先把我們的戰力整頓好再說。

我們也會打理這些裝備，基於相同原因，當然優先處理本國要用的貨。

既然如此……

「那好。我會準備充當簡易旅店的長屋。再讓我們的工匠收徒弟並鍛鍊他們。給我們一到兩個月的時間，應該可以騰出打理裝備的人力。」

我提出一個妥協方案。

長屋部分，拿尤姆他們借住的屋子增設就行了。問題在於新人工匠的培訓。

當前狀況是黑兵衛負責製作大家的武器，凱金偶爾會創造新產品，哪樣東西頗受好評就用獨有技「研究者」複製。

可是，黑兵衛沒有可以縮短時間的「大賢者」，製作起來相當耗時。雖說比手工打造快就是了……

總之要他獨撐全場太虐人。基於上述考量，其實我們已經招攬想當工匠的年輕人，讓他們拜師學藝。

他們剛學藝不久，或許過一陣子就會有工匠誕生。

我會提議是基於這點。

這提案大受歡迎。細部事項先和利格魯德他們商量，日後再做決定。

再來是通行證。

這方面就有點複雜了。

當初拜託費茲跟我們合作時，我約好要免除自由公會商人的關稅。在該條件下，必須跟布爾蒙王國的商人課徵關稅。

問題就出在這兒。

雖然有失公平，卻無法撤銷當時的約定。至少往後幾年不會撤銷。

那不然就讓布爾蒙王國的商人一起免稅好了？關於這點，我不可能點頭。

不求回報放棄國家權利，想太多。壞處不只這些，費茲他們的利益也會因此受損，所以這件事免談。

我、費茲，還有貝葉特男爵。

三人討論到天黑依然無法達成共識。彼此的利益相互糾葛，害我們辯得口沫橫飛。

不過，貝葉特男爵還是妥協了。

「好吧。對我國來說最重要的是安全保障。關稅方面就設定一個期限，由國家代替商人支付。」

最後結論如上。

這下公會商人或該國商人一律平等，可以免費通行我國。等哪天我國正式設立關稅制度，到時再來商量、重新定案。

保險起見我先試探過，貝葉特男爵很清楚魔國聯邦有多重要。比我還清楚。

與其走法爾姆斯王國去矮人王國，還不如經魔國聯邦入矮人王國會更便宜、更安全。

目前不敢說，但街道備妥讓道路相通後，上述想法就會成真。

待那天到來，就算將魔國聯邦的關稅提升至一定程度，大家依然會趨之若鶩地走這兒。

貝葉特男爵還笑臉迎人，對我說「若有這麼一天，希望彼此可以互利互惠」。

*

兩大要項談妥，隔天我開始悠哉逛市集。

還前往公會分會，領取核發的身分證。當時櫃台小姐用熱切的目光看我，只可惜我好像沒閒工夫約會。

這天卡巴爾等人替我帶路，所以我逛得很順很開心。

行前準備也整理妥當。

接著是第三天——會談日。

若能在會上締結條約，繼矮人王國之後就有第二個國家認可我們。

魔物王國被人類國度承認——此舉意義非凡。這表示我們可以跟人類打成一片，互通有無。有關彼此的安全保障條款，對我們來說利益不大。該說弊高於利。不過，相互通行許可將帶來龐大的利益。另外重點在於相互代表的意涵，即魔物可以前往人類城鎮。可謂一大進步。

我個人很想跟人類建立友誼，才迫切希望藉著這次會談締結條約。

懷著這份心願，我心情雀躍地赴會，去跟布爾蒙國王商談。

國王看起來是好好先生，臉圓圓身體略胖，王妃卻美得突兀。

結果過程沒想像中緊張，布爾蒙王國和魔國聯邦就此訂立條約。

費茲代表第三方機構，權充見證人。

雖然他是知情人士，但第三方機構的用意在於對周邊國家昭示正當性，所以費茲絕對不會走漏風聲。

穿著正式服裝的費茲似乎不怎麼舒服，一直扮人的我也好不到哪去。我倆半斤八兩，就忍忍吧。

那些大臣的冗長上奏也宣告結束，會談順利落幕。

在客室裡，布爾蒙國王對我說「今後請多多指教，利姆路閣下」，還雙手並用地握住我的手。

大叔的隨和程度勝過內心想像，讓我萌生一股親切感。

然而就在此刻，我才發現自己被貝葉特男爵擺了一道。

「那麼，倘若森林那邊有外來勢力進犯，貴國要馬上出兵幫我們喔！當然，我國也會不遺餘力地協助貴國。」

國王迸出這句話。

再來就帶著布爾蒙王妃，笑盈盈地離開房間。但我卻嗅出剛才那句話的真實意涵，沒心情目送他們二人。

外來勢力……？困惑之餘我深入思考，感覺那句話指的不是魔物。

一直以來我不小心把重點全擺在魔物身上，可是魔物並非唯一的危險來源。

舉例來說，旁邊的法爾姆斯王國就是其一。

通往矮人王國的全新交易路線一旦開闢，魔國聯邦跟布爾蒙王國或許會成為他們的眼中釘。

其他還有……對了！印象中好像聽人說過，東方帝國走霸權至上路線。

被騙了！

所謂有危險就出動，還包括其他國家來犯。

咕喔——我要昏倒了。

事情太美好總有內情。

貝葉特男爵的笑容掠過腦海。

「最重要的是安全保障」，他好像說過這句話。

關稅利益，跟防禦成本相比根本微不足道。

布爾蒙王國真正害怕的是這個，怕其他國家穿越森林進犯。我猜他們大概在戒備東方帝國的侵略行動。

為了備不時之需，才想讓我們當第一道防線吧。

他們確實沒說謊。要是我們身陷危機，肯定會出兵幫我們。畢竟我們垮掉就換他們遭殃。

好一個瞞天大騙局。

這時貝葉特男爵的聲音傳入耳裡。

「您好像發現了。比我想得還要聰明。但條約已經定妥。那麼，今後還望貴國繼續跟我們保持友好

關係。」

他扯出非常燦爛的笑容。

貝葉特男爵，工作能力一等一的男人。

男爵是見多識廣的貴族，騙我這種人就跟捏斷嬰兒的手一樣簡單吧。

嘖，沒辦法。放棄掙扎吧……

騙歸騙，奇怪的是我一點都不生氣。

我對自身的膚淺感到懊惱，一方面又想稱讚對方。

算了，這也是一種學習。若帝國有所行動，到時再看著辦。

話又說回來。

人類果然大意不得。

魔物意外率真，人類就顯得詭計多端。今後跟人類交涉要更加慎重。

我在心裡發誓。

＊

一直被騙很不是滋味。

既然都來了，這次就談談對我們有莫大益處的事吧。

打定主意後，我從懷裡取出新商品高階回復藥，將藥放到桌上。

「這是什麼？」

略過貝葉特男爵的問題，我開口提議。

「條約都簽了，這邊是有一事相求啦。」

「——哦，有事相求嗎？身為良好的合作對象，當然要聽聽看了。」

貝葉特男爵用完美的笑容回應。

不愧是專門吃這行飯的高手。

「這是本鎮生產的回復藥。我想拿去你們的市場販賣——」

我開個頭正要往下說……

「什麼——！是卡巴爾他們拿的那種回復藥？之前曾聽說您要推出特產，就是這種藥嗎？」

有人激動地搭話，此人是費茲不是貝葉特男爵。

「咦，對。我好像給過他們。可是，這樣東西跟那個不同。藥效沒那麼好，但我敢說肯定比目前市場上流通的貨色優越。」

我對費茲如此答道。

我好像給卡巴爾他們本人親製的回復藥，藥效相當於完全回復藥。

「你說的那種是稀有品，兩天能不能做一個都成問題。我這邊這個可以多做一點，想拿出來販賣。差只差在一個能治殘缺部位，一個不能。」

我面不改色丟出爆炸性發言。保險起見，不忘說得保留些。

效果非常顯著。

「您說可以治殘缺部位……？意思是戰爭或意外失去的手腳可以再生嗎？」

「不算再生，比較像是聚集魔素製造替代品。只是過一段時間會有血液循環促進新陳代謝，變得跟

原先的手腳一樣。」

「怎麼可能！如果您說的是真話，效果就等同西方聖教會祕藏的〈神聖魔法〉喔！不就變成要跟聖靈締結契約才能發動的神聖魔法『部位再生』嗎！那種魔法只有部分主教級以上的人會用，人稱『神蹟』啊！」

連總是冷靜沉著的貝葉特男爵都慌了手腳。效果出乎意料地好。

怪不得凱金他們常說這樣東西別對外聲張。

男爵一下就恢復冷靜，放眼朝四周張望。

剛才那陣騷動讓大家行注目禮，但對話內容並未進到他們耳裡。確認風聲沒有走漏後，貝葉特男爵說「我們換個地方」順便邁開步伐換場。

我跟費茲都沒意見，再度造訪貝葉特男爵的家。

一進到家裡，費茲跟貝葉特男爵就互看兼嘆氣。

「好了，接下來該怎麼辦。」

男爵若有所思地輕喃。

費茲則拿起高階回復藥，仔細地盯著它瞧。

「可以鑑定嗎？」

「好啊。」

接著費茲開始詠唱咒文，用鑑定魔法鑑定藥效。

「嗯——這東西……跟卡巴爾他們拿的藥差不多。當時我有實際用用看，卻沒料到可以治療缺損部位。魔法醫師也說跟神聖魔法的神蹟不相上下，沒想到是部位再生級……」

他說著就搔搔頭。

有拿來試，卻沒找失去手腳的重傷者試用吧。就算刻意嘗試好了，也不會有人願意自主切斷手腳，沒發現不能怪費茲。

「那種藥沒了嗎？」

「我這裡還有一個——」

其他好像拿去做實驗，都沒剩了。

「快拿過來。」

貝葉特男爵一下令，費茲就頷首領命。

「要找可以信賴又有權限的人，大概只有希奇斯夠格。」

他一個人自言自語，用魔法跟希奇斯聯絡。

希奇斯火速趕來。

腋下夾著一個保險箱。

「這麼大驚小怪幹嘛，費茲？」

原本還在抱怨，看到我跟貝葉特男爵便即刻住嘴。

「不管今天在這個房間看到或聽到什麼，都不能說出去。」

貝葉特男爵對希奇斯下令。

雖然他自嘲是低階貴族，氣勢卻不輸其他那些大人物。

突如其來的要求讓希奇斯慌忙點頭，嘴裡應道「我發誓不說！」，表示願遵從男爵的指示。

貝葉特男爵見狀便頷首，從希奇斯手中接過保險箱。

「就是這個藥嗎……」

他拿起那樣東西——我做的回復藥，望著那個藥瞧。

「我沒有魔法的相關知識，但這個藥看起來是真貨。的確，藥身散發非比尋常的力量。」

接下來男爵說的話讓我們大吃一驚。

「先試試費茲拿的藥。」

居然要希奇斯拆下義肢，讓他測試藥效。

拿來治舊傷不知是否同樣有效，這點滿耐人尋味的。

他們先試高階回復藥，缺損部位確實沒有發生變化。

接著試我的回復藥。

一灑上去，淡淡的光芒便覆住傷口，逐漸轉成腳的形狀。

這瞬間證明拿來治舊傷也有效。

完全回復藥或許能讀取基因情報之類的資訊，再將它們復原。不是單純的部位替代吧。

無論如何，它的強大藥效都非現代醫學可比擬。

「什麼！我、我的腳竟然——！」

希奇斯驚訝萬分。

「這真是……太厲害了……」

「居然有這種事。又多一個不得了的機密。」

除了我，其他三人紛紛露出驚訝的表情。我只是想稍微報個仇才丟出這顆震撼彈，結果影響出乎意料地大。

常言道「禍從口出」。

原本想朝有利於我國的方向交涉，到頭來卻整個變調。

＊

最後變成這樣。

我們幾個套好對外說詞，說希奇斯的腳請來神祕祭司又付鉅款才治好。

這下希奇斯可以回去當冒險者了，他本人完全沒意見。對大家心懷感激，一切指示照單全收。

而我的買賣——販售高階回復藥已有著落，布爾蒙王國會跟我們定期購入。還選出特派商人，替我們向西方諸國打廣告。

反正我們目前還無法生產太多，慢慢增加顧客吧。等未來某天冒險者們慕名前往布爾蒙王國，跟布爾蒙王國相連的魔國聯邦也會廣為人知。在那之前，我們要逐步累積信用。

一開始主打藥出自魔物可能會影響銷量，但事後才知道市面上流通的藥由魔物製作，某些人或許會覺得藥好用就好，繼續用也無所謂。

重點在於先讓他們用，體驗藥的便利性。

總之，我成功開發定期採買的客戶。

先踏出第一步了。

可以的話我不想跟人類敵對。

所以說，今後也要好好努力，期許下次跟人類交朋友交得更順手。

時間來到跟費茲道別的時候。

「那麼利姆路先生，路上請多保重嘍！」

「別擔心。對了，替我注意一下，小心別讓其他人進去那個房間喔！」

「沒問題。要去那個房間必須先經過分會長室。」

費茲的答案讓我放心不少。

我請他讓我在那個房間設置魔鋼製的魔法陣。當時一取出直徑一公尺左右的圓板，費茲就瞠目結舌道：「連空間魔法都有……不，利姆路閣下做什麼都不奇怪……」

這是為了隨時過來布爾蒙玩。

大綱已經討論好了，但御用商人等細項尚未決定，接下來還得常常往英格拉西亞王國跑。想說找個地方當元素魔法「據點移動」的傳送點，才跟他們租一個房間用用。

此外，我還用「大賢者」解析據點移動，可以同時管理好幾個傳送點。需要預先設立魔法陣，但一個點可以連往好幾個地方，隨時過去，方便到不行。

前提是價格高昂的魔鋼製魔法陣沒有被偷……希望哪天可以不靠魔法陣傳送，我在心裡偷偷勾勒夢想藍圖。

「卡巴爾，你們幾個要好好保護利姆路先生喔！」

「這是一定要的。」

「交給我們處理吧！」

「英格拉西亞那邊很安全，光靠俺們也能輕鬆搞定啦。」

「一群蠢蛋！你們幾個作弊，要拿保護利姆路先生的積分功過相抵。可別偷懶啊！」

在我作白日夢時，費茲跟卡巴爾等人的行前招呼似乎也打完了。三人還是老樣子，說些自以為是的話惹毛希奇斯。

希奇斯的腳痊癒，跑回去當冒險者。找回以往身在前線的實力，魄力越發強烈。

話雖這麼說，他並不打算出外旅行，而是選擇當布爾蒙王國的宮廷魔法師為國賣命。直到覓得新秀為止，希奇斯會一直當考官，這方面沒什麼問題。

貝葉特男爵八成在背後搞鬼。

他不可能輕易放過知曉祕密的人。

事情就是這麼一回事，我們就此告別。

用來辨別身分的身分證到手，商品買賣也有著落。不僅如此，國家雖小，我們仍跟西方諸國的其中一個國家結盟。

帶著這些成果，我結束布爾蒙王國之旅。

這是好兆頭。

接下來要去英格拉西亞王國。

有自由公會本部的國家。

我擔心夢裡那些孩子，還想調查坂口日向的身家。

先去見自由公會總帥神樂坂優樹再做打算。已經請人幫我寫引薦函了，應該有辦法見到他。

就這樣，我再次踏上旅途。

第五章

被召喚的孩子們

Regarding Reincarnated to Slime

某人臉上掛著沉穩的笑容，出來迎接訪客。

他略施小禮請對方就座，催促來人吐實。

「哎呀，真失敗。窩們的作戰計畫好像一敗塗地哩。這下克雷曼要覺醒成真魔王又得多等一段時間。」

來訪者——拉普拉斯應邀坐下，輕鬆回報長年醞釀的作戰計畫告吹。

「哦——原以為放豬頭帝(半獸人王)暴衝，至少殺個一萬人不成問題。可是呢，好像還得具備其他條件，要取得力量沒那麼簡單。」

屋子的主人聽完也沒有放在心上，認為那些事不痛不癢。

「是說，就算不靠光怪陸離的力量，那傢伙還是很強啊。感覺他對雷昂的恨意很深哩。」

「克雷曼也不例外，他還太嫩。還有嗎？今天只有這件要事稟報？」

屋子主人用愉快的語氣訴說，拉普拉斯跟著扯出痞痞的邪笑應答。

「怎麼可能！剛才的報告只是順便而已。話說，克雷曼應該跟你提過了吧？窩只負責從旁相助，細節不清楚啦。更重要的是——窩最近偷偷追蹤聖騎士團的動向。果然沒錯，維爾德拉不見以後，他們就很囂張哩！」

「哦——如我所料。那你知道他們有什麼目的嗎？」

「知道就不會這麼辛苦了。西方聖教會這個組織真的很難搞捏。」

拉普拉斯說完便聳聳肩。

表情被面具藏起、看不真切，態度則與談話內容背道而馳，從頭到尾吊兒郎當。

「確實很棘手。他們對外宣稱自己是『守護弱者的正義化身』，在我看來做的事毫無善意可言。讓人看不透這個組織。」

「速啊。不過咧。他們開始動作頻頻，表示窩們有機會抓把柄吧？這組織歷史悠久，連要滲透他們的高層都辦不到。可是，善用這次的行動機會，搞不好能滲透成功喔！」

拉普拉斯再度顯露笑意，嘴裡續道。

「所以蒐，窩要卯起來當間諜。暫時不能跟你聯絡，這樣可嗎？」

「可以，沒關係。對了，若你成功揭露西方聖教會的真面目，我就替你實現一個願望。」

聽到這句話，拉普拉斯開心地笑了。

「真的嗎？窩要熱血沸騰了！」

「嗯。你可別拚過頭，到頭來一場空。」

「這份擔憂是多餘的。那窩走啦——」

此時拉普拉斯起身，作勢離開房間。

對方朝他的背影拋出一句話，聲音裡透著喜悅。

「喔，差點忘記。還有一件事。破壞你們計畫的元凶好像來西方諸國嘍。事情開始朝有趣的方向發展了。」

「什麼——？怎麼費！那隻笨蛋史萊姆應該在朱拉大森林當盟主啊？中間出了什麼差錯，怎麼會跑到人類王國？」

「啊哈哈哈哈！看你驚訝的，那隻魔物八成很特別。叫什麼名字啊——？」

「好像叫——利姆路，印象中是這個名字啦。」

「原來叫利姆路。那就沒錯了。他好像在幾天前進入布爾蒙王國。」

這下換拉普拉斯傻眼。

「——不管了。跟窩沒關係。是說，危機意識薄弱成這樣的魔物好少見，真的。」

留下這句話，拉普拉斯揚長而去。

房間主人則笑得一臉愉快。

接著——

「但他的行為很奇特，應該不是尋常魔物。難道說……前世的記憶還在？或許有利用價值。來試探一下——」

他開心地自言自語。

●

朱拉大森林周邊坐落各式各樣的國家。

有不久前停留的布爾蒙王國。

旁邊的大國法爾姆斯。

還有許多類同英格拉西亞王國的小國。

這些國家群聚在一起，組織評議會。各國遴選評議員當國家代表，重大決策須由評議會論定。各國

遴選評議員的手法不盡相同，實際上他們大多推選繼承順位較低的王族。

正式名稱為「西方諸國評議會」。

按初期構想看來，原本是對付魔物的互助組織。然而不知不覺間，他們開始警戒東方帝國，名字才會改成西方諸國評議會。

如今統稱評議會，或西方評議會。

某些列強國家並未加入評議會，例如魔導王朝薩里昂，但這類國家畢竟是少數。這個世界的生存環境嚴苛，世人皆知不互助合作就無法求生。

而評議會的核心國家正是英格拉西亞王國。

會選他們自然有其道理存在。

英格拉西亞王國所在地對各國選出的評議員來說最方便當集合點。自由公會本部會來這個國家駐紮，可以說是一種必然結果。

從角力層面剖析，在評議會加盟國裡國力第一的就屬法爾姆斯王國。然而，其他國家怕他們一國獨大，才以交通網發達為由一致推舉英格拉西亞當核心國。

這件事似乎成了導火線，法爾姆斯王國和英格拉西亞王國一向水火不容。

關鍵點還有一個。

只有英格拉西亞王國未與朱拉大森林相鄰。

因此他們不易遭受魔物侵擾，占有國情安定的優勢。

基於上述理由，評議會本部才設在英格拉西亞境內。

那麼，評議會的作用在哪兒？

一言以蔽之，就是國家之間的調停。

出面管理、調整各國的利害關係，避免他們起衝突。

權限除了經濟面還擴及政治領域，讓評議會握有莫大的權力。舉例來說，就像前世的聯合國集權強化版。

跟聯合國一樣，評議會不具武裝力量。

不過，那不成問題。

理由在於，評議會堪稱自由公會的上級組織。冒險者討伐魔物會獲得報酬，這些錢來自評議會。背後含意即評議會能對自由公會下令。

各加盟國會依發言權多寡繳納分攤金，該金額為評議會的財力來源。拒絕繳納與脫離評議會無異。

總而言之，評議會拿安全保障當免死金牌，逐步提昇他們的發言權。

許多國家都會委託公會討伐魔物，各國之所以尊重評議會裁定也是基於這點。

說到安全保障，我還聽說另一項趣聞。

西方諸國能合作無間都拜宗教所賜。

這個世界活在魔物的陰影下，宗教不只是心靈支柱，還是守護生命的最後堡壘。

例如視唯一神祇魯米納斯為真神的西方聖教會。

是西方諸國的宗教代表。

換句話說，教會的勢力範圍涵蓋西方諸國。

且西方聖教會把神聖法皇國魯貝利歐斯定為聖地。

此事有點弔詭，因為西方聖教會並非神聖法皇國魯貝利歐斯的臣屬機關。

它是獨立的宗教團體。

不過，他們選定神聖法皇國魯貝利歐斯的法皇當神明代言人，聽取法皇的指示。

那不就等同下級機關嗎？儘管心裡納悶，各種弔詭安排還是讓我摸不著頭緒。

向我說明的費茲似乎也不大清楚，用「總之就是這麼一回事」帶過。

就當是那樣好了。

不只西方聖教會，還有其他信仰土著神或他神的宗教存在，唯一真神魯米納斯的信徒卻特別多。

理由只有一個，就是武力。

他們握有最強的人類戰士——由眾多聖騎士組成的聖騎士團。

據說騎士都超過A級，人數達三百以上。這些魔物剋星信奉的教義是殲滅魔物，堪稱人類救世主。

是真是假不得而知，聽說該組織基於守護西方諸國的「善意」成立。

世人稱聖騎士為「正義使者」，對他們敬愛有加。

只不過——

這個唯一真神魯米納斯不承認其他神祇。

特地在神前面冠「唯一」，看也知道。

因此，該教不會對土著神或他神信仰者伸出援手。

某些評議會加盟國信奉「魯米納斯」教以外的國教，聖騎士不會外派到那些國家去。

不信本教神祇的人不配得到救贖，這麼說也有道理，我不打算指責他們啦……只覺得這樣很不像「正義使者」的作風。

說歸說，這是我的個人感想罷了。

順便說一下，魔導王朝薩里昂沒有信奉國教。

皇帝自稱是神的後裔，一概不准設立國教。

但他卻認可國民有宗教自由，可謂宗教觀相當特殊的國家。

更堅決不加入評議會，形成自成一派的勢力。

薩里昂沒有施行鎖國政策，一方面又不想和其他國家積極交流。

我對該國很感興趣，滿想造訪看看。

聽完解說，總覺得國家氛圍和前世的日本相仿，造訪的念頭越發強烈。

差不多這樣，以上就是我在布爾蒙王國學到的知識。

西方諸國有經濟和宗教兩大主力，體現堅韌的國家羈絆。

我總算有概念了。

這個世界危機四伏，人類國家鮮少派兵攻打對方。

對了，再來說說我學到的另外一件事。有個讓人驚訝的傳聞。

跟坂口日向有關。

她居然是聖騎士團的首領——聖騎士團團長。

記得維爾德拉曾經說過，「異界訪客」到這個世界會獲得特殊能力。她是否靠那股力量登上地表最強騎士團的頂點？

離開靜小姐的時候已經夠強了，不曉得現在強到什麼境界……

仔細想想，現在的我是魔物。隨便找她碰面可能會淪為討伐對象，還是小心行事好了。最起碼在我

掌握坂口日向的本性前，都該跟她保持距離。

基於這類考量，必須先收集情報。

*

前往英格拉西亞王國的旅途一路順遂。

狼車重新出動。

道路已經整好了，還沒鋪裝。

用膝蓋想也知道。要鋪完所有的路，一般都需要龐大的預算和時間。

這次負責拉車的是迷你蘭加。

外表看起來跟大型黑狼相去無幾，讓迷你蘭加拉車應該沒問題。

出全力會把車拉壞，所以他小跑步前進。

時速不知道有沒有達四十公里。未鋪的路沒辦法跑更快。

不過呢，讓卡巴爾等人打分數，這樣旅行起來算很舒適了。

跑在街道上偶爾會撞見騎馬巡邏的士兵。

這一帶魔素濃度較低，少有魔物出沒。

聽說強力魔物很少現身。

話雖如此，這裡換其他歹人出沒。

就是強盜和盜賊等惡徒。

然而，我們卻沒被這些人盯上，沒遭受襲擊。

那是當然的。車子的跑速在我看來算慢，但要追也追不上。騎馬另當別論，可是持久力絕不是蘭加的對手。

為此我們的旅途平安順遂，僅僅三天就抵達英格拉西亞王國的王都。

入門審查比矮人王國更嚴。

分三階段確認，第一階段要出示身分證。

若在這卡關，就要去別的地方排隊等待後續審查。

無法提身分證的人要重頭來過，去跟長長的人龍一起排隊。假如二度審核又踢鐵板，當事人要接受三度盤查，此時他們會把那號人物當罪犯。該國認為這人不擇手段也要進去，將施以殘酷對待。

但事實上想入王都的人好像不少。

由此可見這個國家充滿魅力。

多虧身分證的庇蔭，我不費吹灰之力過門。

幸好有身分證。

少了它，我肯定要等更久，比當初在矮人王國排隊還久。

至於我還有什麼不滿——

「喂喂喂，小姑娘妳是冒險者嗎？作假戲弄大人不好喔！」

——就是我被人當小姑娘對待。

「我不是小姑娘啦。廢話少說快審。」

「受不了，正值人小鬼大的年紀呢。聲音明明就很可愛，卻戴那種怪面具裝大叔口吻……」

審核人員一開始還碎碎念吐嘈個沒完，拿疑似魔法裝置的東西掃完身分證立刻態度一百八十度大轉變。

「失、失敬！您是B級冒險者利姆路大人吧？歡迎蒞臨英格拉西亞王國！誠摯歡迎！」

就這樣嘍，他火速放行。看卡巴爾三人組那副德性完全不會朝這個方向聯想，但B級冒險者似乎頗具威信。

「少爺你別生氣嘛，那些衛兵沒有惡意啦。」

緊接在後入門的卡巴爾朝我安撫道。

我沒生氣，只覺得他們把我當小姑娘對待有過分到。

是說……這聲音。

怪不得大家誤會我是女孩子。

還以為用面具遮臉就沒事了，沒想到聲音讓人覺得很少女。

平常都沒發現。這麼說來，之前在布爾蒙王國也被人叫小丫頭……

是否該對聲音動手腳，來個成熟嗓音？

不過，現在弄太慢了。

感覺好麻煩，就維持這樣吧。

我的身高只到一百三十公分，裝身材有點嬌小的少年好了。

反正我的心一直都很少年情懷，設定上完全沒問題。

戴著面具的謎樣少年。不會有事的，這個世界有魔王勇者等像中二病的拉拉雜雜一大堆。

多我一個也不奇怪。從今天開始就決定用那個設定。

一進到裡頭，該國發展便令我大開眼界。

內部寬廣得要命，城鎮周圍有巨大外牆圍繞。想進城得在兩道門之間二選一。外牆足以將這片遼闊悉數環繞，光造那面牆就要耗費可觀的時間與金錢吧。入城又是一番絕景。

雖說沒有高樓大廈林立，為數眾多的龐大建築卻非布爾蒙城鎮可比擬。高達五樓的石造建築隨處可見。

其他更有磚瓦屋、木造建築等等，琳瑯滿目多采多姿。

最猛的在這，順著規劃上井然有序的城鎮看去一眼便知，城鎮中央有座雪白城郭聳立。光看它的威容就心裡有數，這個國家肯定駐有建築功力了得的人。

那座城就是這麼美麗。

更引人注目的莫過於城堡地基。城鎮中心有一座大大的湖泊，它就蓋在湖中間。

那模樣彷彿浮在水面上，讓造訪者嘆為觀止。

走道從城堡四面延伸出去，跟街道做連結。危急時刻能把架來當通道的橋拿掉，護城免受外敵侵擾。

似在誇耀自身國力，城堡造型相當莊嚴。

我發自內心讚嘆。

警備層面亦不馬虎，鎮上各大要點都派騎士駐紮，負責維持治安。

若有人企圖在鎮上幹不法勾當，沒必死決心肯定幹不來。

不愧是設有評議會本部的都市。

各國政要出事將構成國際問題，警備網必須做到滴水不露。

蘭加在王都附近潛影，車重新收回「胃袋」。

他們不可能讓我帶狼入城，這也是逼不得已。

本人沒那麼白目，不打算當奧客硬闖。

也因為這樣，我們沒出什麼大紕漏。

一行人深感佩服地散步參觀。

好久沒瞎晃了。

厲害的不只城鎮景觀，該國文化也發展得很棒。

有個地方宛如大型體育館，旁邊是怎麼看都像露天音樂會場的設施。

鎮上醒目處架有大型畫作，應該是劇場看板。

這裡的紙或許比較便宜，我還看到有人在發傳單。

不誇張，這才叫大都會。

讓我嗅到睽違已久的都市氣息。

太扯了！讓我驚到差點迸出這句話，他們還有貼玻璃的建築。

看起來像展示櫥窗，裡頭陳列物品。話說它就是如假包換的展示櫥窗。

陳列架上主要展示武器和防具，這方面跟前世很不一樣。

一些店面擺著洋裝和西服，都集中在城鎮中央、鄰近城堡的高級街區。

跟庶民的店有所區隔。

依我看光在高牆內部生活就屬富有人家，但八成只有貴族能靠近城堡置產。該處儼然是貧富差距的翻版。

想想也對。繳的稅金不同，待遇自然有差。再加上貴族的工作地點在城堡裡，劃距離職場最近的黃金地段給他們住也不為過。

參觀內容大致是這些，看完就去找住宿的地方。

城鎮約略劃作四個部分。

有商業區、觀光區、工業區、住宅區。

以城堡為中心向外劃，城鎮呈放射狀擴散。愈靠近中央地帶就愈高級。

簡單明瞭。

有卡巴爾等人當導遊，我們順利前往觀光區。

不出所料，這一區旅館林立。後方是酒吧街。

心裡有種雀躍的感覺。但我們今天不是來飲酒作樂的。

雖然可惜還是得放棄，我們開始找投宿的旅館，確保這天有地方睡。

*

隔天。

我們一大早就往自由公會本部去。

接近外牆的觀光區有雜技攤位和攤商，還開了一些機動小店。

中間有外交官的住所或會議廳等主要建築。還設了學校。

四個區域裡，這區的警備最為森嚴。

自由公會本部也設在中央地帶。

「往這邊，少爺。」

「話說回來，這個城鎮真的人滿為患，好有大都市的感覺～」

「大家要小心扒手喔！這裡層層戒備，反倒讓很多人疏於防範。」

基多要大夥兒小心防範，但我的貴重物品都收在「胃袋」裡，用不著擔心。

要說誰該提高警覺就只有愛蓮。

卡巴爾朝市中心挺進。

白城堡相當醒目，不可能迷路。

該建築又大又氣派。造型很現代，已跳脫中世紀框架。

日本還在明治時代，美國就蓋了一堆高樓大廈。說老實話，那是因為他們的國力遠遠超越日本，這個英格拉西亞王國則有美國的影子。

自由公會本部旁邊也蓋了看似莊嚴的建物。

屋頂上建有美麗的女神像及聖十字象徵物。外觀不輸自由公會本部。

我看八成——

「那是教會嗎？」

「沒錯。西方聖教會英格拉西亞分會，感覺更像本部。」

是這個城鎮裡最該注意的地方——教會。

「本部？」

「是啊，教會運作滿複雜的啦──」

基多跟我透露，教會本部在神聖法皇國魯貝利歐斯境內。可是，那邊好像專門用來舉行儀式，實際業務都搬到英格拉西亞王國處理。

「總之他們謝絕閒雜人等，對教會來說這樣也比較方便吧。」

最後不忘補上這句。

反正我又不需要進教會處理事情。該說我是無神論者，這輩子都不想加入教會。

再說這間教會還把魔物當眼中釘……

撇開日向的事不談，照理說我該盡量避免引人注目才是。

不過，真沒想到它會跟自由公會建在一起。

沒差，我都用面具阻絕妖氣了，不至於露出馬腳吧。

擔心也沒用。

真的露餡再說。

公會本部的入口嵌有玻璃。

下重本喔。

講真的，我沒想到可以在這個世界遇見玻璃門。不愧是「異界訪客」出沒的據點。

我猜他們對這種小地方就是有股莫名執著。

看樣子我的熱情還不夠。

做任何事都一樣，有志者事竟成。

能不能成是其次，有心做才是最重要的。

我要多學著點。

邊想些有的沒的，我不經意往門口站去。

剛站過去，某種力量就跟著掃瞄我的身體。

門在同一時間自動開啟。

居然！先掃描人，讓門自動開啟。把高端技術用在這種地方。

沒想到能重現到這種地步。

旁邊的教會是木門，當然得用手開。

「跟隔壁差很大，差很大啊！」——感覺怨念重到讓人在內心ＯＳ這句。

「才兩年而已，變化好大……」

愛蓮也很吃驚，看樣子這類變化是最近的事。

我可不能認輸。

既然被我看到，回去一定要認真規劃摩天大樓建設案。

一進到裡頭，好幾道目光就朝我掃來。

稍微觀察一下，大家的等級都有一定水平。本部不是叫假的，工作人員多為不容小覷的傢伙。

「歡迎光臨！請問您今天要辦什麼事？」

在門邊待命的小姐開口問我。

時機抓得恰到好處，給人誤入高級飯店的錯覺。這麼說很失禮，但布爾蒙分會差遠了。

「喔，我想見自由公會總帥。這是引薦函。」

說完，我將引薦用的介紹信遞給她。

「容我確認一下。請您在這兒稍候。」

接待小姐留下這句話離去，此時一名男子靠過來。

該不會要……

「喂喂喂，小屁孩來這幹嘛？」

猜中了！他來找碴的。

開頭最重要，被人小看就輸了。

打定主意後，我準備展開反擊——

「哦，這不是格拉斯嗎！你也當上B級冒險者啦？」

此時卡巴爾狀似熟稔地叫住找碴男。

「啊！原、原來是卡巴爾先生。好久不見！」

格拉斯——他整個人僵住。

枉費我想就地來個下馬威，好可惜。是說我老在緊要關頭漏氣，就算了吧。

一來一往間似乎讓其他公會成員注意到卡巴爾等人，開始像老朋友般聊起天來。接著就開始說當年勇，我則坐在沙發上等接待小姐叫人。

工作人員還端紅茶給我。

禮數非常周到。

享用紅茶的香氣時，我不經意問出剛才就很好奇的事。

「卡巴爾，你怎麼知道那個叫格拉斯的人升上B級？」

格拉斯跳出來替卡巴爾搶答。

「喂喂喂，小妞，直呼卡巴爾先生的名字很沒禮貌耶！看妳不了解這棟建築物，肯定是新手吧？要尊敬前輩啊？」

「格拉斯，別對利姆路少爺說那麼失禮的——」

「卡巴爾先生，這小鬼該教訓一下吧？這棟建築只放行B級以上的冒險者，才帶進來就踐個二五八萬。不給點排頭吃，以後出社會肯定吃鱉啦？」

「所以才要你閉嘴啊！這位大人是靠本身實力進來的！」

爆著青筋，卡巴爾要格拉斯住口。唸完還向我賠不是：「真是不好意思。我會好好說說這傢伙……」

只要他別狗眼看人低就好，話說居然連這裡的人都叫我小妞……

好吧。光靠本體直接變身就是這副模樣，維持這樣最輕鬆。

「我不是女人也不是小孩，拜託別亂講。」

最後我只回這句。

不過呢，格拉斯一席話讓我茅塞頓開。

入口那好像會掃描身分證，判定是否符合資格。

門不會對資格不符者開啟。

這裡雖然是本部卻不見戒備森嚴，原因在此。

愛蓮告訴我，未滿B級者會找城鎮出口附近的辦事處。那邊住起來比較便宜又方便。

聽她說完我總算有點概念。先拿到B級資格果然是對的。

想著想著，剛才的招待小姐正好回來。

她笑著跟我打招呼，並說：「讓您久等了。這次只能讓利姆路大人獨自前往，請往這邊走。」

周遭人士紛紛緊張起來。

「總帥要接見他？」

「這麼說來，那封引薦函是真的嘍……」

「不不不，就算有引薦函，也沒那麼容易見啊！」

大家開始交頭接耳。

卡巴爾他們則向公會成員引以為豪地放話「就跟你們說了，利姆路少爺有特權！」，再說下去我會羞死拜託快住口。

「那我先失陪一下。」

丟下這句話，我逃離現場。

在接待小姐的帶領下，我朝通道深處前進。

我們停在某個房間前，她敲敲門。

無人回應。

小姐不以為意地開門入內，要我一起進去。

一進房間就看到地上畫著魔法陣。

跟培斯塔畫的很像，應該是同一類型。

她要我進入魔法陣，我進去跟小姐排排站。

魔法發動的感覺微微掠過，一下子就沒了。

我們應該沒移動多遠。

有種密閉空間特有的壓迫感，搞不好跑到某個地下室也說不定。大概在防間諜之類的歹人吧，做得好徹底，徹底到非學不可的地步。

傳送目的地是接待室。

接待小姐駕輕就熟，人走之前行了個禮外加把我留在房間內。

我也不知道該怎麼辦才好，索性坐在椅子上等待。

過了一會兒門開啟，一名少年進入房間。

黑髮黑眼的他容貌俊秀，仍保有些許稚氣。

若說他還是高中生，那年輕模樣有十足十的可信度。

「初次見面，我是自由公會總帥神樂坂優樹。請多指教，利姆路先生。我已經聽人說過你的事了！別跟我見外，叫我優樹吧。」

少年說著笑臉迎人地打招呼。

「初次見面。我是利姆路．坦派斯特。在朱拉大森林建立新的魔物王國，在那兒當盟主。你也別見外，叫我利姆路就行了。」

我跟著做簡單的問候。

這就是我與神樂坂優樹的初次見面。

＊

結束自我介紹後，我們彼此探詢心中想問的問題。

先是閒聊一會兒，互探虛實。很快的，我對優樹卸下心防。

優樹是平易近人的好傢伙。

照理說應該有二十幾快三十了，外表卻停留在高中階段。

詢問理由得知，那好像是一種詛咒。

當初來到這個世界時，優樹並未獲得獨有技或特殊能力，唯獨身體機能異常發達。

「哎呀，說來丟臉。老實說過了五年才驚覺不對，發現自己有這種才能……」

他邊搔頭邊笑說。

因為這樣，他好像沒跟女人交往過。

這傢伙確實讓人頗有好感。

「哦——這樣啊？好遺憾。哈、哈、哈。別擔心，以後肯定會有好事發生的！」

我沒憋住一湧而上的笑意，發自內心安慰他。

「聽你這樣說，我完全沒受到安慰耶……？」

雖然優樹開口抱怨，但那只是錯覺啦。

我們兩個三兩下打成一片。

「話說回來……你這隻魔物居然會蓋城鎮？」
「咦？沒什麼啦，會蓋城鎮的魔物又不稀奇？」
「不……從沒聽過……我想今後也不會有機會聽到吧？」
「不一定吧？」
「絕對不會……」
我們互看一陣子。
沒關係吧，魔物蓋城鎮又不會怎樣。優樹這傢伙太在意那些小事了。
魔物蓋鎮的事被我們輕輕帶過，兩人開始揭露自己的過往。
談話告一段落時，優樹切入正題。
「對了，利姆路先生不是魔物嗎？費茲跟我說過，你能不費吹灰之力通過公會本部的結界，真讓人吃驚。是用什麼方法混進來的？」
「嗯？對啊，我是魔物。真面目是史萊姆。要替我保密喔！混進來全靠技能『萬能變化』的效果。我可以變成被我吃掉的魔物。另外還靠這張面具的力量。」
話聲淡去，我隨之摘下面具。
今後還得跟自由公會總帥打交道。
要是與這個人為敵，我們的國家將難以被人類接受。
現在的所作所為將左右命運。
為了沖淡魔物城鎮給人的負面觀感，還是對他吐實吧。
「變成被你吃掉的魔物——那張臉是……靜老師——！」

優樹的雙眼浮現殺意——事情就發生在剎那間——

他的身影從桌子對面消失。

我的腳與優樹的腿交差相擊。

緊接著，桌子因衝擊力道一分為二。

好強的打擊力。不像人類所有，腿踢得又重又猛。我的腳不會感到疼痛，但雖然只有短短一瞬間，仍麻到無法動彈。

「別激動，小鬼頭——」

我用冷靜的語氣訴說。

回過頭想想，靜小姐單憑我散發的氣息就看出我是日本人。

她其實不簡單。

一般而言，誰會想到「異界訪客」能轉生成史萊姆。

優樹已經斂去眼中的殺氣，但他仍小心翼翼維持戰鬥姿態。

「可以告訴我細節嗎？」

他說完就目不轉睛地和我對看。

壞掉的桌子原封不動，我跟優樹再度面對面坐下。

好了，來保持平常心解釋一下。

「老實告訴你。我是『外星人』——」

「說什麼蠢話。給我認真講啦！是說都這種情況了，虧你還能開玩笑？」

糟糕，優樹氣炸。

我想消除緊張氣氛，才稍微開個小玩笑耶……

「好、好啦。我會認真講。你消消氣——」

別再耍智障，該用嚴肅的態度攤牌才對。

「話說來這以後……我第一次聽人說自己是『外星人』。難道……」

都還沒講，優樹就看出我的真面目了。

所以，我決定從頭跟他說起。

「事情是這樣的，我被隨機殺人魔刺殺——」

之後我花了好長一段時間，將自己的身世鉅細靡遺告知。

「這樣啊……果然沒錯，利姆路先生是日本人……」

呵呵，如我所料……

看我丟出同鄉才知道的哏，一發命中。

乍看之下只把對方惹毛，其實是用來讓他及早發現本人真實身分的策略！我這麼說大概沒人會信吧……

玩笑話先擺一邊，幸好優樹相信我。

在那之後，我們聊了許多事情。

包括來這個世界有何遭遇、彼此吃了哪些苦頭。

還有靜小姐是怎麼死的。

「靜老師居然……她的確提過，說自己不喜歡這個世界——」

優樹說著說著便垂下眼簾。

一直聊負面話題也不是辦法。

我試著提另一個世界的事。

聽到我講漫畫和動畫的結局，優樹立刻探身追問。

「師父！拜託您，請您一定要告訴我結局是什麼！」

「呵、呵、呵。很想知道吧？你問的漫畫和動畫幾乎都完結嘍！當然，本大人都沒有漏看。能追多少盡量追，這才叫紳士的興趣！」

「師父真有一套！請您一定要告訴我！」

他求得好拚命。

接待小姐半路上端來茶跟輕食，人嚇到目瞪口呆不打緊，容器還差點從手上掉落。

我好像玩過頭了。

「那就讓你看後續吧，有紙嗎？」

「要紙啊？」

「嗯。」

優樹雖然覺得納悶卻沒問出口，準備一些紙交到我手中。

我將那些紙吞進「胃袋」——

「好了。完成啦。」

伴隨這句話，弄好的成品被我取出，再遞給優樹。

「唔、唔喔喔喔喔喔——！您這魔術是怎麼變的，師父？」

優樹驚得有道理。

因為我給他印刷好的漫畫。

其實這是徹底活用「大賢者」能力的成果。我把紙吞進去，比照記憶印製。

這樣很浪費才能。不過，一方面也是很有效率的活用方式。

「來吧，多準備一些紙。如果你還想看後續！」

這時優樹悶不吭聲地起身，不找剛才那位接待小姐，改叫另一名女子拿紙來。

臉上表情相當認真，看起來像祕書的女子見狀趕緊準備一大堆紙。

之後我便忙著印製記憶。

剩下的紙當福利收下。紙價目前還很高昂，這些不失為一種財產。我還想用於正當用途，再多的紙都不嫌多。

優樹也沒說什麼。

畢竟他之前都不能看喜歡的漫畫後續，肯定會耿耿於懷。這下有機會看後續，自然沒意見。

「謝謝師父！」

還對我表達感激之情。

是說那堆漫畫裡不單有完結作品，更包含進展龜速的系列……

愈拖的愈有趣，我這樣做算很壞心。

某些作品讓我很想看後續，期待十年後有同好「異界訪客」從日本過來。

結果我妄想到一半，優樹突然對我丟出這句話。

「利姆路先生，有件事我很好奇……」

「什麼事？」

「你去公會登記時，字是怎麼寫的？那不是日文，又沒時間學這個世界的語言吧？」

被人戳到痛處了。

「呵、呵、呵，你想太多。當然要歸功於每天努力不懈，把這個世界的語言學起來啊。」

其實是「大賢者」大大替我解讀並臨摹文字得來的。

卡巴爾他們有教過我基本文字，事後寫起來就簡單了。

「真的嗎？你沒動什麼手腳……？我來這邊以後，下最多苦心的就是學當地語言……」

「愛、愛說笑？人要活到老學到老啊！」

雖然慌了手腳，我還是想辦法蒙混過去。

優樹用尊敬的眼神看我讓我坐立難安，但那不算說謊所以沒關係。

記文字學語言的都是「大賢者」，可是那算我的技能之一。只是我為了方便省略主詞不說，並沒有造假。

＊

用完晚餐，我們再度聊起正經話題。

聊接下來的打算。

「利姆路先生，這次你不惜冒險前來王都，都是因為靜老師透露有我這個同鄉吧？當然，我很樂意繼續助你一臂之力，但你的目的只有這些嗎？」

「什麼意思？」

「我還以為你有其他打算。像是找方法回去之類的？」

優樹對我提問。

回去。

的確，我有想過。

然而我最終還是選擇放棄。

另一個世界的我早已喪命，遺體也火化了吧。如今回去沒我的容身處，反倒會引發混亂。

只要偶爾想到我、緬懷我就夠了。

不過，對年紀尚輕的「異界訪客」來說，回去才是最大的目標吧。

「有辦法回去嗎？」

面對我的問題，優樹沉默以對。

看樣子，要回去不是件容易的事。

有辦法回去早就回了吧。所以我猜應該回不去。

「好像只能進不能出。因為這個世界疑似半物質界……」

接著，優樹開始講解目前獲悉的情報。

簡單來說，前世那邊算物質界。沒有魔素的世界。

相對的，另外有一個精神世界。住了精靈跟惡魔、天使這類精神生命體，充滿神祕能量。

兩者性質恰恰相反，卻又緊密相連。

再來是這裡——混沌世界。

兼具物質世界和精神世界的特性，是極其特殊的世界。

整個世界充滿魔素，連精靈或惡魔、妖精、妖怪等精神生命體都能顯現在外。是說這方面我已經親身體驗過了……

既然脫離物質世界來到這邊，就表示肉體曾經毀滅、經歷半物質化。

照理說，應該沒辦法回到原來的物質世界。

「不過，我不認為可能性是零。日本也有關於鬼或惡魔的傳說，類似的神話逸聞遍及世界各地。所以說，若滿足一定條件，或許有機會傳送過去。」

他說得沒錯。

關於這個問題，我也想過。

當時的記憶模模糊糊，只覺得很熱很痛苦，但在前世遇刺後，我確實開始聽見「世界之聲」。

這個世界跟原生世界確實有某種連結。

「對了……利姆路先生會用魔法嗎？」

優樹突然改變話題。

「會，有人教我幾招。」

聽我這麼一答，他便羨慕地瞇眼道。

「真好……其實我當初也想學魔法……」

照他的話聽來，來這樣的世界令優樹感到無奈，但同時也對未知力量「魔法」抱持憧憬。

我跟他一樣。

只要喜歡漫畫或動畫，任誰都會想用用看魔法。

「我也很想學，卻不知道為什麼都用不出來。大概是這些身體變化害的。難得有機會浪漫一下……」

沒錯。這才叫浪漫。

機會得來不易，真的會想試試看。

然而，優樹卻因體質的關係無法用魔法。

現實好殘酷。

「可是，拿來研究沒問題。我發現一件事，魔法在這個世界代表『法則干涉力』。這個世界有不可思議的法則『世界之聲』，獲得新能力就能升級，形同一種進化，世界之聲會告知上述訊息。再來談魔法。它跟『世界之聲』依循相同法則，藉著詠唱咒文讓現象實體化。反過來說——」

優樹說到這裡頓住。

聽了優樹的話，我已經猜到他接下來要說什麼。

反過來說，意思就是——

「若原因和結果存在因果關係，加以解讀並釐清法則就有機會找出回去的方法，是這個意思吧？」

「世界之聲」——我也遇過。

話說我的技能「大賢者」，就是運用這種聲音跟我說話的。

正因為我跟它很熟，才會想到那去。

「——不愧是利姆路先生。真讓人驚訝……我一直針對該內容做研究，沒想到你一下就看出端倪。」

回歸是一種現象，先將它換算成法則，再轉為「世界之聲」——說起來容易，但要研究該現象理出法則，肯定得窮其一生，耗費大把精力。

不，就算耗費這麼多精力好了，能不能發現仍是未知數。

——話雖如此，若能進一步干涉「世界之聲」——

《……………………》

想太多，哪來這種技能。

我看今後還是老實做研究比較實際。

「總之，我要一一剖析法則求證，再多的時間也不夠用。」

下完結論，優樹臉上泛起苦笑。

這是他的目標吧。未來應該會持續做研究。

「我會在可行範圍內盡量幫你，收集一些資料。」

對優樹的決心深感敬佩之餘，我不忘提供協助。

「利姆路先生的目的不是回歸，那你想做什麼？」

話題再次拉回。

接獲他的提問，我開口告知自身打算。

「我呢，只要能悠哉過活就心滿意足。城鎮已經蓋好，我想跟大家一起過快快樂樂的生活。不過，有件事讓我掛念……」

其他目的。

採買魔石順便去王都參觀。去看看他們有多文明，這點很重要。

但我可不能遺漏最重要的目的。

就是在夢裡見到的孩子們。

「……原來如此，是靜老師掛念的孩子啊。可是那些孩子……沒什麼，若這是靜老師的意思，我也要麻煩你幫忙。」

接著——

優樹對我說明那些孩子的詳細狀況。

*

結束漫長的對談，我離開公會本部。

為了讓卡巴爾等人久等的事跟他們致歉，順便請吃晚餐。

「沒關係啦！」

他們異口同聲說沒關係，但晚餐時間早就過了。我跟優樹從早聊到晚，花了一整天。

我沒想到會聊這麼久，覺得很對不起卡巴爾他們。

我們沒回住的旅店，改至王都裡赫赫有名的餐廳報到。

不僅在那享用美味的餐點，還向卡巴爾等人告知我們倆的商談結果。

「就是這樣，再過一個星期我要去學校當老師。」

「啊？」

「怎麼突然提這個？」

「少爺真愛說笑！」

三人聽了一時間反應不過來。

拿他們沒轍，從頭說一遍好了。

「簡單來說，我從明天開始要住學校宿舍的空房。來這裡的路上不是跟你們提過我作了哪些夢嗎？優樹知道那些孩子面臨什麼狀況，才拜託我當老師。」

我長話短說解釋。

之後就被問了好幾個問題，我也一一回答。

接近用餐尾聲，三人終於明白我在說什麼，紛紛擺出驚愕的表情。

「話說回來，沒想到少爺會當老師……」

「好難想像……」

「俺很擔心那些孩子。」

你們是怎麼看我的……？

「總之就是這麼一回事，導遊只要當到今天就可以了。」

「——太突然啦。」

「咦，可是……我們的工作還包括護送你回去喔！」

「沒問題！我早就料到可能有這種需求，才設置傳送魔法陣啊？就我一個人，隨時都能回魔國聯邦或布爾蒙王國。你們要回去還比較麻煩吧？回程要加油喔！」

「等等，你講真的？我以為回去也可以搭那輛車……」

「他是認真的！聽到這種話，一想到要回去就覺得好悶。」

「受不了，卡巴爾大哥跟大姐頭太養尊處優啦。嘴巴上這麼說，其實俺想到要搭不舒服的馬車回去也好悶。」

這些傢伙……

說到最後都要負責保護我的安全，講得冠冕堂皇，結果背後原因是為了自身的旅途舒適快樂。

還真像這三人會幹的事。

這天我跟他們一起喝酒喝到很晚，用來排遣落寞的心情。

隔天一早，我們來到城鎮邊邊。

三人組因宿醉搖搖晃晃，我則向他們道別。

「有什麼狀況就馬上跟我們聯絡吧！」

「不陪你真的沒問題嗎……？」

「雖然有點寂寞，但少爺要保重！哪天回鎮上記得來找俺們！」

「好喔。到時有事再拜託你們。」

說完這句話，我從「胃袋」拿出那輛車。

遠方有馬商牽兩匹馬朝這裡過來。

「咦，少爺……這是做什麼？」

「難、難道說！」

「不會吧！」

無視驚訝的三人組，馬商照我的指示將兩匹馬接到車上。

「您的馬已確實送到！」

我在收據上簽名，付錢給馬商。

此時此刻，卡巴爾等人似乎也看出我的用意。

「對了，這輛馬車送給你們當餞別禮。以後不想要就牽去還給利格魯德。」

「怎麼可能不要，少爺！」

「利姆路先生，你人真的好好喔！」

「太帥了。希望費茲大哥跟你看齊，學習當個慷慨的人。」

三人組感動萬分。

成功讓他們驚喜到。

再來就是——

「車子裡有放些謝禮。還有——」

等一下再看——話才講到一半，他們三個就先動了。

「唔、喔——————！看看這盾牌！」

「呀、呀啊——————！好棒的杖！」

「這、這是！看起來很鋒利的短刀……是魔法武器耶！」

喂喂喂……動作會不會太快了點。

本來想等到我離場再放他們自顧自驚喜，這下苦心整個白費。

「你們幾個真是的……算了不重要，這是謝禮。卡巴爾配鱗盾，愛蓮配樹妖精手杖，基多配暴風短刀。要愛惜使用喔！」

「這是一定的，少爺！」

「那還用說！你知道我想買杖才……謝謝你，利姆路先生！」

「可是，這些全都上看……特質級！俺長那麼大還是頭一次見到這麼棒的裝備，真的可以收嗎？」

「當然。反正材料不用錢。就只有愛蓮的杖是跟德蕾妮小姐拜託才求到的，請她分樹枝給我們作，一定要好好珍惜喔！」

「我一定會珍惜！」

基多不安的疑問被我輕輕帶過。

愛蓮一直用臉頰磨蹭手杖，看起來相當中意，沒我的叮嚀也會珍惜使用吧。

卡巴爾跟基多的武器是量產品，樹妖精手杖就只有那麼一個。弄丟弄壞肯定會被德蕾妮小姐罵。我還跟她挑明是送愛蓮的禮物，有種格外憂心的感覺。

卡巴爾的鱗盾出自葛洛姆之手，用暴風大妖渦的鱗片加工製成。是擁有抗魔防禦效果的一級品。

基多的暴風短刀也採用鱗片當材料，由黑兵衛出手鍛造。附了風之魔法，能提昇持有者的敏捷度。

跟暴風大妖渦交戰後，我們收集一堆來自它身上的鱗片。其實我還送好幾百片給蓋札王當伴手禮。

其中一部分被我吞下，幾近毫髮無傷並保留原始品質。我們朝製成裝備的方向努力研究，最後造出這些試作品。

基多說對了，性能有到特質級。

多虧三人組開心到不行的表現，我才得以拋開離別的傷感。

所以我保持平常心，順利目送離去時很有精神的他們。

我討厭寂寞，這樣子快快樂樂最好。

卡巴爾等人收到禮物好像特別愉悅，連宿醉都沒了。

但他們畢竟是卡巴爾三人組。

大概過不久又會捅什麼婁子，過來找我幫忙。

所以很不可思議地，我目送時懷著快樂的心情。

＊

送完他們三個，我立刻展開搬家行動。

說是搬家，其實就只有去宿舍報到拿鑰匙。

我辦完入住手續，告訴他們今晚將會入住。

優樹曾開心地解說：「當老師有配專用宿舍、附三餐，還有銀幣十枚當日薪！」我入住的條件果真如他所說，對方還替我在今天之內打掃完成。

順便補充一下，聽說王都裡的平均日薪是銀幣七枚。看樣子老師的待遇意外優渥。

在這住的旅店一晚純過夜要花四枚銀幣。內裝確實很漂亮，跟農村的旅店一比卻顯得昂貴。還是早點入住優樹替我打點的宿舍較划算。

我看過內部裝潢，不輸昨晚的旅店。這樣就夠了。

就按之前跟卡巴爾他們提過的日期安排，七天後開始上課。但我要先過去辦交接等事宜，六天之後就得去學校報到。

因此從今天起算，我有五天的自由活動時間。

雖然有五天，第一天卻拿來採買日用品。

我在那選購喜歡的商品，請人幫忙搬去宿舍。順便在王都裡看看轉轉，才會耗掉一整天的時間。

第二天整理搬來的貨物。早知道會變成這樣，我很後悔當初沒叫卡巴爾他們留下來幫忙。

接著是第三天。

這天我朝圖書館去。

在學校裡該教些什麼，目前還未聽說具體內容。

優樹現在八成正忙著替我張羅。有鑑於此，我想事先充實一些知識，到候要教什麼都能應付。

但還有更重要的東西該學——就是一開始最想學的魔法。

機會難得，我想在這間圖書館裡盡可能多看一些魔法書。

魔法書陳列室有入室限制。

不過，B級以上的冒險者可以提交身分證明查閱。

我提交身分證，順利進入陳列室。

裡面的書嚴禁攜帶出場。我打算利用待在王都的期間看完這些書，如此一來勢必得列為首要任務。

名喚王都圖書館，卻與王立圖書館有所區隔。王立圖書館位於城堡內部。

那邊的書僅限王族、在王宮裡工作的魔法師閱覽。如果是A級以上的國賓級冒險者，透過申請或許能看也說不定……然而目前的我沒必要想到那兒去。似乎每個國家都大同小異，王立圖書館藏有堪稱國家機密的魔法，不大可能對其他國家的人放行。

現在有這個圖書館可用就該滿足了。

此外，這座圖書館還藏有相當貴重的書籍。

如今我就在該圖書館裡，這裡放有冒險者收集的祕術。自由公會冒險者發現的古文書好像也放在這裡。

肯定跟我平常樂善好施有關。

來王都不久就走這種好運，我是個幸運兒。

論這座圖書館的價值，果然足以匹敵各國的王立圖書館。

真棒。

事不宜遲，快來看魔法書。

若讀得很仔細，花一輩子也沒辦法看完那麼多的書。

世上發憤圖強苦讀的大哥大姐們，對不起啦！

我在心裡賠不是，開始用「大賢者」加速閱讀。

看在旁人眼裡，我只是隨手拿書翻翻就放回架上。實則不然，我邊翻邊將資料輸入體內，徹底記下內容。

同時發動「大賢者」跟「暴食者」，對魔法書進行高速複寫。

待日後再詳讀內容即可。該說這件事交給「大賢者」就行了。

我只顧著從架上拿書並把書放回去。

或許這樣就夠使魔法……

《答。可透過「解析鑑定」精讀內容，由「森羅萬象」網羅。網羅至記憶區塊後，即可靠「詠唱排除」發動魔法。》

咦……真的喔？

也就是說，我只需要默念想用的魔法？

好強大的技能。看來我一直小瞧「大賢者」。

這樣一來，事情就好辦了。我連標題都不看，直接把所有書全掃過一遍。

那些書都會轉換成知識。光想到這點就讓我幹勁倍增。

連同這天在內連續三天，我像個狂人般火力全開讀書，總算把所有的書記下。

如此這般，我的休假宣告結束。

圖書館管理員跟其他訪客都用看怪人的眼神冷眼看我，但我一點也不後悔。

我的目的是學習魔法，那些相較之下只是一點小事罷了。

＊

再來看上班第一天。

跟大家打完招呼後，學園裡的教務主任針對注意事項對我做約略說明。

優樹早就跟我提過了，說工作內容不輕鬆。

他不僅是自由公會總帥，還兼任自由學園的理事長。本人自稱掛名理事長，但我覺得他很厲害。

來這才十年左右，他就帶領自由公會發展壯大，還經營這所學園。

從某個角度來說，這男人可以說是冒險者的榜樣。

這所學園同時是公會成員養成機構。

跟公會一樣，有多個部門供選擇。

除了一般通識課外，還分成魔法學、魔物學等修習專門知識的靜態課程，訓練戰鬥技巧、生存技巧的實戰課程。

制度近似前世的大學，能自由選擇想上的課。

我接的是這個，有別於上述選修班的特教班。

通稱S班。

專收問題學生，是定位特殊的班級。

前任班導——讓學生聞風喪膽的魔鬼教官井澤靜江因私人問題請辭，之後該班就落入沒導師帶領的無政府狀態。

她是人稱「爆焰支配者」的英雄，來接手的老師肯定會很難熬。癥結可能在於怎麼比都比不過靜小姐。

他們全都敗在學生的惡行惡狀之下，從學園逃之夭夭。逃跑的人不乏前B級冒險者，搞得學園現在不知該如何教導這個班級。

去教職員室打招呼時，那些人告訴我這些情報。

跟優樹說的差不多。

有五個孩子就讀那班……此時我想起先前跟優樹談過的事——

……………………

…………

……

那些孩子全都是「異界訪客」——也就是說，五人都是我們的同鄉。

當時說完這句，優樹接著道。

「利姆路先生，我想問一件事……你知道坂口日向嗎？」

為什麼在這種時候提日向？

算了沒差，反正我也想問日向的事。

「只知道有這號人物。她既是靜小姐的徒弟又是『異界訪客』吧？還有，此人悟性很高，比靜小姐還強，大概就這些吧。」

「嚴格說來，其實比全盛時期的靜老師還強……那麼，你知道靜老師有多強嗎？」

靜小姐有多強？

她能召喚高階精靈焰之巨人並與它「同化」。散發的熱量相當驚人，若我沒有「熱變動抗性」肯定會輸。

「她能役使A級以上的焰之巨人——」

「是啊。全盛時期的靜老師有辦法徹底掌握焰之巨人。照我定的基準換算等同A⁺，在A級中屬於高手才有的特別分階。日向年僅十五歲就很強，比A⁺的靜老師還強。光憑這點就能想像她有多強大。」

我嗯了一聲，跟著點頭。

完全無法想像——但這句話還是別說為妙。

「你或許覺得我提這些事很奇怪……先跟你提一下，讓你明白我們這種人，也就是這個世界的『異界訪客』差異在哪裡。有跟日向一樣力量強大又特別適合拿來戰鬥的人，也有像我這樣零技能的傢伙。之中各有差異，『異界訪客』無法一概而論。目前我很喜歡的咖啡廳老闆也是『異界訪客』，但他什麼技能都沒有。大多數的『異界訪客』都會獲得某種特殊能力，獲取率卻不是百分之百。」

原來如此，橫渡世界造訪這裡時，大多會獲得某種技能。然而，並非每個人都能擁有。

優樹繼續說明：

「不過──重點就出在這兒，看你是自然而然過來的，還是被人召喚，兩者有差。」

維爾德拉有跟我提過這些。好像是──

「跟偶然來這的『異界訪客』不同，被人刻意叫來的『召喚者』一定會獲得某種獨有技。只不過，召喚成功率極低──」

好像是這樣。

若受召者的「靈魂」沒有強到足以撐過召喚過程，召喚將宣告失敗。我將當初聽說的資訊原封不動告知優樹。接著──

「你好清楚，跟我查到的資料一致……」

他驚訝地睜大雙眼。

這不是我的知識，其實是從維爾德拉那裡現學現賣啦。

「你說得沒錯，基於某種目的受召的『召喚者』必定獲得與目的相符的能力。例如人類最後的王牌『勇者』。橫渡世界時肉體會毀滅呈現半物質化──換句話說肉體具可塑性，這時會吸取大把能量，因而獲得能力。所以說，少了強韌的意志，就會被那股能量吞噬、灰飛煙滅──」

日向偶然來到這世界，獲得超乎常理的強大力量。換作用於特殊目的的受召者，很難想像他們會獲得多麼強大的力量。優樹想說的是這個吧。

不過——優樹緊接在後的話讓我渾身發毛。

「——那麼，召喚出現瑕疵會有什麼後果？」

「召喚出現瑕疵？」

「對，就是字面上的意思——」

後來優樹為我進行說明，光聽就覺得噁心。

一般而言，聚集各項條件進行召喚時，需超過三十人的召喚師通力合作，耗時七天舉行儀式，但成功率不到百分之一。

不僅如此，進行過召喚儀式後，同一人要再度舉行召喚儀式前得隔開一段時間。間隔相當漫長，聽說少則三十三年多則六十六年。間隔愈長，愈有機會集齊召喚要件。

那沒齊聚要件就進行召喚會有什麼後果？

要件將大幅打折，只要隔一小段時間就能再度進行召喚。簡單來說，同一個術師可以挑戰好幾次。

然而，召喚成功率將無從提昇。不單成功率低，就算順利召喚也多半是孩童受召。即使如此，依然有一定的誘因讓術師選擇這種召喚方式。

至於那些受召的孩童……

他們擁有強韌的意志，橫渡世界時汲取大量魔素，卻沒獲得跟靈魂相襯的技能。

肉體仍在成長途中，卻汲取跟身高不成正比的大量魔素。最後那具身體將被無處可去的魔素燒個精光……

「咦，等等。聽你這麼說，那五個孩子不就……」

「──如你所料，他們都是受召者。」

「喂，那他們沒事吧？」

優樹沒有回答。

然而這陣沉默已經給出答案。

他繼續把話說下去。

「這些孩子就是瑕疵受召者──沒能成為勇者的缺陷品。」

「你說勇者？這話什麼意思？」

「我不是說過嗎？勇者是人類最後的王牌。這個世界的魔物勢力異常龐大。人類可以說隨時處於險境。他們力量薄弱，才會一直渴求能點亮希望的勇者。」

「搞什麼，所以人們才進行召喚……叫勇者來對付魔物──？」

「看法正確，利姆路先生。犧牲眾多人命在所不惜，只為換來一個『勇者』──那就是這個世界做出的抉擇。」

優樹的聲音讓人發寒。

世界的抉擇──這話讓我無從反駁。

與其疼惜陌生人的命，還不如救救自己人──我有權利譴責這種想法嗎？

倘若眼前出現兩個亟欲尋求幫助的人，但我只能救一個又該如何選擇？其中一人如果是我的親朋好友，我肯定會毫不猶豫地救他。

「這些孩子是各國祕密進行的勇者召喚瑕疵品。靜老師帶走他們，努力拯救他們的性命。」

「各國？國家有插手這些儀式？」

「正是。剛才也提過，那是整個世界做出的抉擇。強化對抗魔物的軍隊不如召喚一個強力『異界訪客』來得有效，人們似乎是這麼想的。看到靜老師如此強悍，你應該能明白其中奧妙吧？」

聽他這麼一說，我頓時了然於心。

焰之巨人當前，縱使有千軍萬馬也不是對手。

若與豬頭魔王（災厄半獸人）為敵，像卡巴爾三人組那種B級冒險者成群結隊出擊仍無法取他性命。

碰到這種情況，一旦人們知曉世上有靜小姐或日向這種特別強大的「異界訪客」現身——

「再說這個世界的『勇者』得來不易。要自稱勇者，聽說需具備背負一切罪孽與譴責的覺悟……沒有那份決心，似乎無法通過精靈的試煉。是說也有阿呆頭腦簡單，不怕觸怒精靈，硬是自稱『勇者』的人啦……」

原來是這樣，把事情全推給「勇者」未免太不負責任，話說「勇者」的出現機率好像很低。

——被「世界之聲」承認的正牌「勇者」。

因此——各國不惜觸犯禁忌，也要仰賴不該使用的召喚魔法。成功喚來的「召喚者」會受到英雄式禮遇，大國似乎都有好幾名成功受召者滯留。

這個世界的魔王太強了，要對抗他們必須不擇手段。各國會爭相網羅「異界訪客」合情合理。

「話說回來，邊境城鎮跟村莊都沒看過異界訪客……」

「這是因為那些『召喚者』都受命保護王族或權貴。」

是喔，維爾德拉好像也說過類似的話……

「『召喚者』叫來要當兵器用，為了讓他對召喚主言聽計從，會用魔法對靈魂下咒。」

我不由得呢喃出聲，語氣盡是不齒。

「原來你知道，利姆路先生！」

我知道。

雖然知道，卻忘得一乾二淨。

難怪……怪不得靜小姐討厭這個世界。

「對了，那些孩子怎樣了？」

「——目前獲得證實的最長紀錄是五年。這是瑕疵召喚的生存率。還沒有找到防止壞滅的方法。十歲以下的孩子受召幾乎無一倖免，還沒獲得獨有技就死了……」

優樹解說時一臉懊惱。

接著又浮現自嘲的笑容，續道：「幸虧如此，各國都毫不猶豫地交出孩子。」

這些失敗者活不久，不需要特意花心思照顧他們是吧。

「關於這件事，那個什麼西方聖教會沒表態嗎？他們不是有最強的聖騎士？」

「聖教會默許，現狀就是這樣。對教會來說，殲滅魔物才是首要之務吧。」

「這算什麼。哪門子『正義使者』，真讓人不敢領教。日向也沒意見？知道同鄉的孩子淪為犧牲品還忙著打怪，她真的這麼想？」

「日向……她是現實主義者。追求合理性，只要有效，就會不擇手段去做——」

我實在搞不懂她——優樹這麼說道。

就他所知——日向並沒有往各國奔走，試圖阻止召喚行為。

「是嗎？那我要怎麼對待這些孩子，她都不會有意見吧？」

「你打算做些什麼嗎？」

「對。既然是靜小姐的遺願，我就要替她延續下去。」

我與優樹四目相對，一字一句說得清清楚楚。

這是靜小姐沒能完成的工作吧。如此掛念，甚至出現在我的夢裡拜託……

那麼，我就要回應她的心意。

雖然沒辦法當面對她說「包在我身上」。

此時優樹點點頭。

接著——

「拜託你了。可以的話，希望你救救那些孩子……」

他低頭懇求，對我這麼說。

我會盡我所能。

過去是這樣，未來也不改初衷。

……………………

…………

……

就這樣，我接下在這所學校裡照顧孩子們的工作。

不像教師，更像教官。

不同於單純教書的老師，我會跟學生一起生活並督導他們。

換句話說，所有的課都跟學生一起上。吃飯也陪在身邊，怪不得附三餐。

能教的科目就自己來，不擅長的科目則輔助其他老師教學。總而言之，我負責照顧這些特別的學生。

「——不是我愛潑冷水，看你是理事長介紹來的，很想對你有信心，但就連B級冒險者都難以照顧那些孩子。再說你也是小孩吧。要是你現在請辭我們也不會為難你喔！」

「沒問題，包在我身上。」

「這樣啊？話雖如此，若是你實在撐不下去，要早點說喔……」

諸如此類，教務主任很擔心我。

就算真的有問題好了，對手是小孩子我拿什麼臉示弱。這句話在心裡打轉……

第一天上課的日子到來。

「哈囉——！我是今天開始當你們班導的——」

我親切地打招呼，不料回應我的是火焰神劍。

「小劍，你好帥喔——！」

「那不是必殺技嗎？你終於練成了！」

「可是，續航力好像不夠。剛才沒打中吧？」

看我慌忙閃避非但沒有出言關心，孩子們還充滿敵意地喧譁。

喂喂喂，你們的命不是所剩無幾嗎？

居然精力過剩，在那裡大肆搗亂——！

我閃過攻擊，後方的黑板斷成兩截外加熊熊燃燒。

糟透了。糟糕透頂。完全不尊重老師好咩！

害我迸出怪怪的關西腔。

好想立刻走人。

這裡是異世界，就算老師訴諸武力，社會輿論也不會貼上體罰標籤吧？

我眼前有五個孩子——問題「召喚者」兒童。

是優樹從各國帶回、予以保護的孩子們。

三崎劍也——男，十歲。

關口良太——男，十歲。

蓋爾．吉普森——男，十一歲。

艾莉絲．倫多——女，九歲。

克蘿耶．歐貝爾——女，十歲。

這些小毛頭大概中、小學年紀，但他們似乎滿有力的。畢竟被靜小姐鍛鍊過，小看他們可能會受傷。

老實說，我太小看他們了。

還以為他們會更乖一點。

望向眼神敵意全開狠瞪我的孩子們，久違的憂鬱情緒浮上心頭。

＊

大家都是十歲左右的稚兒。

蓋爾的體格酷似中學生，實際年齡才十一歲。

邊瀏覽從教職員室接收的資料，我看著他們一一點名。

沒反應。

奇怪耶？連回都不願意，很難繼續下去……

沒辦法，來呼喚可靠的助手吧。

「叫到名字請答有。」

我語氣溫和地提醒大家，此時劍也用快哭出來的聲音抱怨。

「喂！這隻狗……不對，是狼？我不管啦，快收回去！」

「小、小劍，你沒事吧？」

「別、別過來！可惡，居然亂放狼！」

「等等！我會乖乖的，會當乖寶寶！」

「我是蘭加。不是狗也不是狼喔！那不重要，小鬼頭，頭目要你們回話。最好乖乖照辦，不然——」

哎呀，蘭加真受歡迎。

他陪孩子玩得好開心，看上去好溫馨呢。

「好啦，我會聽話！」

被蘭加一嚇，劍也立刻淚眼汪汪地點頭。

感覺心不甘情不願，但他總算安分下來。

「這樣就對了。小孩子就是要聽話！」

我跟著面露笑容，開始替他們點名。

聽說這群小毛頭很黏靜小姐。其二只聽優樹的話。

他們曾經有過那種遭遇或許情有可原，不過，能不能容許調皮搗蛋又是另一回事。

只要我還在這當老師，就要好好教他們做人的道理。

「我是從今天開始負責指導你們的教官利姆路。沒靜小姐那麼溫柔，希望大家記住！」

就這樣，我先教他們打招呼。

接下來——

雖然一改反抗態度，他們眼裡仍充滿敵意。

教室內鴉雀無聲。

靜到能聽見嚥口水的聲音。

蘭加則搖搖尾巴，一面朝我跑來。

「好乖好乖。那麼各位，快回到位子上坐好。」

我用爽朗的笑容宣告，在場沒半個人移動。

真讓人頭痛。

他們對人的恨意已經深到骨子裡，很難博取信用。

如果我是他們，或許會在心裡默念「這王八蛋看我宰了你」，但那姑且不談。

這個世界跳脫不了弱肉強食。

打不過蘭加，他們幾個耍性子也於事無補。

要恨就恨自己無能。

既然這樣——

「好！我看各位好像很不服氣，現在就來考試吧。」

我搬出這句話。

「欸！根本牛頭不對馬嘴吧！」

率先發難的人是艾莉絲。

「考、考試？」

「唔欸————！」

良太怕怕地回問，旁邊的劍也則老大不願地嚷嚷。

「我討厭考試——」

「太突然了。給我一個說法！」

克蘿耶大聲表態，蓋爾保持理性，要我給個交代。

反彈聲浪此起彼落。孩子們都好有個性真有趣。

嗯。考試這種東西，不管到哪都惹人厭。

「哎呀，別緊張。我不是不能理解你們的心情。但你們要聽話。等一下要做的事對你們來說很重要喔！」

「幹嘛啊？反正我們遲早會死！讀書又沒意義！」

「對、對啊……之前那些老師都拿玩具跟繪本過來，隨我們愛怎麼玩就怎麼玩……」

「我們來這邊從沒念過書好嗎……」

「我想看更多繪本。」

「我說，你算老幾啊？不過馴一隻有點強的狗罷了，少往臉上貼金！」

大夥兒你一言我一句地抱怨。有精神比什麼都重要。

不過，這是必經過程。可惜了，我並不打算妥協。

「大家乖喔，放心吧。說是說考試，其實我們要來玩好玩的遊戲。各位——不，你們這些傢伙有何不滿大可宣洩出來。從現在開始，跟我一對一打模擬戰。規則很簡單。你們想盡全力攻擊我也行，打贏我就算考過。可是，我若逃個十分鐘都沒中招就算我贏。很簡單吧？」

「就這樣？」

「對。簡單吧？」

「十分鐘？」

「假如你們嫌太短，拉到一小時也行。」

「不必——！只要你不派那隻狗出戰，打贏你要不了十分鐘！」

「好，我答應你不派他。你們也一樣，觀戰的人出手幫忙算犯規喔！」

「知道了！」

「嗯。」

「嘿嘿，沒那隻狗肯定是我贏啦！」

「我比較想看繪本……」

「那麼，要去哪邊打？」

「去哪嘛，操場好了。對了，大家都清楚規矩了吧？明白的話就換場地然後順路決定誰先誰後。」

說完，我帶著孩子們往操場前進——現在要改口叫學生。

跟我們擦身而過的人全都驚愕地看向這邊，但我不當一回事。

要來場簡單的模擬戰。

我不打算出手。只想確認這些孩子有多少能耐。

他們並未獲得獨有技，無法消耗足以毀滅他們的魔素量。既然如此，能不能讓孩子們全力迎戰並消耗魔素？首先要確認這種做法是否可行。

靜小姐跟優樹應該不至於沒發現這種方法才對，但我還有「解析鑑定」，可以進一步詳細觀察。

補充一下，魔物依魔素量多寡界定強度。相對的，冒險者分等則以實力為基準。

有時C級冒險者的魔素量會比B級冒險者多，讓我一直納悶不已。

當我親自接受冒險者測驗後，對這方面才有概念。

一般來說魔物都靠本能戰鬥，無視技巧經驗。因為這樣，才會以魔素量界定吧。

——話雖如此，某些魔物仍具備高超的手腕。

我還發現另一件事。

拿冒險者跟魔物做比較，魔物的魔素量相對龐大。

以此為前提思考……再怎麼磨練技量仍有極限，這樣大家就明白人類之於魔物有多脆弱了吧。

各國之所以會實行禁忌的召喚儀式，理由在這。聽得我滿肚子火，無法原諒他們的所做所為……卻沒辦法斷言這麼做是錯的。

再來看看這些孩子——

「解析鑑定」結果讓我嚇一跳，測到的魔素量超越魔物等級A。其中那個克蘿耶更蘊含跟高階精靈不相上下的能量。

這點確實不正常。

假使那股力量運用得當，他們肯定是強勁的對手。然而，事情究竟會往什麼方向發展……

順序好像排好了。

劍也帶著幹勁十足的表情上前。

年僅十歲的頑皮鬼一個。是所謂的孩子王吧？

「喂，我可以用這把劍嗎？」

態度真夠囂張。

「我說過啦？盡全力攻擊就對了。話是這麼說，輸了要對我有禮貌喔！」

「哼！就連大人都不是我們的對手了。除了靜老師，我從來沒打輸過！」

「是喔——要說大話等打贏我再講吧？」

我們倆脣槍舌劍一番，測驗就此展開。

打訊號的工作就交給孩子們處理。我遞出昨天準備的沙漏，向他們說明使用方法。

那麼，該開打了。

「開、開始！」

聽到良太叫比賽開始，劍也立刻有所行動。

以小學生來說動作精良。該說連大人都相形失色。

不過呢，在我看來不怎樣。

「小劍加油——————！」

「別輸給他！」

劍也回應大家的支持，使盡渾身解數。

他拚命發動攻擊想打中我，但我連預測都不用就將他的動作看得清清楚楚。

五分鐘過去，他帶著快要哭出來的表情擊發火焰。

嗯。這火焰威力滿弱的。

不經詠唱施放固然厲害，要打哪裡卻能輕易預測。我雖然沒有接下，不過爆發後的餘波換算成體感溫度也滿低的。

比B級冒險者愛蓮的火焰大魔球還差。

把劍也相當於A級的魔素量考量進去，能源使用率非常低落。

他沒有放水，癥結在於有樣學樣只學個皮毛吧。完全沒活用自己的能力。

「喂。別執著在火焰上，直接灌魔素射。」

我提出建議，可是劍也沒聽進去。

「少囉嗦！靜老師用的技能超厲害！鬼才聽你瞎講！」

這小鬼真的很囂張。

他沒聽我的勸，到頭來十分鐘過去。我贏了。

「好啦，結束！日後要乖乖叫我老師。換下一位，請上場。」

劍也整個人垂頭喪氣，無精打采地回到在一旁觀戰的同伴身邊。

唉，要是我輸給小學生，打擊肯定更大。

接下來換克蘿耶．歐貝爾。

她是一名十歲的少女。

髮色很罕見。黑色與銀色交雜——總之，是擁有奇妙髮色的美少女。

似乎還混有日本血統，散發中西合璧的神祕氣息。

好了，來打吧。

話說我要是輸給這種美少女會很糗。絕不能大意。

「克蘿耶，別太勉強自己啊！」

「小心別受傷，克蘿耶！」

孩子們不講「加油！」，要她「別受傷！」的聲援占大多數。

這也難怪。她看起來不怎麼強悍。

宣告開始的呼喊聲傳來。比賽開打。

克蘿耶究竟會發動什麼樣的攻擊呢？

她好像很喜歡書，手上老拿著書。

是那個嗎？要用書角敲我的頭，還是拿書丟我？

莫非這不是書而是鈍器？小學生應該不會想出那種點子才對。

我還在想些白痴問題，「流動的水啊，替我捉住敵人。」這句咒文詠唱聲便傳入耳裡，我的腳在同一時間遭現身的水綑綁。

我用「熱源感應」測試，那些是如假包換的水。

繼劍也之後是這個孩子。都能自由自在操縱魔法。

好厲害，他們該不會是天才吧？

現在不是佩服的時候。水的流速變快了，變成罩住我的水球。

我用手指碰水球球體，指尖有種被切開的感覺。跟我的「水刀」一樣，藉著水流高速循環維持球狀。

是滿厲害的，但她接下來打算怎麼辦？

「這個魔法接下來會變形，朝被捕者傾瀉！只要你認輸就解開，不認輸會死喔！」

這孩子，小小年紀就這麼可怕！

跟剛才的劍也不一樣，耍小手段耶。只可惜，這點程度打不倒我。

「魔法很厲害，可惜對我起不了作用。不過妳把這個魔法用得很好。今後要繼續努力鑽研！」

我從水之牢獄脫身，伸手摸摸克蘿耶的頭。

牢獄？那種東西，用「魔力操作」愛怎麼變就怎麼變。

這技能在追加技裡搞不好是最強的一個。是足以匹敵獨有技的強力技能。魔法藉操控魔素產生現象。所以只要用更強的力量干涉魔素，破除魔法效果易如反掌。

克蘿耶吃驚地癱坐在地，紅著臉，眼裡泛起淚水。

原諒我，這樣已經算拿捏力道了。要是被看扁，你們就不會聽話，必須在這讓你們見識彼此的實力差距有多大。

克蘿耶喪失鬥志。是我贏了。

她按住被我摸過的頭，不知為何，臉上掛著看似欣喜的微笑。

接著上吧！

蓋爾．吉普森好像是接下來的對手。

最年長的十一歲。茶髮的高大少年。還是輪廓深邃的美少年。

等這傢伙長大，肯定是不輸給男明星的美男子。

我要毀掉他──沒啦才沒這麼想呢。只不過，我這個大人要稍微讓他見識一下社會有多殘酷。

「死了請別怨我喔。」

蓋爾沒耍小心機，拿出真本事，毫不猶豫地施放攻擊。看剛才那兩人被打得落花流水，八成對我改觀了。

換作一般導師──B級冒險者也可能喪命，他朝我招呼威力相當可觀的魔力彈。

我當初可是費好大一番功夫才學會使魔力彈耶……

這擊似乎用盡全力。

他做出正確的選擇。但很遺憾，對手太強了。擊發系技能傷不了我。

理所當然地，魔力彈被我的「暴食者」吸收。

「這算什麼！好卑鄙！」

嗯，真的很卑鄙。我也這麼覺得。

「聽好，大人是一種卑鄙的生物。不擇手段取勝！這就是所謂的大人。」

這樣跟小孩子作對滿幼稚的，但現在不是吝於出招的時候。

事實上，要我用其他手段對付他也行，可是我非得盡量表現出從容的模樣，跟他分個勝負。

別看我這樣，那麼做並不容易。

蓋爾懊惱地咬唇，往拳頭集氣再朝我打來。

沒輕言放棄確實令人欽佩，然而事情演變至此，他已經毫無勝算可言。

步上劍也的後塵，這場由我制霸。

良太好像是很內向的少年。

總是跟劍也膩在一起，替劍也加油。

該說他們是性格互補的搭檔吧。但良太沒什麼特別之處，看起來就是一個很普通的少年。

然而，身上的能力卻——

「良太，快替我報仇！」

一聽到劍也的叫喊，良太就眼神大變地攻過來。

魔法？不，比較接近紫苑的「身體強化」。不需透過詠唱，速度和力量瞬間爆增數倍。還將魔素轉換成鬥氣來保護身體。

乍看是很棒的強化效果，差就差在失去意識。

戰鬥中失去冷靜，通常只會不利於己。那樣一來就跟魔物沒兩樣，失去知性這個唯一優勢。

良太的能力並非「身體強化」，而是「狂戰士化」。

這樣就沒意義了，必須進行矯正。

動作絲毫不拖泥帶水，若對手不是我大概能打一場不錯的仗。

只不過，可惜了！

在那十分鐘內，我老神在在地避了又避。

最後是一名少女，艾莉絲·倫多。

年紀最小只有九歲。生著既美麗又柔順的筆直金髮，髮絲長及腰際。說她長得像洋娃娃一點也不為過，是絕世美少女。

跟文靜的克蘿耶恰恰相反，這女孩的個性似乎很潑辣。

「總算輪到我了！你們這些沒用的傢伙，睜大眼看我大顯身手吧！」

艾莉絲信心十足地宣告。

還以為頭頭是劍也，搞不好這個年紀最輕的女孩才是真頭目。

不，應該算隱藏魔王吧。是什麼不重要，無法讓這孩子信服，我的搶救威信大作戰將有可能告吹。來認真對付她吧。

此外，從剛才開始就有其他學生和老師陸續跑來觀戰。在操場上做這麼顯眼的事，有人感興趣前來觀戰實屬正常。

再說還要讓這些觀眾目睹我在收服孩子，把他們當學生對待才行。

好啦，來看看這孩子有什麼能耐吧？

只見艾莉絲露出傲然的笑容。

接著把揹在背上的大批玩偶朝空中一扔——

「去吧——各位！給我痛宰那傢伙！」

她喊出這句話。

啊？我納悶地抬頭仰望，碰巧看到注入生命的玩偶朝這發動攻擊。

有狗、貓、鳥，甚至連熊都有。

玩偶們打出意外有份量的攻擊。

艾莉絲是操偶師。

應該是從前看過靜小姐役使精靈，才動這種念頭吧。雖然是孩子的構想，卻不容小覷。

用玩偶就有這等戰鬥力，那換成特殊合金打造的傀偶不就變兵器了……

她的能力在五人之中搞不好居冠。

不過呢，要逃還是有辦法啦。

「欸，你不要到處逃啦！」

這類抱怨聲傳入耳裡，但我聽聽就算了。

乾脆放火燒光它們——該想法竄過腦海，我忍著沒發作繼續逃。

《警告。個體名：艾莉絲．倫多哭泣機率……達百分之百。》

既然都收到這種預測通知了，怎麼可能付諸實行。

安慰比對戰更麻煩，觀眾也會覺得我太小家子氣。

到最後，十分內成功逃脫的我又贏了。

＊

總算勉強保住面子。

總而言之，如此一來那五人就能認可我的實力。

「那個面具教官真厲害。看起來像小學生，卻把這群問題兒童吃得死死的！」

「聽說他是B級冒險者？怎麼可能。有這種實力，簡直跟靜教官沒兩樣啊！」

觀眾群發出諸如此類的評語，很好，看樣子我表現得很成功。

話說回來，這些孩子的能力感覺很鬆散。

畢竟不是他們發自內心渴望的力量，都在學靜小姐吧。

除此之外，我想確認的事已有明確結果。

想說讓他們盡全力戰鬥，體內的魔素量或許能多少降低一些……結果只耗掉一點皮毛，根源魔素完全沒出現消耗跡象。

看他們出的攻擊都沒什麼威力也知道。結論就是，靠上述方法無法阻止壞滅。

再來能想到的方法就是運用自身獨有技「異變者」進行「分離」，並以獨有技「暴食者」「捕食」或「隔離」。但恐怕——

《答。跟靈魂融合的魔素不可分離。》

果然不行。

我剛才邊打邊做詳細觀察，發現魔素已經融到無法分離的地步。

看是要助他們習得獨有技，還是摸索其他手段都好……

時間所剩無幾。

若存活時間最長不超過五年，這些孩子只剩不到一年可活。

在剩下的時間裡，必須找出方法防止身體被失控的魔素毀掉。

我用的手段很極端，卻得以確認他們目前的狀態。

誘發孩子出全力並非解決之道。然而，釋放過剩的魔素多少能延緩壞滅。

定期誘發他們使出渾身解數就當是一種療法，邊引導邊思考對策好了。

替操場善後並返回教室，我一路上都在想這些。

場景來到教室。

「那麼，你們今天也親身體驗過了，我很強。但我答應你們一件事，我一定會救你們。就拿這個面具發誓。」

我當著孩子們的面宣示。

大家都變乖了，願意認真聽我說話。

第一階段成功。未對話者敞開心胸，只會把他的話當耳邊風。

縱然我的手段有些強硬，依舊擄獲孩子們的心。

「對了，那個面具……是不是靜老師的？」

此時艾莉絲突然輕聲問我。

「沒錯。靜小姐把它託付給我。當我接下這個面具，你們就變成我的責任。」

我如此應答。

其實最近才夢到你們……但那不重要。

聽我這麼說，艾莉絲狀似滿意地點頭。

「好。我相信你。」

「那、那我也——」

「我一開始就相信你啦！」

艾莉絲、良太、克蘿耶依序應聲。

這三人似乎開始接納我了。

「搞什麼……那好吧，我跟大家一起……」

「很好啊，劍也。如果是這個人，相信他也無妨。」

劍也跟蓋爾似乎也沒意見。

我總算博得孩子們的信賴，被他們當老師看待。

但說到面具……

剛才，我的記憶好像閃過什麼重要片段。

靜小姐拜託我——去揍魔王雷昂。

既不殺魔王又不需要打倒他，只要揍就行了。

咦？難道說靜小姐的目的不是去找魔王報仇？

好像喔。仔細想想，她真心想報仇應該會在全盛時期採取行動。

還有——等等？

靜小姐好像說過，來這裡的時候不滿十歲……

她怎麼沒事？

快想。我們沒深入詳談，可是話中好像藏有提示。

基本上，靜小姐丟下孩子們先去辦自己的事，這點實在很怪。

會不會有個理由，讓她非得在當下採取行動不可？

──快點！

啊啊，我懂了……

她接下這些孩子、想幫助他們，才跑去找雷昂。想去給雷昂好看，一方面又想拯救孩子們。兩者指向相同的目的。

──魔王雷昂知道拯救孩子的方法。因為他救過自己。

原來這才是她真正的想法。

既然這樣，方法又是什麼？

我發動「大賢者」，全力思考。

就跟平常一樣，「大賢者」沒有讓我失望。

魔王雷昂是否真心想救靜小姐，那種事與我無關。

重點是救她方法。

《答。推測魔王雷昂．克羅姆威爾拯救井澤靜江的方法……成功。依據讀取情報獲得的間接證據推論如下——》

「大賢者」導出的答案在我心裡響起。

這賭注對孩子們來說過於艱辛困難，成功率極低。然而，就我看來是不費吹灰之力的試煉。

問題在於……

「各位，我一定會救你們。所以你們要對我有信心，當乖孩子喔！可以吧，靜小姐把你們託付給我，我一定不會丟下你們不管！」

我自信滿滿地放話。待在孩子面前，可不能擺出不安的模樣。

孩子們用認真的眼神看我——

「「「拜託你了，老師！」」」

看完對我這麼說。

老師嗎？聽起來真開心。

這任務就交給我吧。

就在剛才，孩子們終於把我當老師看待。

一定要拯救你們。

我在心裡立下誓言。

Regarding Reincarnated to Slime

這是一個和煦的午後。

朱菜在自己的房間裡看書。

一如往常的插曲發生，紫苑闖進來要她教自己煮菜。接著眼尖地發現朱菜拿在手裡的書，立刻出聲詢問。

「那是什麼，朱菜大人？」

「呵呵呵，紫苑。這是書。利姆路大人給的伴手禮，是魔法書啦。」

朱菜笑著回答紫苑。

大夥兒日漸習慣自食其力管理城鎮，這時利姆路悠悠哉哉地回來。還給朱菜一堆魔法書，事情就發生在昨天夜裡。

當時他一副稀鬆平常的樣子，對朱菜說：「啊，妳起床啦，朱菜。起得正好，妳不是說想學魔法嗎？所以我順便準備妳的份。」說完若無其事地給書。

朱菜只消一眼就看出端倪，那是人們當祕術小心保管的機密文書。滿懷幸福的心情，朱菜向利姆路道謝。

之後又對他回報這裡的日常狀況，目送用魔法傳送回去的他。

「什麼！只送朱菜大人太不公平了！」

「哎呀！我忘記他有送紫苑伴手禮的事。」

「朱菜大人好過分……」

紫苑鼓起腮幫子，老大不爽地生悶氣。

但她一看到遞至眼前的香甜點心，臉上的怒色就沒了。

聽說這是利姆路在王都發現的點心。為了讓大家都吃到，好像買很多。

見紫苑吃得一臉開心，朱菜也跟著呵呵笑，心情變得更加愉悅。

此時面露疲憊的紅丸碰巧經過。

「什麼嘛，紫苑妳竟然一人獨享好吃的東西。」

「哎呀，哥哥。工作都處理完了？」

「嗯，對啊。獸王國派的使者還是老樣子，要給我們的東西也按約定交來。把產品交給他們以後，大家就開開心心地回去了。蓋德也定期跟我聯絡，說工程進展順利。伐木小隊已經完成手邊工作，馬上就會回來。啊，那不重要。也讓我吃一個。」

語畢，紅丸過去拿朱菜手上的點心吃——利姆路買的泡芙，出自「異界訪客」廚師之手。

「這個好好吃！」

紅丸一直對甜食沒什麼抵抗力，他開心地喊道。

「這是利姆路大人買的喔。」

朱菜隨即泛起微笑，向紅丸挑明。

「是喔，原來利姆路大人回來過。我代替他處理公事，沒想到這麼辛苦。因為利姆路大人總攬公事的時候總是一副輕鬆樣……」

「是的，沒錯。跟哥哥不一樣，好像還有閒工夫摸魚。」

「說什麼摸魚，妳喔……嘴巴真壞，照理說該被罵大不敬才對。」

紅丸出言調侃朱菜，臉上帶著苦笑。
不過，這種事經常上演。
「利姆路大人有留話，想拜託你們增設長屋。」
「好。我去跟蓋德說。」
如此這般，剛跟蓋德轉述完——
「真好吃，太好吃啦！一定是因為裡面有利姆路大人的愛！」
一直悶不吭聲吃泡芙的紫苑突然大叫。
紅丸跟朱菜愣了一下。
「——應該不是喔！」
「我認為不是……」
兩人陸續吐嘈，但狂作白日夢的紫苑根本聽不進去。
他們兩個發出嘆息，看起來好像拿紫苑沒轍，這也是常有的事。

●

嗯——紫苑好像又會錯意了。
我看還是快點救完這些孩子，早早回去才是上策。
甩開突如其來竄生的惡寒，我的意識朝前方集中。
眼前有五名孩童，正面向桌子拚命學讀書寫字。

「很好。看不懂又不會寫，在這個世界會活得很辛苦。明白吧？」

「「「是！」」」

五人精神飽滿，異口同聲回應。

嗯。這麼有精神真是太好了。

他們之所以會充滿幹勁，背後自然有某種原因。

我很想說是因為仰慕我的關係，實際上並非如此。是因為我備有用來犒賞孩子們的甜頭。

「唔喔——好想快點看後續！」

「可是，真沒想到能在這裡看到那部漫畫的續集呢。」

「我要超越你們，先看那些漫畫！」

「雖然不是繪本，但漫畫我也喜歡！」

「都好，我個人是覺得讀書最重要啦。話說回來，老師你也是『異界訪客』吧。我對日本的漫畫和動畫不熟，反倒更感興趣。」

就這樣嘍，甜頭超有效。

所謂的甜頭正如各位所料，就是我複印的漫畫。只不過，台詞全換成這裡的語言。想看漫畫必須先學會異世界語。

多虧這些漫畫，孩子們的成績蒸蒸日上。

目前已經當了一個月的老師。

我邊做準備，邊替孩子們上課。

準備只需針對一件事進行調查。直到弄清這件事為止，我都不能輕舉妄動。儘管內心焦急，還是要忍。

為了不浪費這段時間，我盡量帶孩子們做可以讓他們做的事。是說對我而言，讓小朋友拿出幹勁一點都不難。

早上教孩子們讀書，晚上忙著收集情報。有具不需要睡覺的身體真的很好用。

可是，大家都不清楚我在查的事。

要查的是這個——高階精靈所在處。

連見多識廣的白老都不清楚。

我還跑去找德蕾妮小姐，跟蓋札王會面。

也問過塞奇翁和阿畢特，仍找不到答案。

關於拯救孩子的方法——「大賢者」已導出解決之道，要讓高階精靈寄宿，由它控制魔素。

我可以召喚焰之巨人，但那樣只能救其中一人。

這招行不通。

德蕾妮小姐等樹妖精有辦法召喚高階精靈。然而她們召的是契約精靈，無法命精靈為其他人獻身。

這時德蕾妮小姐跟我透露一個地方，由精靈女王統治的「精靈神域」。

但我一點線索也沒有。因為——

「不好意思，利姆路大人。其實通往『精靈神域』的『入口』有好幾個，我知道的入口早就消失了。」

理由如上。

原來德蕾妮小姐她們侍奉的精靈女王於遠古之世駕崩。沒跟現任女王走在一起的她們也不清楚「精靈神域」在哪，對方更不容許她們謁見。

更雪上加霜的是，只要精靈女王有那個意思，搬動「入口」易如反掌，很難鎖定入口位置。

真不愧是帶領德蕾妮小姐她們這些神出鬼沒妖精族的首領，我在心裡暗感佩服。

想說急也沒用，昨晚為了轉換心情跑回魔國聯邦，聽朱菜報告近況。

一切似乎進展順利，太好了。

我只在意一件事，就是尤姆他們收了新的女性魔法師當夥伴。我很好奇她是什麼樣的人，但現在沒空又沒機會見她，以後再說。

另外還接獲一個喜訊。

聽說有重大發現。

平常都用魔法變的水稀釋「完全回復藥」，再製出一百個低階回復藥，某天戈畢爾無意間用了地底湖的水。可能是水裡蘊含高濃度魔素的關係，後來那些藥的藥效變得比以往更強。

大感吃驚的培斯塔加緊研究，最後竟成功用地底湖的水提升兩倍產量。

真是天大的喜訊。這下回復藥將一口氣轉為資金來源。

事後布爾蒙王國的商人造訪魔國聯邦。由卡巴爾等人護衛，買了高階回復藥一千個當商品賣，付給我們金幣二百五十枚。

換算起來，個別單價為銀幣二十五枚。看樣子有照我們的定價買。

商人的名字叫葛倫多・摩邁爾。聽說他也會來英格拉西亞王國賣東西，搞不好能在這巧遇他。

他當時還跟我國鎮上的人說，若有幸遇到我請多多指教。

看孩子們拚命搶奪漫畫，我再次下定決心，告訴自己非盡快查明不可。

關鍵的「精靈神域」究竟在哪裡，我還是不知道。

近況報告大致到這兒，不過……

＊

今天我們出外遠足。

日子正好是前世說的星期天，也就是假日。

老在教室裡上課有損士氣。再說還得定期讓孩子們宣洩魔素。

基於這些理由，我帶大家逛王都。逛到一半有事發生，不曉得為什麼，城鎮中心聚集一大堆人。

「今天有什麼活動嗎？」

「對喔！今天勇者正幸大人要去競技場出戰！」

「勇者大人好像很強。不知道跟老師比誰比較強？」

「說那什麼話，當然是勇者大人強啊！正幸大人怎麼可能輸給這種戴面具的可疑教官！」

「這個嘛，克蘿耶比較喜歡老師！」

「——唉，我對勇者大人很感興趣啦，但現在過去肯定沒位子。今天就照預定計畫走，去郊外遠足吧。」

那五人吵吵鬧鬧，蓋爾則跳出來安撫大家，決定按預定行程繼續遠足之旅。跟他們說下次再預約去看勇者，讓孩子們接受。

蓋爾好說歹說總算搞定其他四隻，算是幫我一個大忙。團體裡有較年長的成員，像這種時候跳出來帶領大家就顯得特別有效。

話說回來，原來是勇者啊。

我記得蜜莉姆曾說「勇者很特別，自稱勇者的人會有因果報應」。

優樹也說「敢自稱勇者，須有背負一切罪責的覺悟，不然就是腦袋空空的白痴」。

一個人沒事跑來這種都會區給大家看，該歸類為哪一種呢。在我看來就是個白痴……

是說真的會因為自稱勇者遭受因果報應嗎？我很懷疑，但蜜莉姆都這麼說了。搞不好勇者正幸並非單純的傻瓜，而是受因果報應才走惡運。

正幸這個名字聽起來很有日本味，或許跟我來自同一個地方。我有點想會會他，但那天我們選擇離去。

後來我們順道去咖啡廳逗留。

「嗨，小朋友。要聽老師的話，乖乖念書喔！」

店長爽朗地哈哈大笑，說完就替孩子們準備果汁。

「謝謝你，叔叔！順便給我蛋糕！」

「哼，這果汁喝起來還好。可是，那邊的蛋糕好像很好吃？」

劍也跟艾莉絲毫不客氣地點餐。真拿他們沒辦法。

「好啦。老闆，也給他們蛋糕吧。」

我心不甘情不願地鬆開錢包繩帶。

「嘎哈哈哈哈。聽說有人升上B$^+$，優樹很驚訝喔！今天就當慶祝升等，我請客！」

外表活像健美先生，卻是通情達理的大叔。還知道我升等，消息挺靈通的。

事實上，公會的布告欄貼出「幻妖花」採收任務。就是蓋德不知道該怎麼處置的花。雖然是採收部門的任務，但我要接也不成問題。剛好有一百株以上，我就拿去交了。

我還提交好幾種採取難度高的素材，沒想到一下子就升上B$^+$。

這下我就有權利挑戰A級。重複參加測試，若公會認為挑戰者的實力很接近A級，會先頒發A$^-$資格……這表示A級的門檻很高。我之後想找時間挑戰，不過，目前停留在B$^+$也沒什麼大礙。

那件事先擺一邊，聽到老闆請吃蛋糕可要有所表示才行。

「噢噢，老闆。太棒了！那我要草莓蛋糕！」

既然人家要請還客氣什麼。我也毫不猶豫地點餐。

「真是的，少爺還是老樣子，很會見風轉舵呢。」

老闆說完便露出苦笑，孩子們也陸續跟他點餐。

這間店優樹提過，就是「異界訪客」老闆經營的店。他告訴我是哪間店，後來我就變忠實客戶。

外表看起來不好惹，骨子裡卻很親切。孩子們也很喜歡他。也許是蛋糕替他抓住孩童的心，但這種話放在心裡就好。

幾天前我也從這間店購入一些泡芙，送給朱菜當伴手禮。因為我猜紫苑差不多要開始鬧彆扭了。當然我還抱持期待，希望朱菜能重現這份美味。

除了蛋糕，這間店的菜單上還有各種產品。所以我有邀老闆來魔國聯邦進駐，可是他拒絕了。才一兩次不會讓我輕言放棄，我打算一直去煩他跟他交涉。

吃完蛋糕心滿意足，我從老闆手中接過今天要吃的便當。

他替我們準備三明治。中午再拿來吃。

孩子們精神飽滿。等一下去到郊外，我想讓他們活動活動筋骨，來場模擬戰。

餓肚子吃三明治，吃起來肯定特別美味。

走著走著，我們看到城門。

「啊！是利姆路閣下，今天也要進行訓練嗎？希望您下次也能撥空指導我們。」

守門人已經跟我混熟了，正親切地搭話。B⁺冒險者倍受禮遇。簡直是英雄──不，在這個世界裡真的是英雄。

直到這個時候，我才明白卡巴爾等人受歡迎的理由。這種職業跟平民沒有隔閡，實際上能看到他們在保護大家。

跟待在城裡擺高姿態的英雄相比，近在身邊的冒險者對人民來說才是真英雄。

「哎呀，大家好。今天也辛苦你們了。啊，這是一點心意。晚點你們再一起吃。」

我說話時一副高人一等的模樣。

他們老是誇我，最近送個回禮已經變成常態。

禮物是我跟孩子們一起烤的餅乾。砂糖在英格拉西亞王國裡也屬於高級品，對嗜糖若渴的人來說可謂垂涎三尺。即使餅乾烤得很醜，收的人還是很高興。

「謝謝您，老是拿東西送我們！幾位小朋友，要乖乖聽老師的話喔！」

「嘖！來這也被唸！我們都有乖乖聽利姆路老師的話啦。對吧，良太？」

「嗯。不聽話會受處罰。」

「笨蛋！那種事有什麼好說的！」

「喂，你們在那講蠢話，其他人會以為我們也很白痴好嗎？我不想跟你們混為一談。」

就跟平常一樣吵。

在一片笑鬧聲中，我們跟守門人道別。

接著照預定計畫走一小時左右，來到人煙稀少、位在都市近郊的草原。

拿來當今天的訓練場再適合不過。

這裡沒什麼人圍觀，要在某種程度上卯起來打也沒問題。因為他們都有所成長，現在放水跟他們打已經有點吃力了。

最近孩子們開始聽從我的建議，行動上更加成熟。因此我不敢大意，比照以往規格一對一。

「可惡！今天還是打不過……」

「老師強到犯規。」

「怎麼這樣，跟女孩子對打不是該放水嗎？」

「我還要學更多魔法才行——」

「依然不敵嗎？虧我今天守得特別專心……」

想來或許真的很幼稚，但我打算當不可跨越的高強。

這方面的想法就跟靜小姐很不一樣。我完全沒有讓他們的意思。

「哈、哈、哈，小鬼們。竟想超越我，簡直痴人說夢！」

見我自賣自誇，孩子們紛紛發出噓聲。常有的事。

就在這時——

嗯？怎麼了，有種奇怪的壓迫感……？

《警告。測出高密度魔素量。正朝這裡接近——該反應為天空龍所有。》

我在王都圖書館看過，天空龍乍看跟飛空龍很像，但兩者截然不同。

飛空龍是低階龍族的亞種，屬於有空戰優勢的低階龍種。相較之下，天空龍繼承原龍大半血統，屬於高階龍族。

威脅程度特A——是災厄級。

——看樣子，我們沒空開便當大快朵頤了。

●

「怎麼會這樣……」

葛倫多．摩邁爾念念有詞，抱頭蹲坐。

久違的大買賣敲定了。不久之前，幸運之神帶來這筆生意。

他被叫到自由公會布爾蒙分會，由分會長費茲當面進行說明。

「所以說關於這筆回復藥買賣，公會也很認真看待。以公會儲備量來說，每月需要三百個。王宮騎士團備用品兩百。總計五百個，要用金幣一百五十枚買。」

費茲說明時帶著連黑道都害怕的表情。

「對方好像打算一個賣二十五枚銀幣。以現在這個時間點來說，那已經是折扣最大的划算價格嘍！若直接賣給消費者，他們還定一個賣銀幣三十枚呢。如何？對你來說可能只是一點小錢，但這次是國家之間的買賣。不會只買一次。要當長期客戶的。」

摩邁爾約略計算一下，賣五百個會有銀幣兩千五百枚的利潤。換算成金幣是二十五枚。以賭上性命的買賣來說未免太少了點。

「愛說笑。開這種條件，我怎麼可能答應。」

他可是在黑街放高利貸給小混混的葛倫多・摩邁爾。對壞人臉費茲恐嚇意味濃厚的交涉手段無動於衷，面不改色地拒絕。

「如果沒其他的事──」

「是嗎？你不想接啊。可以啊，回去吧。可是你一回去，今後就沒權利接手我們跟該國的一切交易行為，要有心理準備。我個人很信賴你，才會先叫你來喔！」

被費茲這麼一說，摩邁爾的眉毛隨之跳動。

「──你說該國？」

「對，沒錯。跟抽手的人多說無益──」

「請等一下，費茲大人。大人之間拐彎抹角讓事情很難辦，我們打開天窗說亮話吧。」

摩邁爾從中嗅到商機，出言打斷費茲的話，希望進一步商談。

發現摩邁爾興趣濃厚，費茲也扯嘴笑應。

「好啊。之前都沒給你看過商品吧。這就是拿來當初版商品的高階回復藥。如何？看到這樣東西，你還想拒絕這筆買賣？」

他說完就拿藥給摩邁爾看，是顛覆既存回復藥常識的強效高階回復藥。既然能造出這種藥，該國的技術實力肯定不輸矮人王國。

此時摩邁爾想起費茲剛才說過的話，身體一陣戰慄。

「您剛才說工作內容是買該商品五百個，再出貨給公會對吧？先跟您確認一下，購買量是否有上限？」

「不清楚。這方面與我無關。那不是你當商人的份內工作嗎？詳細情況如何，直接去問對方比較快吧？」

費茲臉上掛著狡猾的笑容，朝摩邁爾如此說道。

後來摩邁爾啟程，去那邊嚇到。原本做好最少要旅行兩個星期的覺悟，結果一個星期就到了，讓人吃驚不已。

請來當護衛的冒險者——卡巴爾三人說得沒錯。

「就跟你說啦！這座城鎮棒到不行！」

「居然有這種事……太誇張了。這條路什麼時候蓋的……不，這座城鎮更誇張！」

只有驚訝兩個字能形容。

在他請來B+冒險者的那一刻，心裡就做好虧本的準備了。他們三人的聘僱費為一人銀幣百枚。但就B+等級考量，這樣算很便宜。換算成金幣剛好一枚，光請一個月就損失三十枚金幣。

確定能回收的利潤為金幣二十五枚，扣除經費肯定會出現重大虧損。

話雖如此，為了評估今後是否有繼續做生意的價值，摩邁爾認為他必須親自跑一趟。

去了以後——

他購入一千個高階回復藥。五百個出給公會，另外五百個拿去布爾蒙王國以外的地方試水溫——摩邁爾在打這種算盤。

此行的體驗用金錢無法換算，那群魔物已經認識他了。更獲得一些情報。這條嶄新交易路線的通行權掌握在魔物手中。

（這筆生意真是接對了。）

摩邁爾暗道，內心的喜悅無以復加。

其中一位魔物頭領滾刀哥布林利格魯德告訴他，今後會進一步提高產量。他們似乎有在規劃其他特產，今後將成為重要的交易對象。

他重新踏上歸途，順利交出五百個商品。

至於卡巴爾三人組，摩邁爾一進布爾蒙王國就跟他們道別。

之後聘僱名叫比特的C級冒險者當護衛，動身前往英格拉西亞王國。

馬車裝載五百個高階回復藥，平安抵達英格拉西亞王國。

一切都很順利。不過——

「怎麼會有那隻怪物！」

摩邁爾放聲大叫。

眼前有隻煥發白光的怪物——天空龍正在搗亂。

牠是暴力的化身，人類無從抵抗。

人們遭牠輕易打飛的畫面映入眼簾。

那些應該是英格拉西亞的人馬，負責守門的士兵開始引導居民避難。但他們將旅人跟異國商人排在第二順位，這些人便淪為犧牲品。

「老闆！我們快逃吧！」

比特的叫聲竄入耳裡。然而，摩邁爾遲遲無法下定決心逃離。

馬車上囤有商品。可是馬陷入恐慌狀態，完全不聽使喚。這樣下去勢必要捨棄商品。雖然損失慘重，但保命要緊。

讓摩邁爾猶豫的原因只剩一個。

就算他想逃跑，腳程也不夠快。好久沒恨自己的五短身材了。

「可惡！」

他不愧是商人，才花一點時間就理出結論。

「你過來，比特。幫我把這些藥發給士兵！」

「說什麼傻話？我們能做的事就是逃吧？」

「蠢蛋！再怎麼跑也跑不贏飛空魔物！我們要保命只能往門裡逃！王都設有魔法結界，魔物無法入

侵。所以幫助士兵爭取時間才是最有效的方法！」

「可是，老闆……」

在他們一來一往的同時，天空龍的閃電持續灼燒大地。

周圍某些人來不及逃跑，這天罰之雷便無情地打向他們。

「媽媽——媽媽——！」

「艾露諾——！」

一位母親從閃電中保護女兒，身體嚴重燒傷的她即將斷氣。

「嗚、嗚哇啊啊啊啊——」

人們驚聲尖叫，四處奔逃。又有誰會救助在鬼門關前徘徊的人母——

「拿來，東西給我！我來發藥！」

「老、老闆！」

摩邁爾抱起分裝高階回復藥的箱子，跑向有雷電灌注的平原。

他要跑去那對母女身邊。

雷電很可怕。但他對自己的運氣有信心，開始拔腿狂奔。

（不會被打中。因為我是幸運的男人！）

跌跌撞撞地跑向目的地後，他拿藥灑向變成黑炭的女孩母親。死前一瞬間，那些藥在千鈞一髮之際保住她的命。

摩邁爾鬆了一口氣，正要對持續哭泣的女孩摸摸頭時——他發現地面出現一道陰影。

嚇得他血色盡失，臉逐漸轉為蒼白。

戰戰兢兢地轉過頭一看，如他所料的恐懼象徵就佇立在那兒。

全長約五公尺左右。以龍族來說算小，卻擁有強大的力量。如今這隻天空龍企圖奪去摩邁爾等人的性命，出現在他們面前。

「可惡，我的運氣到頭了嗎……」

正要放棄的時候，某樣東西突然應聲落下。

「看這邊，怪物！讓本大爺對付你！」

是比特。比特丟出石頭，想分散天空龍的注意力。

「笨、笨蛋！你怎麼沒逃？」

「嘿嘿，老闆。我的人生一無是處，但某個人對我說過……遇到危險好歹要幫幫大家！幫了大家，我的評價起碼會有點起色吧？老闆你帶那些人走，趕快往城門跑！」

比特後方另有一些士兵。看樣子他有照摩邁爾的話做，把藥發給大家。

「有這樣東西，我們能多爭取一些時間！」

那些藥的藥效高得誇張，士兵們因此提振士氣。

既然如此我們搞不好能……天真的期待湧上心頭。然而，摩邁爾想得太美好了。

像在嘲笑他，天空龍嘴邊似乎掛著一抹笑意。

下一刻——伴隨巨響，如暴雨般傾瀉而下的雷打在士兵身上。

全滅。

某些人好像還活著，然而被近在咫尺的雷打中，沒人站得起來。

只剩比特立於該處，張開雙手、試圖保護摩邁爾等人。

「你、你怎麼，比特……」

「嘿嘿，至少在死前讓我耍帥一下。」

「呵、哈哈、哈哈哈，我之前誤會你了。比特，你是真英雄。要是我們沒死，就聘你當我的專屬護衛。」

「要多給一點錢喔！」

兩人都這麼想吧。

摩邁爾跟比特相識而笑。笑完，兩人帶著必死的決心瞪視天空龍。

他們不再害怕。唯一掛念的只有一個，就是救不了那對母女。

不過，死神當前仍不減笑意。心情豁然開朗，靜待死亡到來。

天空龍似乎把這些獵物當玩具，嘴邊的笑痕漸深。

看牠露出笑容，兩人知道自己死期將近——

此時突然有位麗人從天而降，腰際飄有略為透著藍光的銀髮，他翩然降至兩人眼前。

動作比打下的多道雷擊還快。

那些雷還沒打到他就消失了。

「怎、怎麼可能……居然抵消天空龍的雷擊——！」

「難道是——『勇者』大人？」

比特跟摩邁爾不約而同感到驚訝。

一道美妙的嗓音開口答話。

「咦，你不是比特嗎？今天好像特別神勇？雖然很讓人佩服，但面對打不贏的對手還是別勉強自己比較好。」

比特吃驚地睜大雙眼。他根本不認識這位大美人。會不會認錯人了？然而對方的眼神似曾相識。

至於摩邁爾——

「這邊這位拿著我家的回復藥，你是商人摩邁爾嗎？剛剛還想救這邊的居民，沒想到你人滿好的嘛？商人做這種事又沒錢賺。不過，我挺中意你的——」

聽麗人這麼一說，驚訝的摩邁爾愣住。他確定自己從沒見過這個人。

他的身材細瘦修長，身穿少見的異國服飾，身上散發王者氣息。

你是誰？他很想問這句，可是摩邁爾的嘴不聽使喚。

「好了兩位。既然挺身而出，就拿那些藥救助傷患吧！我會想辦法對付這隻怪物。」

來人見他們嚇呆並不介意，嘴裡說得一派輕鬆。

●

讀到那股奇妙的壓迫感後，我立刻做出判斷。

「沒辦法，我去救他們。放著那傢伙不管，會造成莫大傷亡。」

這句話是對孩子們說的。

「蘭加！」

「在。」

一叫蘭加，他就無聲無息地鑽出影子。

「我離開一下，去打倒那隻龍。你在這保護他們。」

「頭目，是否要屬下過去咬死牠？」

「唔——我很想派你去啦，但這次讓我來。因為這些小鬼頭到現在還對我的實力存疑。」

我要蘭加保護孩子們。

另一個理由是我不確定蘭加能打贏天空龍，總覺得會很勉強。只是我不說。

「老師！要對付那種怪物，得先等騎士大人們過來！」

「對啊！老師是比我們強沒錯，但你不是那隻怪物的對手！」

「等等啦！如果你死翹翹，誰來救我們！只要我沒點頭，就不准你擅自跑去送死！」

看吧。每到緊要關頭，他們就對我沒信心。

克蘿耶跟良太也用不安的眼神看我，今天一定要讓他們見識我有多厲害。

「哎呀，交給我就對了！我又不是笨蛋，明知打不過還跑去打。」

「正是，你們幾個聽好。我主所向無敵。話雖這麼說，還是有打不過的對手啦……」

真的。現階段無論我祭出什麼手段都打不贏蜜莉姆。

「他說得沒錯。評估自己是否能打贏對手，這是要優先學習的基本功。」

語畢，我著手準備。

若我繼續維持孩童模樣，真面目可能會不小心露餡。所以我想換裝。

單靠史萊姆的細胞變身，只能變成身高一百三十公分左右的小孩子。因此我叫出許久未見的黑霧，讓自己變身成大人。視線變高了，但我都用「魔力感知」掌握空間再組成眼前景象，變成大人沒什麼不便之處。

光速替換朱菜替我準備的高級服飾，變身大功告成。

「咦……」

良太傻眼。

「不會吧！」

艾莉絲為之驚愕。

「真的假的！」

劍也用亮晶晶的眼神看我。

「利姆路老師，你好帥！」

克蘿耶開心地道出感想。

「還真萬能……」

蓋爾錯愕地笑了。

聽完五人的感想，我突然想到一件事。

「對了，這個幫我拿一下。」

我說著便摘下面具。

雖說入城需要面具，但我在這個節骨眼上戴它，等同向大家昭告自己的真實身分。

孩子們紛紛屏住呼吸。

一交出面具，克蘿耶就開開心心地收下。

「啊！克蘿耶好奸詐！」

艾莉絲不知為何大聲嚷嚷起來，同一時間，我的背伸出翅膀，人朝戰場飛去。

•

來到戰場上，我看見一個眼熟的傢伙在跟天空龍對峙。

是比特。他似乎把我的話當真，正在保護來不及逃的人。

我很佩服他，但魯莽行事畢竟不好。所以我不忘提點他。

另一位是有點胖胖的大叔。

他手上抱著魔國聯邦生產的回復藥，這個人就是朱菜說的商人吧。

以重視利益的商人來說算很罕見，明知會虧損還不吝嗇把藥拿出來用。

該說他們有種，還是沒種。臉有點像壞人，卻不討人厭。

若這個商人不是為了其他利益，而是想做宣傳，其實也滿猛的。

我情不自禁地找他們搭話，但回過頭想想，現在的我已經改變造型。

在戰場上遇見熟人還嚇到他們真是失策。等一下要叫他們別把我的事說出去。

想了想，我又跟他們這麼說。

「好了兩位。既然挺身而出，就拿那些藥救助傷患吧！我會想辦法對付這隻怪物。」

在我看來有不少人受重傷，但無人喪命。只要用高階回復藥，現在還來得及救他們。跟我很熟的守門人也倒臥在地，幸好及時趕上，我在心裡暗自鬆了一口氣。

商人跟比特神情驚訝地對看，事後趕緊採取行動。

很好。那麼，我趕快來把天空龍料理掉。

接著，天空龍如文字所述被我秒殺。

那是長五公尺的巨大軀體，不過，跟暴風大妖渦相比連屁都不如。

電擊、音速衝擊、堅強的身體都不構成威脅。

天空龍自信滿滿地發動攻擊，這些全傷不了我。

超好打的。

我先給他一點排頭吃，再來就開獨有技「暴食者」大快朵頤。

＊

當天晚上。

我跟比特、摩邁爾結伴前往夜店——一間高級酒店。

高級酒店不是講假的，裡面的漂亮小姐不輸矮人王國「夜蝶」。只可惜長耳精靈沒半個。雖然沒長耳小姐，但店裡的裝潢、貨色都占上風。畢竟這間店位在文化高度發展的國家裡，在這個世界裡傲視群雄。貨色好自然不在話下。

我戴著面具，還是平常那副老樣子。

當然，今天由摩邁爾請客。當時我正好要他們別洩我的底，結果摩邁爾無論如何都想請我。

我想說手邊還有小朋友要顧就拒絕了，可是盛情難卻，最後只好答應。

「摩邁爾。等一下可否借點時間，談談今後的安排……？」

「呵呵呵呵，利姆路大人。包在我身上。本人摩邁爾知道哪間店很適合做這類商談！」

「哦——你真可靠！那間店該不會是——」

「您什麼都別說，交給我處理吧！一定會讓您玩得盡興！」

事情的來龍去脈大概就是這樣。

我則應道「那只好去啦」，並同意赴約。

原來這個叫葛倫多．摩邁爾的男人是布爾蒙王國大盤商。

除了自由公會的商人資格外，他還持有布爾蒙王國的正式許可證。

基於上述理由，為了讓國家跟公會都滿意，才被選來當我國與他們的經商橋樑。

因為要重複支出兩筆經費，同時持有國家與自由公會雙證件的人並不多。然而，這個叫摩邁爾的男人卻認為有雙證件天經地義。

問他為什麼，他答「信用第一」。

摩邁爾微胖又生著一張壞人臉。但他似乎能裝出好好先生表情。

這點很商人本色，不能小看他。

聽說他做生意的範圍很廣。

在布爾蒙商店街擔任帶領大家的會長，還放高利貸。

比特也是跟他借錢的其中一人，這次就是為了還債才當護衛。

有辦法對比特這種孔武有力、腦子變通快的冒險者頤指氣使，可見商人摩邁爾是狠腳色。

某些貴族甚至跟摩邁爾借錢，借到頭都抬不起來。連貴族都踩在腳底下，摩邁爾才會被大家稱作黑街帝王吧。

欠錢真的很可怕。要審慎規劃自己的財務。

搞不好我哪天也要跑來借錢，為了那天，這些事要好好銘記在心。

話說回來。

商人只看利益，彼此有利可圖的情況下不會翻臉不認人。

比隨便找個勢力結盟還可靠。再說藉早上那件事推估摩邁爾的為人，我認為他本性善良。費茲那傢伙介紹一個有趣的人才給我。

摩邁爾，這男人好像用途多多。

所以說，我對這名商人頗有好感。

這位商人摩邁爾邊搓手邊喜孜孜地跑來。

「利姆路大人，您玩得還盡興嗎？」

「嗨，摩邁爾。交涉結果如何？」

「回您的話！交涉過程困難重重，但對方看在我的面子上閉嘴了！」

「是喔，辛苦你啦！」

「不會不會，都是為利姆路大人辦事。一點也不辛苦！」

我要摩邁爾替我辦的事很強人所難。

拜託他包下這間店，把閒雜人等全趕出去。

是說我有耳聞這間店亦受摩邁爾挹注資金。這個男人果真生意做很大，不是隨便說說。居然在英格拉西亞王國這種大都市也吃得開，真是嚇死人。

店內客人大概也看在摩邁爾的面子上放棄掙扎，大家都沒說什麼。在英格拉西亞王國境內也不例外，摩邁爾握有莫大權力。

做到這種地步是有原因的。

「對了，利姆路大人……問這種事或許很失禮……帶那些小朋友來這種店光顧沒問題嗎……？」

摩邁爾問得支支吾吾。

一雙眼望向——

「利姆路老師，你好帥喔————！」

「超強！像這樣咻～一聲飛過去，出拳痛毆那隻龍！」

「還好啦。等我長大，龍根本不算什麼！」

「老師好漂亮喔。」

「不過，真的很厲害呢。搞不好比靜老師強……」

「怎麼可能。」

「可是可是！他還會變身，感覺好帥喔。」

「跟靜老師很像。好漂亮。」

「這點我也認同——」

「總之，我們的利姆路老師確實很厲害！」

「嗯嗯。」

「對。我同意你的說法。」

「我喜歡利姆路老師！」

「真的。我們也好想變得跟他一樣厲害。」

有群人跟這間店格格不如。

孩子們──用不著解釋也知道是我的學生，他們正興奮地大吵大鬧。比特也加進去陪他們聊天，其實不太像聊天，看起來只是在發表剛才觀戰後的感想。

來這種店當然不好。

要是被抓包肯定丟為人師表的飯碗。

原本打算拋下他們，可是他們又哭又鬧吵個沒完。

所以我逼不得已，只好帶他們過來。常言道哭泣的孩子跟蜜莉姆最厲害。

講是這樣講，那些性感火辣的小姐也和顏悅色地招待孩子們。她們找回童心與孩子同樂，應該不會跑去打小報告才對。

跟我料想的「會談」不一樣，但這樣也好。

其他客人都跑光光，讓我得以跟摩邁爾毫無罣礙地討論。

其實話題沒什麼大不了，跟用掉的高階回復藥補給有關。

我願意補償他的損失，希望他替我們廣為宣傳。

「──原來如此。利姆路大人把業績擺第二，重點放在宣傳效果上。的確，若這個藥的效果廣為人知，客人就會為了買藥跑去鎮上──」

摩邁爾腦筋動得快，立刻看穿我的心思。

「就是這麼一回事。五百個算什麼，要發一千兩千也沒問題，隨你發。」

「呵呵呵，我懂了。我果然沒看走眼。我會依規定支付費用。畢竟買賣契約都定了，是我擅自決定

發那些藥的。」

「喂喂喂，雖然我救過你，但你不需要放在心上啊？」

「——不，我很感激您救我。不過，我不會因為這點理由捨棄利益。您整頓街道，替我們這些商人的安全和便利性設想。今後您肯定會成為這些交易路線的核心領袖，魔國聯邦的盟主人人。能跟這樣的利姆路大人拉近距離，這點程度的開銷不算什麼。」

摩邁爾如此斷言。

那段話把「吃虧就是占便宜」體現得淋漓盡致。

「我明白了。那麼，今後生意上的往來再請你多多關照。」

「彼此彼此，也請您多多關照！」

如此這般，我跟摩邁爾互探對方的人品，確立今後的互助合作關係。

我還向摩邁爾徵詢意見，問他對魔國聯邦有什麼想法、今後合作上是否有其他疑慮等等。對此，摩邁爾回的感想大有助益。

時間在交談中流逝，孩子們也差不多睏了。

正要打道回府時，其中一名小姐輕喃讓我無法置之不理的字句。

「願『精靈女王』祝福這些孩子。」

「那是什麼？沒聽過這種咒文呢？」

「這不是咒文！是我們故鄉的祈禱詞。住在『精靈神域』的精靈女王會照看該處居民！」

什麼？等等，妳剛才說什麼來著？

「暫停一下，大姐，剛才有提到『精靈神域』吧？難道說，妳知道神域在哪裡？」

我不由得大聲逼問。

被我的氣勢嚇到，小姐露出不知所措的表情。但她立刻恢復冷靜，針對我的問題回答。

「是啊，我知道在哪裡。因為我在附近的村莊出生！」

接著她笑眯眯地續言，告訴我村莊在哪兒。

是非屬西方諸國的邊境國度——烏格雷西亞共和國。

而她住的農村位於國境北邊，鄰近烏爾格自然公園。

她生於那個村莊。

此外——

我還聽說我們在找的「精靈神域」歸屬自然公園園區。

來自意想不到的地方，尋尋覓覓的線索入手。

肯定是我平常為人正直的關係。

之後我跟摩邁爾、店裡的小姐告別。

「再見，有空再來玩喔！」

「利姆路大人，我在布爾蒙王國等您。請您一定要逛逛那邊的店。」

「我會跟大家事先提點，你到時要補商品就報我的名字，會優先處理。別忘了去其他地方幫打廣告喔！」

「是，遵命！」

「「「有空再來！」」」

我們寒暄完就此分道揚鑣。

店內工作人員跟小姐們都被摩邁爾的低姿態嚇到。

當下我還不知道他們為何事吃驚，想想也對。這名客人平常跩個二五八萬，卻對我這種小孩子卑躬屈膝。

話雖如此，我可是B^{+}冒險者，算小有名氣。大概是這層因素作祟吧，大夥兒擅自朝該方向解讀。

接下來就只能祈禱了，希望他們別去打小報告，說我帶學生進這種店。

就這樣，我從那間店離去。

＊

好啦，目前我們人在包含「精靈神域」的烏格雷西亞共和國暨烏爾格自然公園裡。

自從我當上教師後，時間已經過去兩個月。

整裝完畢外加歷經三個月的旅程，一行人總算抵達目的地。

馬車已經送卡巴爾三人組了，但那不成問題。

新型的改良馬車早已出爐。我把馬車弄來，要蘭加拉車、全速趕往自然公園。

不過，為裡頭的乘客著想，時速最高不超過五十公里就是了。馬力全開跑在未鋪裝的道路上無疑是種自殺行為。

我們晚上回宿舍。

元素魔法「據點移動」超方便。憑我的魔力，就算帶五個小朋友回去也能順利發動魔法。

我就算了，孩子們可不能硬撐，這樣用很奸詐，但我還是亂用魔法。多虧魔法加持，我們運氣好不需要採買糧食等物，日子過很爽。

是說我個人認為這樣用魔法才是最正確的。

烏格雷西亞共和國有別於朱拉大森林周邊國。

這個小國未受西方聖教會洗禮，也沒加入西方評議會。

基本上，該國不在朱拉大森林旁。

與西方諸國少有正面聯繫，生活買賣都找魔導王朝薩里昂。他們就是這樣的國家。

位於大陸中土南端，被世人遺忘。

但他們受惠於精靈、得精靈祝福，採行民主共和制，民族性溫和，是和平的國度。

進出該國的限制是零，然而在那幹壞事的人並不多。

理由很簡單。

該國國民全都是〈精靈魔法〉好手——也就是咒術師。

可以拿魔素交換，借用精靈的力量。〈精靈魔法〉不需詠唱咒文，只要跟精靈締結契約，任誰都能使用。

只不過，締結契約須先獲得精靈認可。締約精靈的力量會左右威力，人類的魔素又不高，未經修練的平民無法使出強大力量。

雖說威力只比生活魔法強一點點，魔法仍是魔法。足以遏止犯罪行為。

把〈精靈魔法〉發揮到極致，就會變成跟〈元素魔法〉並駕齊驅的攻擊系魔法。

進一步修練還能習得〈精靈召喚〉。

跟精靈的支配連繫較深，可以行使精靈本身的力量。叫出締約精靈，自由自在役使那股力量。

想也知道，這樣肯定比借來的力量強。

在烏格雷西亞這個國家裡，多數人都受精靈喜愛。因此，滿十歲就會舉行契約儀式。

經歷儀式才能成為正式國民。所以大家都是咒術師。

無法跟精靈締約者，一到二十歲就會被趕出該國。

會失去國民資格。不過，這裡有各式各樣的精靈，很少有人無法跟精靈締結契約。

那位夜店小姐為了出外見世面，刻意締約失敗……撇開這種怪人不談，一般來說都會成功。

此外，精靈討厭不懷好意的人，在這個國家幹壞事馬上就會被人發現。基於這類原因，大家才會說該國壞人很少。

國民全都是咒術師，光這點就足以對他國構成威脅。西方諸國不清楚這點，但隔壁的魔導王朝薩里昂肯定清楚得很。

因此，小國烏格雷西亞共和國才能跟元素魔法大國魔導王朝薩里昂平起平坐，締結邦交。

民族性足以信賴令兩國交流日漸繁盛，雙方在文明面互相切磋、共謀發展。

差不多這樣，都是從高級酒店小姐那聽來的。

要說我們為什麼來這——當然是為了精靈召喚。

我——該說是「大賢者」——曾立定假說。

那就是靜小姐與焰之巨人融合，身體才免於被失控的魔素摧毀。

高階精靈可以控制大量的魔素，讓它們跟那群小朋友融合或許是解決之道。

幸好我有特別適於「整合」跟「分離」的獨有技「異變者」。

我對融合的具體流程沒什麼概念，反正硬把他們湊在一起就對了。

連魔王雷昂都辦得到，我應該能想辦法搞定。

好了，現在遇到一個問題，就是精靈的意願。

擁有個人意志的精靈不多。只要具備意志，那種精靈就是人稱的高階精靈。

在這座城裡，有兩個地方能舉行精靈契約儀式。

一是城鎮居民締結契約用的鎮央祭壇。該處還未見過高階精靈出沒。

如果我們想跟高階精靈締結契約，必須去另一個締約場所。那些精靈具自我意志又任性，未通過試煉就無法成為精靈的主人。

這個締約場所就是「精靈神域」。

癥結在於那位小姐跟德蕾妮小姐說的是否為同一處。

小姐曾說過，「精靈神域」有去無回。但有關神域的傳說卻不脛而走，讓我很納悶。

好像有座位於地底或空中的大型迷宮——據說「精靈神域」就在該迷宮後方。

烏爾格自然公園裡只有前往迷宮的「入口」。

門扉刻在巨大的岩石上，裡頭的空間是另一次元。
既然我們的目的是跟高階精靈締結契約，只好硬著頭皮去了。

一行人好好休息一晚，整裝待發。
不曉得進去以後能不能用元素魔法「據點移動」回來。總覺得沒辦法。
但我還是在公園的隱密處設置魔法陣。用來以防萬一，能發動算我幸運。
準備就緒，我環視孩子們。
「你們準備好了嗎?進去可能再也回不來。已經做好心理準備了吧?」
聽我這麼一問，孩子們精神飽滿地回答。
「當然!」
「沒問題。」
諸如此類。大家紛紛應和。
不錯不錯，看起來沒在怕。最近他們愈來愈信任我，比以前更黏我了。之前打倒龍那招挺有成效。
有贏得他們的信賴。
那我們走吧。
我在圖書館查過一些書，上頭並未記載這個地方。很可惜，我連裡面會出現什麼魔物都沒概念。都說要經歷試煉了，肯定很危險。
不過，人們有去無回的說法有待查證。除了靜小姐，目前還有其他能役使高階精靈的精靈使者在世。
雖然沒辦法跟他們取得聯繫，但優樹都這麼說了肯定不假。

靠我跟蘭加有辦法保護孩子們嗎？一抹不安掠過心頭。

到時打不過就先撤退，叫紅丸他們一起過來幫忙。前提是我們能順利離開。

總之我下定決心，伸手搭上門扉。

腳小心翼翼地踏進去。

太陽光照不進來，四周卻充斥微光。

帶孩子們進去之前，我有先試過，「魔力感知」中斷仍不影響視覺。空氣成分也沒問題。

我示意他們進來，大夥兒全進到裡頭。

迷宮大冒險開始。

*

大夥兒一進到裡頭，門就自動關閉。

我立刻發動據點移動看看，果不其然，魔法沒反應。

看樣子待在這座迷宮裡，空間系魔法及能力全都不管用。

蘭加也不能發動「影瞬」，正好證實該推論。

我放棄外出，改將重點擺在迷宮冒險上。

一行人走啊走。

這不像迷宮，只有一條路。

一條路怎麼會迷路？心裡想歸想，我還是慎重前進。

…………………

…………

……

還好有腦內地圖。

乍看之下路只有一條，其實會讓人錯失方向感的陷阱一大堆。

如果想走回頭路，那些光會調整亮度、將來時路藏入暗處。

走著走著，我發現看似只有一條的光道前方藏有其他通道。

原來如此。確實是迷宮。

光靠人的方向感無法突破。回不去的機率很高。

構造挺可怕的。

就在這時——

（哎呀哎呀哎呀……）

（被發現了。被發現了。）

（哦——哦……）

（呵呵呵呵。）

腦裡突然有聲音響起。

是強大的念力交談。不，比較像精神感應？

（你們這些客人真無趣！）

（應該要更怕才對！）

（多嚇嚇他們！）

好幾張嘴朝我說些有的沒的。

劍也跟良太也左顧右盼，看起來很慌張。不只我一個，大家似乎都聽見那些聲音。

克蘿耶抓住我的衣服不肯鬆手。艾莉絲逞強歸逞強，人還是朝我靠來。

蓋爾則舉起劍，試圖保護大家。是身為年長者特有的責任感吧。

那把劍來自我。我拜託黑兵衛，要他幫我打孩童專用的劍。

雖是孩童專用，卻用純「魔鋼」製成。若持有人長期使用，劍應該會變成適合他用的模樣。

希望他不會有機會用到……

（好耶好耶！）

（我要你們更害怕！）

（對啊對啊，不然好無聊。）

嗯，我知道他們在哪個方向了。

一直放他們隨口亂講挺不爽的。

「喂喂喂，你們住這吧？那你們是精靈嘍？我們來這有事要辦，要找高階精靈幫忙。拜託你們別阻擾我，替我指引方向好嗎？」

我先求看看。

好啦，來看看他們做何反應？

（啊哈哈哈哈！）

（唔呵呵呵呵！）

（說的話真有趣。）

（比嚇人還有趣。比害怕更有趣。）

（好啊，可以！）

（就告訴你。）

（可是有條件。有條件喔——）

（要先過這個！）

眼前的通道再過去一點又多出全新光道。

看起來想邀我過去。只好去了。我們順利通過光道。離開光道後，前方出現一個巨大的房間。

那裡有一尊巨像佇立，立著鋼之巨人。

（來吧，跟你們說明試煉內容！）

精神感應突然加深。

話聲未落，巨像的眼便發出紅光。

這時我突然想到一件事，為什麼非正派魔物都會眼泛紅光？算了沒差，那種事無所謂。

「喂，我在猜啦。所謂的試煉，是不是打倒巨像就行了？」

（沒錯沒錯。）

（對啊。）

（正是！）

什麼嘛，根本小菜一碟啊。

「由屬下去嗎？」

「不，我去就好。你替我保護大家。」

拜託蘭加保護孩子後，我獨自一人上前。

之所以親自上場，都是為了以防萬一。假如要逃，蘭加沒掛彩會比較方便。

（哎呀哎呀，哎呀呀？）

（你一個人上嗎？）

（太有自信會很危險喔！）

在擔心我嗎？無妨，應該沒問題。

我對眼前的巨像進行「解析鑑定」，調閱它的資訊。

噗！我差點噗出聲。

能力好嚇人。

它是全身上下由「魔鋼」打造的魔偶，魔素量超過A級。

比之前打倒的天空龍還強。

高三公尺。走重裝路線。

光重量就超過三十噸。只是往我身上倒，都足以構成難以應付的物理攻擊。我具備「物理攻擊抗性」，但被壓爛就沒戲唱。

還在煩惱該怎麼辦，巨像就動了。

我趕緊發動「思考加速」，加上巨像的動作。動作跟高手劍士一樣快。

身軀那麼龐大卻快成這樣，危險程度拉警報。

被這股重量衝撞，肯定會跟被車撞一樣死得很難看。

等等，這就是試煉？

根本想致人於死吧？

「喂、喂喂喂！這傢伙是怎樣？你們幾個，這算哪門子試煉！根本想殺我啊！」

我放聲大叫，結果精靈們愉快地笑了。

（呵呵呵呵。）

（對啊，就是這樣，你說對了！）

（贏得了嗎？贏得了嗎？）

他們真的是精靈嗎？感覺好邪惡。

還有……把我們幾個當白痴耍，態度真讓人火大。

這、這就是所謂的「我真的生氣」了？

當下一肚子火，害我不由得要幼稚、想卯起來打。

危險、危險。

在孩子面前要裝紳士才行。

失去理性胡鬧只會扣分，畢竟我為人師表要當孩子們的典範。

總之，冷靜的我很少發飆。想必大家都很清楚吧。

吸吸吐、吸吸吐——

我調整呼吸，從容不迫地擺出架式。

不會有事啦，就算我沒拿出真本事，沒被打中就沒差。

巨像的動作很快，但我更快。我可是超越音速的男人。

可是，光逃又打不倒它……

「黑雷」對這傢伙恐怕起不了效用。因為它是金屬作的，電會導向地面。

我看魔法書學的魔法好像能派上用場，然而那些魔法過大的規模不適合搬來這用。

「水刀」跟「魔焰彈」也無法破壞巨像的裝甲。

更別提拿刀砍。還沒把它砍死，刀就爛了。搞不好會斷刀，我可不想。

拿魔鋼塊當敵人真是夠了。這魔偶的硬度傲視群雄，動起來卻行雲流水……弱點太少很難對付。

既然這樣，可用手段只剩一個。只好把它燒掉。

用燒的不會波及其他人，可以鎖定範圍。

「喂，肯道歉就原諒你們。不道歉的話，我會毀掉它，沒意見吧？」

（啊哈哈哈哈！）

（好有趣，太有趣了！）

（逞能，逞能！）

（可以啊，請便。愛怎樣都行！）

（辦得到就試試看！）

呼——

我是成熟的大人。別生氣。

不過是有點囂張的精神感應，沒什麼好氣的。

我明明沒血管，卻有種腦內血管快爆掉的感覺，肯定是我想太多。

好吧，既然他們都准了。

再見，魔偶。可以的話真想帶回去，拿來當我的研究材料……

「操絲妖縛陣！」

這是蒼影的技能，但我練一練就會了。因為平常有孜孜不倦地努力。

不僅如此，我的「黏鋼絲」已強化過，以前的沒得比。絲纏到巨像身上，三兩下制住它的行動。

（不會吧！）

（真不敢相信。）

（居然制住聖靈守護像！）

接著，漆黑之闇覆住巨像。

無視驚叫連連的精靈，我放出「黑焰獄」。

這是紅丸的技能，但我也學會了。

專心到不行，鎖定一個小範圍。

照平常方式打不需要專心成那樣，然而一旦指定範圍，我為了控制龐大的魔素量勢必得集中心力。

連紅丸都無法做到這種程度，半徑三公尺的半球體包圍巨像。其實我也不例外，多虧「大賢者」幫忙才能使用縮小版「黑焰獄」。

轟！的一聲，漆黑半球體體消失，球體所在處不剩半點殘骸光溜溜。

經「大賢者」試算，半球體內的溫度高達數億，高熱化作燒盡一切物質的火焰地獄。

連我的「熱變動無效」都無法破除那股熱量。威力無人能擋，堪稱最強攻擊技。

是說沒辦法對付暴風大妖渦這種超大型魔物就是了……

缺點在於很好閃。發動需要時間，對手馬上就能逃走。

有弱點的技能一旦發動過，敵人就知道要怎麼防範。正因如此，只能拿來當大絕招用。

不過我這次把它綁住了，要逃也逃不走啦……

總而言之，這招在本人隱藏版攻擊手段裡算很不想公開的終極招式。

（不會吧！）

（太誇張了……）

（一擊必殺——！）

陣腳大亂的精神感應發作。

聽起來他們似乎對巨像信心滿滿。想想也情有可原啦。

孩子們也張大嘴巴，整個人呆掉。

好像嚇得不輕。所以我才不想拿黑焰獄示人啊。

這件事先擺一邊。

那些精靈一直很瞧不起人，想必已經做好覺悟了吧。

接下來輪到我，要好好教訓他們。

＊

巨像——聖靈守護像被我燒個精光後，我露出邪惡的笑容。

嘿、嘿、嘿。

這下可以做有利於我方的談判了。

「好了。不想被燒死就快點出來吧？我知道你們藏在哪裡喔！」

當然，我只是虛張聲勢。

大致知道他們在哪兒，但精神感應從中阻擾，無法確實定位。若他們自動自發出來可以省去不少麻煩，比較方便。

透過精神感應可以得知我的話讓他們心慌慌。

「好！到此為止！不好意思，我現在就回應你，來跟你見個面——！」

一樣東西飛出來，是三十公分左右像洋娃娃生著蜻蜓翅膀的——可愛小女孩？

說是小孩子不夠貼切，比較像故事裡的妖精。

金色頭髮混雜綠與黑，綁成麻花辮模樣。

身穿黑底配白綠花紋的短裙洋裝。飾有華麗的荷葉邊，看起來很氣派。背上露一大片，生著跟蜻蜓一樣的成對翅膀。

妖精後方另外飛著好幾人，穿著跟她款式雷同、略顯樸素的服裝。

「鏘鏘————！我就素偉大的……」

吃螺絲了。剛才她大吃螺絲。

該吐嘈嗎？看樣子她太習慣用精神感應對話，不習慣開口說話。

「……妳還好嗎？」

妖精伸出一隻手制止我的提問，打算重講一遍。

「我是偉大的十魔王之一！『迷宮妖精(Labyrinth)』菈米莉絲！無禮的傢伙，還不快跪下！」

她得意洋洋地說完，不忘擺出跩臉。

挺起平坦一片的胸，盛氣凌人。是怎樣，怎麼有種很火大的感覺……

總之先賞個手刀好了。

「唔喔！你、你做什麼？嚇死人！」

小小的身體閃過手刀，還對我發牢騷。

（好過分喔。對吧——？）

（要打嗎？要打嗎？）

（可是可是可是，連聖靈守護像都不是他的對手喔！）

（打不過啦。打不過。會輸！）

好吵。

精神感應接二連三在腦內響起。

「你太卑鄙了！為什麼『精神操縱』都沒用？像你這種不識相的傢伙，好久沒遇到啦！」

就這樣，對方自顧自地發飆。

原來如此，剛剛一直莫名光火，是因為我在抵抗「精神操縱」嗎？

可是，理由好像不只這些。還包括她蓄意騙我一事。

嚴格說來，這種妖精怎麼可能當魔王。竟敢編爛哏騙我。

還是說，她打算繼續耍我？

「我說妳，要騙人好歹編得像樣點。妳這種小鬼頭妖精怎麼可能當魔王啊？」

「別叫我小鬼頭！真是太沒禮貌了。不當魔王要當啥？」

「咦？有點傻傻的？對了，我有個魔王朋友叫蜜莉姆，她強得亂七八糟喔！妳根本比不上她，實力很弱吧？」

「笨蛋——————！笨蛋笨蛋笨蛋笨蛋！你這個大笨蛋——————！」

自稱菈米莉絲的妖精大吼大叫，喘著氣調整呼吸。

接著她續道：

「你給我聽好。大家都叫蜜莉姆搞破壞魔王。遇到事情就靠蠻力解決。居然拿那種野蠻人跟楚楚可憐的我相比，未免太失禮了吧？把我們混為一談讓人很困擾耶！」

對方說得很憤慨。

後來又繼續發牢騷。

「是說你自己也很奇怪啊！那算什麼？為什麼能用這麼亂來這麼危險的技能？想弄出剛才那招，應該需要好幾種特殊技能吧？別亂來好嗎！」

她似乎對我用高危險「黑焰獄」頗有微詞。我才想回她「妳別亂講」好嗎……

「所以呢？你當真認識蜜莉姆？」

「對啊，最近剛變成朋友。」

「——是喔。那……咦？等等。你該不會是當上朱拉大森林新盟主的史萊姆？」

「是沒錯，妳怎麼知道？」

「啊啊啊，我猜對了！之前蜜莉姆隔好久才來，跟我炫耀自己交新朋友的事，我還不以為然地趕她回去……」

菈米莉絲露出驚訝的表情，啪噠啪噠地拍動翅膀。

看樣子她沒說謊。也就是說，這傢伙是如假包換的魔王……？

「知道就好辦了。我的名字叫利姆路。是蜜莉姆的朋友。這次來有事相求。」

「好吧。你應該是蜜莉姆的朋友沒錯，我相信你。換句話說！你也要停止對我的懷疑，相信我真的是魔王！」

被她看出我在懷疑了。也好，她沒什麼威脅性，就信她吧。

我卸除心防，平心靜氣地說明事情原委。

不知為何，竟是由我準備點心跟茶。

剛剛她還說我是客人，一般而言不是要反過來招待嗎？

算了不跟她計較。

孩子們馬上跟妖精打成一片，一起快快樂樂地享用點心。好溫馨。

菈米莉絲原本打算派巨像嚇唬我們。先拿那副模樣取樂，再出手救我們，讓我們膜拜她。

其實她不打算殺我們，也沒有傷害我們的意思。

傳說中有去無回的冒險者和旅人也不例外，被他們從遠在異國的別道「出口」丟出。

我對此表示不滿，結果菈米莉絲若無其事地回我：「只是回去比較花時間吧？」

因為我嗆她，她就大肆抱怨我弄壞聖靈守護像的事。那已經超越毀壞來到消滅等級，想修都沒得修。

不過，不管從哪個角度看都是她自作自受。

「啊——啊。好不容易才撿到這個玩具，弄一弄，大家同心協力完成的耶……」

菈米莉絲怨念深重地念了好幾遍。

沒辦法啊。我想說不是你死就是我亡嘛。

「基本上，那樣東西的性能很好喔！用大地精靈操縱重量，水精靈讓各個關節活動，火精靈催生動力，風精靈調節熱度。集元素之大成。匯聚精靈工學的精粹製造而成……」

構造複雜得嚇人。

早知道就別弄壞它……這念頭閃過腦海，但我不能放水。

話說，她剛才提到精靈工學？我對這個很感興趣。凱金說他們曾跟精靈聯手執行「魔裝兵計畫」，不知兩者是否有關？

「那就是矮人跟精靈聯手開發的『魔裝兵』嗎？」

「答對嘍——————！你消息很靈通嘛！因為沒辦法做出『精靈魔導核』這個心臟部位，所以計畫告吹嘍。基本上，用一般的鋼材製作，對精靈力的耐受程度不夠。拿次級品做的東西失控毀壞，外殼被人給丟了，被我帶回來修好！我該不會是天才吧？是不是很厲害？」

聽她炫技有夠煩人，但這傢伙確實很厲害。

仔細想想，精靈工學以精靈力為主，怪不得跟精靈力很熟的妖精有辦法釐清本質。

聽完菈米莉絲的話，我大概知道「魔裝兵計畫」在幹嘛。

該計畫預計搭載活用精靈力的動力機關，創造可以讓人操縱的魔動裝甲兵。可說是這個世界裡的決戰用軍武。

蓋札王居然想造這麼亂來的東西。

讓充當血液的魔素流遍全身，藉油壓原理加壓驅動。由魔法控制重量，設計成可以飛翔的形式。

雖說最後以失敗告終，但他們有必要增強軍力到這種程度……？

不，我懂了。換個角度思考，他們想走跟其他人不一樣的路。

不打算學其他國家召喚「異界訪客」，只想靠自己的技術實力殺出一條活路。

朝這個方向解釋，我能理解他們為何要進行如此胡來的開發計畫。

這個世界的魔物構成極大威脅，逼他們採取行動。

不過話又說回來……

該研究連凱金等人都無法完成，這隻妖精卻用自己的方式達陣。

怎麼看都是一隻傻妹，話雖如此，這個叫菈米莉絲的魔王搞不好很行。

雖然創作理念改變，換成對人言聽計從的魔偶，但她還是做出一個成品。

「好，我已經知道妳很行了。看在妳很行的份上，有件事想拜託妳！」

「啊？我幹嘛答應你的請……求——」

看菈米莉絲囂張拒絕，我的右手稍微噴出一點點「黑焰」。

「——求我也是可以就聽聽看吧！」

嗯。乖乖聽話就好。

「哎呀，真是幫了我大忙。當然，我不會白拿妳的好處。只要妳願意幫我，我會替妳準備新的魔偶喔！」

「我很樂意！」

這傢伙變得還真快。隨便放個誘餌，她就任憑使喚。

機不可失，我開始娓娓道來。

先說明孩子們的狀況。

毫無隱瞞，全盤托出。孩子們也認真地聽我說。

「基於上述原因，我們才到這裡來。想前往迷宮後面的『精靈神域』。」

「原來是這樣啊。這些孩子也吃了不少苦頭呢。」

看著被精靈包圍的孩子，菈米莉絲嘆了一口氣。

「對吧？所以說，希望妳把我們引薦給精靈女王。他們真的很需要高階精靈幫忙。」

我趁勢鼓起勇氣拜託。一拜託完——

「對喔，我沒說嗎？精靈女王就是我！」

她突然迸出這句話。

「啊？都這種情況還開什麼玩笑？」

「沒禮貌！那又不是玩笑話～是真的啦——！」

真是萬萬沒想到，這個自稱魔王的妖精說她是精靈女王。

「我說，這位小妹。魔王怎麼會當精靈女王？」

「正好相反——！是精靈女王墮落，變成魔王啦——！」

喂喂喂，妳剛才自暴墮落內幕耶？

我對這傻妹不抱任何期待，但她都自稱精靈女王了，就問問看吧。

「既然這樣，我想叫出高階精靈，妳願意幫忙嗎？」

這傢伙沒問題吧？我問話時惴惴不安，沒想到菈米莉絲語出驚人。

「對喔、對對。我想起來了。之前有人來這，還通過試煉。是雷昂，他叫雷昂！那傢伙有夠囂張的，居然當上魔王。真是不敢相信，明明是人類！不過呢，我一拳就能打倒他！打起來輕鬆愉快！哎呀，真的好輕鬆喔。」

怎麼看都像在說謊。眼神飄忽不定，該說更飄忽。整個滴溜轉。

等等，菈米莉絲的事先撇開不談。重點是雷昂。沒想到雷昂也來過這裡……

她剛才還沒回答我的問題，卻說到重點。我按捺焦急的心情，追問雷昂來這的細節。

菈米莉絲是這麼說的。

以前還是少年的雷昂曾經來過這裡。當時他仍是人類之身，菈米莉絲的「精神支配」卻動不了雷昂。事實恰恰相反，她差點被雷昂操控，急得像熱鍋上的螞蟻。

菈米莉絲擅長精靈系〈幻覺魔法〉，但那些全都起不了效用。無計可施下，她只好乖乖就範。

「是說對你也沒用啊，所謂的幻覺，騙不倒就沒戲唱吧？根本想不到其他法子啊？可憐的我無計可施。跟你們這種巨人打，沒魔法就沒勝算。因為這樣，我才會打造用來當打手的聖靈守護像嘛！那些魔王都嘲笑我，我原本以為可以用這個打回去……」

又來了。

「不是跟妳說了嗎，會準備新的魔偶還妳！」

「欸嘿嘿，那就期待你的魔偶嘍！」

這傢伙很單純，所以我拿誘餌釣她，把話題拉回。

「然後啊，我當時也有幫雷昂喔。」

輸給當時並未當上魔王的人類雷昂，還逼不得已幫他。聽說雷昂在調查事情，打算叫出博古通今的太古高階精靈。

令人驚訝的是，他居然跟那位精靈締結契約。

「真是急死人了。那是堪稱我心腹的光之精靈，沒三兩下就跟雷昂膩在一起。還認雷昂當主人，二話不說寄宿到他身上。」

菈米莉絲拿他沒轍，只好認雷昂為「勇者」，給予聖靈祝福。

「等等。被你們認定為勇者的傢伙怎麼會跑去當魔王？」

「誰知道？表示他也墮落了吧？搞不好在學我？」

不是吧。我雖然這麼想卻閉口不談。

她也不清楚雷昂是怎麼當上魔王的，要細究只能直接問他本人。

話說這個世界。勇者可以跑去當魔王喔？據說勇者會受因果報應，擁有特別強大的力量……魔王雷昂或許比預料中更加棘手。

可想而知，跟他打起來會吃虧的應該是我。幸好先在這窺知雷昂的部分實力。不可輕敵，我要重新調整心態。

菈米莉絲的話還沒說完。

真希望她的話到這就沒了，但事與願違。

連高階精靈的知識都無法讓雷昂查出線索。火大的雷昂為了發洩心中不滿，將焰屬性高階精靈一併搶走。

精靈女王的抱怨如上。

「那個囂張的雷昂一直強人所難。要我們從異世界召喚特定人物。最好叫得出來。笨蛋！結果他一副要哭要哭的樣子。不，他真的哭了！對。跟哭沒兩樣。愛哭鬼還這麼囂張，笨──蛋！」

菈米莉絲自顧自沉浸在往昔回憶裡，整個人興奮不已。我看她應該很懊惱，卻逞強不願服輸。

這就是魔王？真好。第一次遇到的魔王是這副德性，絕對不會吃鱉。

蜜莉姆跟她半斤八兩，可是人家好歹有魔王派頭。雖然只限一開始見面的時候……

話說回來，這傢伙會不會出事啊？說人壞話的事一旦穿幫，到時不就死定了──？

要是我發現這傢伙背地裡說我壞話，我有自信將她輕鬆消滅。

「喂，你在腦內褻瀆我對吧？」

「哪有，想太多！」

她用懷疑的目光看我，但這孩子畢竟是傻妞。

想蒙混易如反掌。

不過，菈米莉絲會提防我情有可原。

我這次也希望她幫忙召喚高階精靈，她似乎很擔心舊事重演。

「我跟妳發誓絕不幹那種勾當，放心吧。」

「真的嗎，你沒騙我？」

「我保證！」

因為我做出保證的關係，她總算願意幫我了。但我有點擔心，姑且相信她吧。

「那事不宜遲，快帶我們去『精靈神域』吧？」

我一開口催促，菈米莉絲就換上嚴肅的表情。

再來就繞著孩子們飛來飛去，逐一審視他們的臉。

原來她也有這種表情。

——一點都不像魔王，看起來很慈藹。

「嗯。我不僅是魔王，還是神聖的引導者。既是『迷宮妖精』，也是『精靈女王』。如同我對雷昂做的，負責授予勇者聖靈的祝福。你就放心吧。我很公平的。只有我一人，非我莫屬！我正是捍衛世界平衡的人！」

她突然道出這句話。

精靈們快樂地起舞，朝四周灑下祝福的光。

那景象既莊嚴又神聖——

菈米莉絲剛才的耍笨樣就好似一場幻覺，如今的她散發威嚴。

她看看我和孩子們，臉上泛起笑容。

「好。我幫忙你們召喚！你們要努力叫出厲害的精靈喔！」

看完，菈米莉絲做出宣示。

＊

情況進展到這，菈米莉絲先跟我們講解何謂精靈。

多虧她講解，我們總算對精靈有些概念。

高階精靈有自我意志，是否應召要看心情。既然如此，就從大精靈身上切出部分能量，再生出新的高階精靈。

「妳的意思是說，叫了沒反應就另外弄一個？」

菈米莉絲聽完大力點頭。

能讓新的精靈誕生，不確定因素隨之打消。終於能在時限前拯救孩子們。

實行起來不容易。

孩子們跟精靈的契合度也是一大隱憂。

可以的話，我希望具自我意志的高階精靈能出手幫忙……

想歸想——終究得硬著頭皮做。

我看向孩子們。

大夥兒都用認真的眼神回看我。

「準備好了嗎？」

「「「嗯！」」」

這問題是多餘的。

接下來只要相信他們，動手去做就對了。

Regarding Reincarnated to Slime

我們前往別的地方。

來到迷宮深處的「精靈神域」。

無論出現什麼結果，我都要保護孩子們。

不單是我，菈米莉絲也打算出面協助。

別看她這樣，原本可是精靈女王。雖然跟德蕾妮小姐轉述的威嚴風貌天差地遠，我還是相信她。應該啦。

就算轉生，菈米莉絲的自我意志仍會代代相傳。因此她也認識德蕾妮小姐等人。

還說「哦，那些孩子也活得很好嘛！她們以前都是又小又可愛的精靈喔！」。菈米莉絲認為，自己墮落成妖精時或許對她們產生影響，她們才會變成樹妖精。聽起來滿像一回事。

變成妖精後，每當菈米莉絲的魔力高到一個極限，就會誕下分身。分身即是新的菈米莉絲，繼承一切自我。有該機制加持，成長後的能力將高過生母。

缺點是成長前很弱。

在進化與退化間遊走——是魔王裡唯一走世襲制的。

聽說從前不需要世代交替，但她墮落成妖精，老是怨嘆身體沒以前來得方便。

目前的菈米莉絲還是小孩子，讓我超不安……但有總比沒有好。

聊著聊著，我們抵達目的地。

門前方出現空蕩蕩的遼闊空間。這裡與「精靈神域」相通，是降靈場所。

寬一公尺左右的光道自該處延伸，綿延二十公尺。道路前端架著直徑五公尺的圓形踏台。不曉得用什麼材質製成的，看起來好像浮在半空中。

「大家聽好！你們要站到圓形足台上，從那呼喚精靈！」

「要怎麼呼喚？」

「都可以。像是『救救我！』或者『來玩吧！』。誘惑興趣的精靈出現就算成功。」

「……不知道他們會不會來？」

「會啦！老師，他們會來對吧？」

「會嗎？」

孩子們似乎感到不安，紛紛抬頭仰望我。

應該ＯＫ啦。要是運氣真的那麼背，看來的是惡魔還什麼妖魔鬼怪通通收服就對了。

「……欸，你表情很邪惡喔！」

菈米莉絲這傢伙，洞察力意外敏銳。

無視她的吐嘈，我開始激勵孩子們。

「沒事沒事，總會有辦法的！」

為了在精靈沒來時做出應變，我打算跟去。

「我會跟你們一起去，別擔心。」

「……是可以啦。要幾個人去都行，但那裡會變很窄喔！我也會跟去，孩子們就一個一個來吧。」

嗯。叫精靈也是一對一比較好吧。

視情況而定，或許需要進行交涉也說不定。

我個人很想盡量避免訴諸武力啦……

「好！那每個人輪流過去。誰要先去？」

緊接著，我們開始討論誰先誰後。

一號是最年長的蓋爾。

二號艾莉絲。

再來是劍也跟良太。

最後是克蘿耶。

經歷一番爭辯，順序就這麼定了。

整個空間靜悄悄。

沒有半點聲響，充斥淡淡的微光。這裡跟維爾德拉待的洞窟內部很像，充滿自然能量。

唯獨腳步聲顯得格外清晰。

「老師，假如我出事……大家就拜託你照顧了。」

哎呀，別這麼嚴肅嘛。你太緊張了。

我默默地撫摸蓋爾的頭。

兩人來到圓形的大廳裡。

給人一種浮在半空中的錯覺。

我原本想踏出腳步，卻在緊要關頭頓住。因為眼前的地板消失不見。

然而，「魔力感知」告訴我那裡有地板。這是透明玻璃嗎？還是壓克力板之類的？

我帶著驚愕的心情踏出腳步。

蓋爾很害怕，但我對他說「別擔心，這裡有地方踩。不管發生什麼事，我都會救你的。」，這句話讓他下定決心並踏出步伐。

走得戰戰兢兢、慎重其事。

我們來到中央地帶。

「好啦，到這就可以了！不知道會叫出什麼樣的精靈，好期待喔！」

菈米莉絲快樂地笑著。

我拍拍蓋爾的頭，蓋爾則閉上雙眼祈禱。

單膝跪地，擺出對神祈禱的姿勢。

我盤起雙手，開始靜觀其變。

過了一會兒，上方陸續湧現光球。

宛如飛散的雪花。然而，光芒散發微弱的力量，沒有意志。

蓋爾沒有發現，繼續他的祈禱。

回應呼喚的並不是高階精靈，而是沒有自我意志的低階精靈。

那是自然能量的碎片。與魔素似是而非。

這些能量碎片是否會聚集在一塊兒，凝聚自我意識，變成高階精靈？就算不具備自我應該也會持續擴散，再合而為一，最後會生出某種精靈吧。

小小精靈現身，卻沒有出現更進一步的變化。看樣子高階精靈沒有回應蓋爾。

我知道精靈召喚不是件容易的事。不一定會叫出大精靈。

話雖如此，既然沒主動出沒就來生新的精靈吧！

假如這些小精靈來自大精靈，是蓋爾喚來的大精靈碎片……那我可以收集起來，讓它們進化成一位——更正，進化成一尊精靈。

《提問。要讓「暴食者」進行「捕食」，「整合」精靈嗎？

YES／NO》

「蓋爾，你繼續祈禱！」

我二話不說吞下精靈。

「等、等等！你做什麼！」

「別激動，妳安靜看就是了。我有個點子。」

我不慌不忙地發動「大賢者」。

知道我想做什麼，「大賢者」開始進行高速運算。它瞬間導出最佳方案，開始進行「整合」。

《宣告。獨有技「異變者」發動，已「整合」成高階精靈。屬性為「地」。分析焰之巨人自我意志相關資訊，製作輔助的模擬人格……成功……賦予人格。要讓完成的「擬似高階精靈『地』」跟蓋爾·吉普森「整合」嗎？

YES／NO》

我的手朝蓋爾頭頂擱去，在心裡默念YES。

「大賢者」製成的「擬似高階精靈『地』」依令行事，順利整合到蓋爾身上，開始履行它的職責。

我滿懷期待「解析鑑定」蓋爾的狀態，原本處於異常狀態的失控魔素完全安定下來。「擬似高階精靈『地』」似乎完美控制他身上的魔素。

狀態相當良好，想必蓋爾以後能在某種程度上自由操縱曾經失控的魔素。隨著肉體一天天增長，他應該會陸續獲得技能。

手術成功！就這樣，我在腦裡跟「大賢者」握手。但那都是我一個人的幻想，對「大賢者」來說或許是種困擾。

「好，可以停止祈禱了。你很努力喔！」

蓋爾一直帶著不安的表情祈禱，我則出聲喚他。

換算成實際時間不過短短幾秒鐘的事，蓋爾好像沒什麼感覺。他錯愕地抬頭看我。

我對他大力點頭。

「已經沒事了。身體再也不會壞滅，我跟你保證！」

蓋爾因這句話眼泛淚光。任他再怎麼逞強仍是孩童。這下放鬆心情，才情不自禁吧。

「老師，謝謝你！」

「別客氣。當老師保護學生是應該的。」

我摸摸他的頭、試圖掩飾自己的害羞，不忘將他帶回大家身邊。

聽說我們大功告成，大夥兒全都開心地發出歡呼。不過，事情還沒完。沒有全員過關便毫無意義。

「現在高興還太早。等大家都成功再高興也不遲！」

大家聽了我的話紛紛點頭。眼裡的不安逐漸逝去，開始染上希望的色彩。

好了，來處理第二個吧。

接著是艾莉絲。

她怕走在細細的道路上，我就抱著她前進。

克蘿耶跟艾莉絲在那之前好像吵了一會兒，是孩子特有的激勵法？

我不當一回事，抱著艾莉絲前往大廳。

希望這次也能順順利利……不，非成功不可。

在我們的注視下，艾莉絲也如祈禱般閉起雙眼。雙手交握，抓住膝蓋上的裙襬。

這次又出現跟蓋爾雷同的現象。不久之後即上演剛才的戲碼，上方開始降下光球。

既然這樣，要做的事只有一件。我迅速吸收出現在祭壇上的精靈。

菈米莉絲欲言又止地看我，但我裝作沒看到。

正所謂一回生二回熟。

《宣告。獨有技「異變者」發動，已「整合」成高階精靈。屬性為「空」。繼續製作「擬似高階精靈『空』」……成功。另，「解析鑑定」「空間屬性」後，「影瞬」進化成「空間移動」。要讓完成的「擬似高階精靈『空』」跟艾莉絲．倫多「整合」嗎？

YES／NO》

看樣子艾莉絲叫出的精靈是空間屬性。我「捕食」它進行「解析鑑定」，本身技能也跟著進化。

一不小心就發生了。「空間移動」似乎也是很方便的技能，太好了。

精靈跟艾莉絲的「整合」亦順利結束。

「艾莉絲，妳很努力！已經沒事嘍！」

我把她抱起來，對她這麼說。

她睜開眼睛微微一笑，朝我的臉頰親吻。

喂喂喂，這孩子未免太早熟了。受九歲的小孩子歡迎，總覺得一則以喜一則以憂。不，應該是喜比較多……

我雖然紳士卻不是變態（蘿莉控），大家別搞錯喔。

「謝啦！」

摸摸她的頭道謝，我將艾莉絲帶回大家身邊。

一被我放下，她就跟克蘿耶吵成一團，兩人感情好真讓人欣慰。

接著帶劍也折回大廳。

好啦，大家都多了自信。事情進展順利。

還剩三個人。原本想說有狀況就強制召喚，先修理一下再放到孩子身上，看樣子沒必要了。

不過，這樣也好。「整合」低階精靈時，消耗的魔力出乎意料地多。是說後面只剩三人，應該能撐過去。

劍也才要開始祈禱，連眼睛都來不及閉，光球就開始朝祭壇灑落。不僅如此，我還讀到遠勝先前感受的壓迫感。

怎麼了？剛才那些傢伙都不是它的對手耶！——最後，眼前的祭壇出現一個人——不，是一位精靈。

在那的精靈是……男孩子？

「唷——！大家過得好嗎？我過得很好喔。今天心情不錯就跑來了！」

招呼打得好輕浮。

它有自我意志耶。肯定是高階精靈。

「啊、啊———！你幹嘛沒事跑到別人家？」

菈米莉絲怒眼逼近少年精靈。

兩人好像認識。

「喂，那邊那位是？」

我一提問，菈米莉絲還來不及介紹，少年精靈就搶先回答。

「嗨！初次見面，我是光之精靈！跟那隻墮落成魔物的邪惡妖精不同，是純種光之精靈喔！」

對方先跟我們打招呼。真令人驚訝，劍也成功召喚光屬性的高階精靈。

我們互相問候一下，跟光之精靈對談。

據光之精靈所說，劍也身上似乎有某種資質……

「就是這樣，所以我才跑來救劍也！」

以上是它的說詞。

一般而言，光與暗之高階精位階最高，是立於金字塔頂端的精靈……看它的性格輕浮成這樣，都沒什麼莊重感。

它還有重要職責，要選出勇者並給予祝福。

光、或者是暗——馴服其中一種精靈，代表該人有「勇者」資質。

我曾聽蜜莉姆說過，隨意自稱勇者是非常傲慢的大忌。

這麼說來，人在英格拉西亞王國的勇者正幸，他也被精靈看出具備勇者資質嗎？我認為不是那樣，單純想要帥才自稱勇者吧……

不管了，眼下那種事不重要。我又不認識他，幹嘛替他擔心。

「所以說，在劍也長大成人之前，我會負責保護他。搞不好劍也會當上『勇者』喔！」

光之精靈一席話讓我回神。

劍也當勇者，這還真是——

無視驚愕的我，光之精靈擅自寄宿在劍也身上。

過程簡單到不行，劍也的狀態也趨於安定。

「老師……？」

「嗯？喔，沒問題。一切都按計畫進行！」

最好是！我很想吐嘈自己，但認真就輸了。

我決定照單全收，快點幫下一個才是真的。

劍也對我的話半信半疑，然而他似乎明白自己的身體已經安定下來。沒有進一步追問，選擇接受現狀。他獨自一人回到大家身邊，親口對他們說明。

真沒想到，這傢伙挺堅強的。

換下一個，好像是良太。

良太比較內向，究竟會叫出什麼樣的精靈呢？

雖然對細小的走道感到害怕，他依然自食其力走來。可見已有相當程度的決心。

辦到第四個人的我駕輕就熟，立刻要求良太禱告。

來看看會出現什麼。

這次一直沒看到光。我等得不耐煩了，強制召喚高階精靈的念頭剛閃過腦海，藍與綠的光球就從空中螺旋下降。

它們好像在爭誰去誰不去。

但這兩隻並非高階精靈，我裝作若無其事，二話不說「捕食」它們。時間寶貴。趕快來「解析鑑定」一下。有水跟風兩種。哪種精靈比較適合良太呢？

總之，這種時候派「大賢者」就對了。

《宣告。獨有技「異變者」發動，已「整合」成高階精靈。屬性為「水」、「風」。繼續製作「擬似高階精靈『水風』」……成功。另，目前已針對「地、水、火、風、空」五屬性做過「解析鑑定」——「量子操作」……獲取失敗。要讓完成的「擬似高階精靈『水風』」跟關口良太「整合」嗎？

YES／NO》

我默念YES，讓它跟良太「整合」。「擬似高階精靈『水風』」好像有兩種屬性，魔素方面卻跟蓋爾及艾莉絲的量不相上下。唯獨劍也的魔素量特多，不過，或許是光之精靈的力量使然，魔素控制得相當完美，劍也本人並未出現任何異狀。

良太的附身過程跟大家一樣順利，目前就剩最後一人尚未處理。

話說回來……

剛才裝作沒聽到，但那可是「量子操作」。

感覺這技能很猛，連我都猜不到它的用途。

基本上，技能的概念如下，有股強烈念頭像是「搞不好行得通」、「如果可以該有多好」，並賦予技能類似的效果。

我想要什麼效果，「大賢者」會讓那種效果具體化、轉變成可以使用的技能，若我不懂自然變不出來。

這或許是進化失敗的原因。

——換句話說，等同一心希望就有機會實現……

最後一位是克蘿耶，她也感到害怕，所以我抱著她前往大廳。

克蘿耶很開心。

說害怕好像是騙人的。

「老師，那個……我喜歡你——！」

她紅著臉，在我耳邊告白。

我也喜歡妳啊。不過，至少等個八年，可以的話十年後再跟我說吧。

那都是其次，我比較希望生前能聽到這種話……

生前的我——交不到女朋友就死了，是個可憐的男人。

多虧那場生離死別，我獲得很棒的力量——獨有技「大賢者」。至於我配不配——本人持懷疑態度。

話說回來，感覺挺不賴的，小孩子真的很率真。

現在說這個或許有點晚，但想玩就要趁學生時代盡量玩。畢竟中學時代有耍中二特權。

目前的場面看來不適合談那個。克蘿耶的話讓我有點難為情，陷入慌亂狀態。

那麼，來看看克蘿耶會叫出什麼樣的精靈。

這是最後一個孩子。小心對應吧。

＊

她循前人的腳步展開祈禱。

——異變在這時發生。

該怎麼形容才好。

具體來說，好像整座天頂向下沉的感覺。

一位美麗女子出現，散發沉重的壓迫感與鮮明聖輝。

黑與銀交錯的柔順長髮擺盪，身邊銀光四射。

這股能量——非精靈所有。一方面又不是實體……？

《答。它與高階精靈同為精神體。能量非比尋常——無法偵測上限值。》

又來了，又是無法偵測。繼蜜莉姆之後，這是第二人。「大賢者」說明如下，這個世界有三大存在。

包裹靈魂、最為脆弱的星幽體。

蓄積力量的基盤，精神體。

與這個世界直接聯繫的物質體。

人類的身體由上述三大要素構成。

高階精靈是具備自我的能量體。也就是說，由構成靈魂的自我——星幽體守護的核心控制精神體。

維爾德拉這種「龍種」就是那樣。只不過，維爾德拉並非單純的精神體，他還吸收周圍物質創造物質體，並控制那些物質。

高階精靈沒有如此強大的力量，離開精神世界將導致能量逸散，難逃消滅的命運。這就是精神生命體的宿命，天使族與惡魔族也不例外。

為了防止擴散消滅，必須藉著締約找到宿主，或找一個容器來裝。由此可見這個世界的物質體有多重要。

出現在眼前的黑銀髮女性肯定不是人類。大概是某種跟高階精靈很像的東西，能量高到連「大賢者」都測不出來。不過，它並非物質體。繼續待下去終將消滅，但這個「精靈神域」充斥能量，目前應該還撐得住。

連高階精靈都相形失色，力量特別強大。

那傢伙先是盯著我好一陣子，接著突然朝我抱過來。還拿嘴吻我。

可惜她比較貼近幽靈，親起來沒任何觸感。好可惜。

如果是這樣的美女，就算是幽靈也——不對！她想幹嘛？

擁有黑銀髮的美麗女子遺憾地看著我，轉而觸碰克蘿耶。

這時——

「等等！妳休想，我不會讓妳得逞的！」

菈米莉絲一直在旁邊觀望，當下卻突然出聲制止。然後舉起雙手，擺出備戰姿態。

表情不若之前輕鬆，看起來很認真。

「咦，喂！怎麼突然說這種話？」

「別吵！這傢伙很危險！你看不就知道了！」

「我怎麼可能知道！危險在哪兒？」

趁我倆一來一往時，該名女子隨心所欲地移動。

結果居然直接附到克蘿耶身上。

完全來不及阻止。

就連準備就緒的菈米莉絲都來不及。

「啊————！太遲了。完了完了。不干我的事喔！」

她鼓起臉頰，開口大叫。

我趕緊對克蘿耶進行「解析鑑定」，那股異常龐大的能量已消失無蹤。

看起來沒什麼異狀……

克蘿耶的狀態安定下來，魔素失控的危機遠離。

我根本來不及反應。

克蘿耶好像也很驚訝，眼睛眨啊眨。

「——剛才那是什麼？」

菈米莉絲沒有回答我的問題。

克蘿耶則睜大眼，看看我又看看她。

她好像一頭霧水，其實我也摸不著頭緒。

我再次逼問菈米莉絲。

「天曉得！我也不清楚詳細情形。不過，那樣東西八成在未來出生。來自未來，跟精靈很像。真讓人不敢置信，它寄宿在這孩子身上似乎是想生下未來的自己……？啊啊啊啊——太莫名了！雖然莫名，那傢伙卻擁有莫大的力量。未來它一旦降生，可能會發生很嚴重的事。難道說……時空大精靈……祝福過它——？」

唔——

聽完說明，我的腦子更混亂。

我也沒概念。還是放棄解讀好了。

結局圓滿。克蘿耶沒事就好。

未來的事充滿不確定性，現在用不著想那麼遠。

「太好了，克蘿耶。一切都照安排走！妳跟大家一樣，成功避開危險嘍。」

說完，我一把抱起她。

「真的有照安排走嗎？」

唔咕，說到痛處了。當初我可是用那句話騙過劍也耶。

「有、有啊。當然有！」

聽我這麼說，克蘿耶總算露出欣喜的微笑。

看我們這樣，菈米莉絲無奈地嘆氣。

「唉，我看算了吧。一附到那孩子身上，我就不是它的對手了……」

她說完將臉撇向一旁。

「哎呀，這樣不是挺好的嗎？最後那隻讓我有點緊張，但孩子平安無事。總算讓大家順利通過考驗。謝啦，幸虧有妳才能拯救孩子們！」

回去找大夥兒時，半路上我不忘向菈米莉絲道謝。

全員到齊後，孩子們也對她道出感謝的話語。

「「「謝謝您！」」」

「唔！用不著跟我客氣啦！」

菈米莉絲羞紅著臉，害羞地飛來飛去。

她居然是魔王，這個世界到底怎麼了。

其他的跟班妖精追隨菈米莉絲飛翔，看上去儼然一幅奇幻景象。

好一個高高在上的囂張魔王，笑起來卻很可愛。

就像在祝福孩子們——

大夥兒全都燃起喜悅的心情。

臉上自然而然浮現真摯的笑容。

如此一來，我總算履行救助孩子的諾言。

＊

脫離陰霾後，我們決定返回校園。
「哎呀，菈米莉絲。這回受妳照顧了。我們有緣再見！」
我跟菈米莉絲道別，正想就此離去……
「等等！給我站————住！」
她慌慌張張地叫住我。
這傢伙真是一刻都不得清靜。
「我說你，是不是忘了什麼？」
用力抓住我的衣襟，菈米莉絲大吼大叫。
被人絞脖子很不妙。但我不需要呼吸，感覺不痛不癢就是了。
「什麼事？這次又想抱怨什麼？」
「才沒有！是這件事啦，你約好要給我那個、就那個！」
約好？這傢伙在說什麼……？
「……咦？」
「你該不會忘記了吧？不是說好幫忙就送我新的魔偶嗎————」
「啊！」
「還『啊』，你真的忘了？」

「唉唷，菈米莉絲。也不想想我是誰？我沒忘記跟妳的約定啊！」

我想起來了！為了拐騙她，我隨便丟個餌、把她吃得死死的。

「我有出手幫忙，答謝是應該的吧！當然，心意有到就好嘍？話是這麼說，這次我們有約在先，應該可以有所期待吧？可以吧？」

我把菈米莉絲的話當耳邊風，趕緊用捏黏土的手法在「胃袋」裡加工「魔鋼」。雖然有點浪費，但我這邊沒其他素材只好拿來用。

接著，我循記憶重現一隻機器人，不著聲色地將那玩意兒遞給菈米莉絲。

「喔，抱歉。那這個給妳吧──」

我依約用「魔鋼」做出人偶──簡稱魔偶。

「咦，這是什麼？」

人偶高約三十公分，大小跟菈米莉絲差不多。菈米莉絲接下人偶反而被人偶抱住，整個人動彈不得。

「就這樣，再見！」

我已經履行約定嘍，本想裝沒事走人，不過……唔哇──！一聲，菈米莉絲的吼叫令我停下腳步。

「你這傢伙，打算破壞約定嗎？」

「不是給妳魔偶了嗎？」

「才、沒、有！我要的不是這個──不對，它看起來是很帥氣啦，但這不是重點，你把聖靈守護像毀掉，這下沒人保護我啦！你不替我做可以保護我的東西，我絕不放你出去！」

菈米莉絲淚眼汪汪地喊叫。

最後還威脅我，說不放我出迷宮。

「啊，沒問題。我已經學會『空間移動』了，應該可以從這裡出去。」

萬萬沒想到事情會變成這樣，剛才碰巧學的技能正好派上用場。

「唔哇————等等，先別走！真的啦，這樣我會很危險！你看，我還是小孩子啊！很弱喔！所、以、啦！我很困擾！替我想想辦法啦————！」

講著講著她開始嚎啕大哭。

這樣也叫魔王，真讓人頭痛。

唔——好困擾。

妳活該！是可以用這句話堵她啦，但我確實把東西弄壞。

再說，孩子們的眼神讓我坐立難安。有種欺負弱者的錯覺。

當初幹嘛讓魔偶不留痕跡蒸發啊？老實說，我沒想到黑焰獄的威力這麼強，這才是真相……

「魔鋼」擁有高度抗魔性能，硬度無人能敵。不過，金屬都存在沸點。我想說魔鋼很堅硬，一不小心就做過頭了。

事實上「大賢者」大大一直表現出遊刃有餘的樣子，害我以為不會出事，結果卻變成那樣。

我第一次拿縮小版「黑焰獄」戰鬥，調節威力的時候沒拿捏好。往後應該沒什麼機會用到，但我還是稍微調低威力好了。

接下來，有關魔偶的替代品……

「真拿妳沒辦法，要重現那種龐然大物不簡單耶？」

「不用大成那樣啦？只要力量夠強能保護我，什麼都行喔！」

好。既然菈米莉絲願意妥協，應該有辦法解決。我身邊有不少「魔鋼」，可是，用在這種地方滿可惜的。聖靈守護像的表皮全都是「魔鋼」，想重現肯定得耗掉一大堆。

嗯——……只要夠強什麼都行嗎？

做個跟人類等身大的人偶，再讓精靈附身施以動力好了……等等，有沒有合適魔法可用？

《答。已搜得創造魔法「魔偶」。判定可行。魔偶的威力取決於「素材」強度、附身的「精靈」或「惡魔」。另，鋼材、石材、木材、黏土這四種為常見素材。外表可隨術師的想像更動——用「素材」製作素體再進行「附身合體」也沒問題。待條件齊備，請默許執行。》

不愧是「大賢者」，發現比〈刻印魔法〉更厲害的〈創造魔法〉。它眨眼間就從大量的魔法書中找出這樣東西。

這個魔法相對簡單。當初考冒險者測試時已經學會召喚魔法「惡魔召喚」，召喚惡魔易如反掌。如果是精靈，召喚出來似乎難以使喚，還是選惡魔好了。

精靈講究跟術師之間的羈絆，惡魔則是支付代價任君差遣。

除此之外，若要拿精靈當守護者，不是高階精靈就沒用。不具自我意志的精靈派不上用場。

基於上述原因，讓惡魔附身比較好吧。

乍聽之下頗有遭惡魔背叛的疑慮，實則不然。召喚是一種契約，受召者不會背叛召喚主。前提是不能違背正當性。

若願望超過契約範圍，契約會就此終結。此外，內容一旦違背正當性，契約將自動中斷。因為惡魔公事公辦，信用第一。

惡魔跟惡不能劃上等號。

方針已定。

來用「魔鋼」打造素體，讓惡魔附身，著手製作魔偶吧。

搞不好會造出比A級魔物強上許多的魔偶喔。

＊

「好啦。我知道了，菈米妳稍安勿躁。聽好，我會做出很強的守護者，妳就別抱怨了。當作交換，下次可不可以教我精靈工學？」

凱金跟培斯塔大概會對聖靈守護像感興趣，等我重現守護像再拿到鎮上，大家一起研究看看。這樣一來，把素材拿出去就不會覺得可惜了。

當作報償，我要準備像樣的守護者給菈米莉絲才行。

「是可以啦……你該不會又想騙我吧……？」

這魔王疑心病好重。

為什麼就不能敞開心胸相信他人呢？

「我沒有騙妳的意思。我國鎮上有矮人工匠駐紮，還是『魔裝兵計畫』的成員之一。想說機會難得，可以拿回去跟大家一起研究。」

「老師，我們也想研究！」

「我也要！」

連孩子們都吵著要跟。

也對，可以搭乘的魔裝兵，聽起來很浪漫啊。

「也就是說，你想弄成這樣？」

菈米莉絲朝我遞出剛才做給她的人偶。

「這個嘛，弄成這樣好像滿帥的。」

「老師，我要第一個搭！」

「我也想坐。」

內向的良太都說想搭了，一定要把這樣東西弄出來。

想著想著，我打算從菈米莉絲手中接過人偶。

結果她咻的一聲，將人偶藏到身後。隨從精靈們全靠了過來，大夥兒一起將那樣東抱住，上演逃亡戲碼。

「……喂。」

「你已經把它送給我啦！才不還你哩！」

這傢伙好任性。

口口聲聲要我準備守護者，又不把剛才的人偶還來。

此時某個念頭掠過腦海——總覺得一堆魔王都愛耍任性。是誰姑且不提，反正那傢伙很任性就對了……

算了不跟她計較。畢竟騙人的我有錯在先。

「那這樣好了，妳到時一定要幫忙喔！」

「包在我身上！對了，你要替我打造什麼樣的守護者？」

「嗯？這個嘛，有打算做比之前那隻敗仗者更強的傢伙啦……」

「真的？其實你人很好嘛！」

就這樣，我開始準備要給菈米莉絲的守護者。

先進行前制作業。

我從「胃袋」取出「魔鋼」，將它們排在一起。

魔鋼從我身上汲取大量魔素，目前處於便於施法的頂級狀態。

孩子們也興致盎然地看望。

「你……你從哪裡變出這些東西啊？唔，算了……」

菈米莉絲還想說些什麼，卻半路上頓住。

她的表情好無奈。

看樣子她沒意見了，趕快來開工吧。

我將取出的「魔鋼」加工成各個部位。

說到人偶，自然要用球體關節。這點不容妥協。成品依想像刻劃，完成度之高連我自己都覺得吃驚。

於各處融入原創要素，慎重組裝可動部位。

生前很羨慕某些朋友會作模型，只可惜本人不中用，頂多做個自組模型。

不過，現在不可同日而語！

有了「大賢者」的輔助，我可以自由自在加工。

這傢伙在搞什麼鬼──菈米莉絲原本用上述懷疑目光觀望我的一舉一動，看到一半突然興奮地嚷嚷起來。

「不、不會吧！這個好厲害！居然有這種事！你做的東西好棒喔！竟然做出可動性這麼高的東西？」

她興奮不已。

我這個創造者也沒料到自己會做得如此精細。純粹的「魔鋼」能在某種程度上隨意捏造，部分原因或許出在這裡。

就這樣，我完工了。

至於完成的人偶長什麼樣子──

臉跟我的面具長得一模一樣，體格像人。身體細長，身高一百八十公分左右。

我對這樣作品很有自信。

「好了，完成啦！接下來只剩召喚惡魔附身，絕對不能拿去幹壞事喔！我已經以製偶師身分下令，一旦出奇怪的命令就會遭到拒絕！」

「ＯＫ、ＯＫ──！沒問題！如果在這，可以拿它來玩吧？」

「嗯？可以，在迷宮裡沒問題。別給其他人添麻煩就好！還有一件事，我猜它應該滿強的，胡搞瞎搞小心受傷啊！」

待菈米莉絲應允，我便著手進行最後的工作。

就是召喚惡魔，讓它附在魔偶上。

花這麼多心力，製生的魔偶應該會比用創造魔法「魔偶」一口氣造出的成品還強，威力凌駕數倍。

我張開雙手，假裝自己在詠唱召喚咒文。

地點在剛才的祭壇上。擔心會有危險，我先讓孩子們找個地方避難。

當跟屁蟲跟來的只有菈米莉絲。

希望可以成功，但我怕自身實力不足害惡魔失控。到時必須打到它聽話，或者放棄並解除召喚。只好祈禱事情別落到這種地步。

一連串工作大量消耗我的體力跟魔力，拜託不要再讓我遇上麻煩事。

我隨意詠唱的咒文，地上跟著出現魔法陣。其實不詠唱也沒關係，可是這樣比較有氣氛。

我打算叫出比低階惡魔更強的個體——高階惡魔。等級A－，以魔物來說算超級大咖。

話雖如此，不小心來個沒有自我意志的小嫩嫩就好笑了，所以我邊祈禱睿智的古老個體前來，邊進行召喚。

最後來了一個貨真價實的高階惡魔。

跟以前見過、沒術師控制就會暴走的低階惡魔不同，眼裡透個智慧之光。

兩者差別有多大，看行為舉止就知道。

它在我面前下跪，畢恭畢敬地低頭。

「您在呼喚我嗎，主人？」

召喚好像成功了。眼前的高階惡魔對我表示恭順。

身材比低階惡魔還壯、筋肉結實。雖說用魔素創造的魔體會隨時間流逝消失……

漆黑表皮外套著破爛的高級服飾。從衣服的狀態看來，它肯定活很久。

性別不詳。頭部兩側刺出的角一副雄偉樣。

是說惡魔會長肌肉喔？

這種不痛不癢的問題先擺一邊。

看看跪在眼前的高階惡魔，我開的條件全數達標，本人很是滿意。

「嗯。把你叫來不為別的，都是為了創造魔偶。這邊這具人偶想賜給你當肉體，讓你附在上面。報酬是我的魔素。至於要訂多長的契約，我想想……」

講到這兒，我朝菈米莉絲看去。

菈米莉絲慌的不得了，趕緊比手指算年數——

「我想訂一百年！再過一百年，我就長大了！」

她這麼說。

「契約期間為百年。時效一過，那具人偶送你當身體也無妨。如何？」

如此奇怪的契約很棘手。

若菈米莉絲要它「立刻打倒眼前的敵人！」，契約會立刻終止，加上期限就不一定了。

如果要它守在身旁，只要定期供給魔素即可，不過，未附身實體的情況下將會消耗過多魔素，那可不行。

若當下已經召喚一隻，通常都不能追加召喚別的魔物。雖然有偏門可走。

這次必須讓它就地答應當菈米莉絲的守護者。

因為那些原因使然，一定要跟它締結契約。

「求之不得，我主！另外，報酬已經收到了。」

它爽快答應，太好了。契約順利成立。

話說回來，真沒想到召喚耗掉的魔素正好足以支付報酬。

剛才確實少了一大塊，但我魔素量很高沒問題。

大方多給果然是正確的選擇。怪不得它畢恭畢敬。

訂合情合理的契約不至於出事，假如用一丁點魔素召喚還強人所難，有可能被惡魔當場殺掉。

唯有召喚條件與契約相符合才能完全放心、確保安全。還是小心為妙。

好啦，惡魔召喚成功。

性格既不急躁也不魯莽，這傢伙給人冷靜睿智的感覺。還好出現的惡魔不錯，有達到要求。想必它會一併遵從製作人命令。

接著，我讓高階惡魔附到剛作好的人偶上。

簡單來說，就是降靈。

人偶之於高階惡魔尺寸過小，但它馬上就習慣了。自主脫離魔體，與新的肉體徹底融合。它順便確認身體的使用狀況，看起來一切安好。

頭明明跟我的面具一模一樣，待惡魔附身卻出現邪惡的表情，真有趣。

它臉上流露又驚又喜的感情。

「真不錯，不愧是召喚主。我原以為要動這具身體需消耗魔力，讓關節變形。這樣一來，我就能隨意操縱它。由它當宿體相當理想！」

喜歡就好。

在那之後，我按菈米莉絲和高階惡魔的要求進行微調。

前前後後折騰一番，菈米莉絲的全新守護者終於誕生了。

「感覺怎樣？」

「是。一句話，感覺很棒。物理干涉力的數值很高。相較於附在人類或魔獸身上，這具容器的攻擊力自然不在話下，物理防禦力更非那些容器可比擬。太棒了！這具身體真的很棒！」

它動動身體，邊確認情況邊向我回報。

惡魔若想對這個世界進行干涉，必須進行降靈。通常是動物或魔物當容器。這次改用「魔鋼」造的人偶，好像沒什麼大礙。

用金屬做也就罷了，還是最高硬度的「魔鋼」。防禦力自然偏高。

順便補充一下，稀金屬的沸點約莫高達五千度。相對的，「魔鋼」對將近一萬度的超高溫亦有耐受性。還是具備自我修復能力的優質金屬。

事實上，要循物理手段毀壞毀掉這具守護者極其困難。

確認完畢，高階惡魔向我下跪。

「我對這具身體發誓，定會有所貢獻。待守護該名妖精的百年契約終止，請讓我在主人底下工作。」

它突然道出這句話。

百年後……到時我是生是死都不知道。此外，它搞不好會在百年服侍期內宣誓效忠菈米莉絲。別小看她，她好歹是個魔王。

「假如我到時還活著，是可以啦……」

「哈哈哈，您真愛說笑。不過百年時光，主人不可能死去。有了這項約定，我不收追加報酬。」

我的壽命——對喔，有多長啊？

我很少想這方面的事。沒差，注定會死就會死。畢竟我都被隨機殺人魔殺死過。

是說它好像很喜歡我。

或許我是容易讓魔物親近的體質。

既然它預計跟隨我，沒名字很不方便。

我的魔素只剩一半左右。依之前的「命名」經驗來看，高階魔物往往會從我這刨走一大坨。

高階惡魔算高階魔物。

實為A－，降靈對象強大就會加到足以匹敵A級的程度。以此類推，就這次的情況看來，它明顯超過A級。

沒差，都好啦。

「好！那麼，你從今天開始就叫『貝瑞塔』。今後要效忠我跟菈米莉絲！好好努力。」

我靈光一閃替它命名。

因為它外觀美麗，讓我想到某把名槍也這麼美。

一命完，無力感果然又來找我。這次我勉強撐住。燃料快沒啦。

這傢伙，居然不動聲色奪走三成以上的魔素……

不簡單。感覺它變超強。

我一替它「取名」，貝瑞塔就展開進化。各關節的球體成為核心，連接胸、頭、腰、手、腳，如今球體表面出現一層皮膜。

看起來酷似人類。

那些透明皮膜相當通透，再加上內部的美麗構造，讓人看得入迷。

面貌與我的面具相仿。

褪去漆黑色彩，長長的髮絲煥發銀色光芒。

人型惡魔釋放奇妙的美感。

變化結束後，一件衣服套到它身上。

面具的眼窩處有紅光閃耀。進化似乎告一段落。接下來，看看它從我這學到什麼能力。

貝瑞塔起身，朝我深深一鞠躬。

「我乃『魔將人偶』貝瑞塔。此後將聽令行事。」

那裡出現一具詭異的人偶。

頭是面具模樣。無人知曉其真面目，破壞力強大。

接著它轉向菈米莉絲，對她一鞠躬。

「菈米莉絲大人。您的命令即我主之聲。容我保護您。」

菈米莉絲整體氣勢矮人一截，點頭如搗蒜。

「知、知道了！就讓你保護我！是你拜託我的喔！」

她努力擺出威嚴姿態，開口回應道。

就這樣嘍。

拿它來當聖靈守護像的替代品毫不遜色。

戰鬥力更高出兩倍以上。

如此一來，我總算履行跟菈米莉絲的約定。

雖然它有點囂張，變成出乎我意料的強大守護者。

剛剛動手做人偶時，菈米莉絲一直挑三揀四。結果把我惹毛，不小心卯起來做。各類武裝全經貝瑞塔的魔力強化，強度上應該能讓她滿意才對。

我費了九牛二虎之力才創出貝瑞塔，希望它或多或少能幫上一點忙。不過，貝瑞塔拿出真本事作戰的畫面讓我不敢想，這是真心話。

當我忙著製作人偶時，孩子們正好睡著。

緊張和恐懼輪番找上他們，現在一放鬆就覺得安心。

至今強忍的苦楚找到解藥，他們才會放寬心。

一幫小傢伙枕著蘭加發出安穩鼻息。回過頭想想，我不需要睡覺，對孩子們來說睡覺卻是工作之一。睡好覺，快快長。

先等孩子們起來再說。打定主意後，我也跟著放鬆歇息。

隔天一早。

帶著精神飽滿的小朋友，我們一行人離開「精靈神域」。

孩子們順利喚得精靈寄宿，性命不再垂危。

還實現靜小姐的心願，問題全都解決了。

這下我總算能放心返回魔國聯邦，原本是這麼想的……

＊

離開迷宮後，我用剛學的追加技「空間移動」帶孩子們折返英格拉西亞王國。連通空間需耗時數分，可是去過一次的地方能立刻重新前往，是非常方便的技能。

我不忘收回事前設置的逃生口魔法陣。我的「空間移動」用不到魔法陣，那樣東西被我收回「胃袋」裡。往後大概不會有機會用到。

一回到學園裡，我馬上聯繫優樹。

跟他回報旅途發生的種種。還針對孩子們的未來發展細細討論。

我曾想過把他們帶回去，但給孩子學習環境更重要。

幸好這裡正是一所學園，有不少優秀教師。基礎教育自然不在話下，連魔法都學得到。

孩子們自個兒討論亦做出決定，要留在這裡學習。因為他們看我用那些魔法，知道學魔法有多方便吧。幾個小毛頭以為我會繼續當教官，聽我說要回國立刻哭了出來。

大夥兒打起精神對我說「畢業後一定會去看老師」。當然好，我很歡迎。

孩子們已經沒事了。魔素量也壓在平均值多一點點，得以過上尋常生活。就算有鑑定能力的人來看，應該也看不透真相。

這方面我已經跟優樹深入討論過。

「各國已經拋棄他們了，應該不會再次伸出魔爪綁人。那麼做違反國際法，還會與我們自由公會為敵。」

「那不然這樣好了，核發冒險者專用的身分證給孩子們，讓他們當公會成員如何？」

「也對，如果那些孩子願意，這麼做或許不錯。」

「都可，他們當學生的這段期間可以慢慢考慮。」

「說得也是。」

他們目前還是小孩子，但這個世界的成人年齡為十五歲。馬上就會長大，可以加入自由公會。能憑自己的意志選擇，抬頭挺胸過自由自在的生活。

話說優樹問過好幾遍，問我最後是怎麼解決的。

我沒告訴他。優樹以為孩子們只是變成一般人回歸正常，這樣就夠了。

真相是精靈控制魔素並中和，不過，我沒必要說。我怕他們被國家盯上，衍生新的問題。

孩子們今後的安排、教師移交皆順利解決，我的任務也宣告結束。

他們有在進行基本的戰鬥訓練，跟「擬態精靈」的溝通也逐漸習慣。

我趁這段時間出外踏青，卡巴爾他們還跑來找我玩。

商業買賣亦進展順利，我去拜訪摩邁爾時受到熱情招待。他賺了一大票，令我感到欣慰。

每次回魔國聯邦就會看到前來辦事的冒險者增加，感覺很熱鬧。是說我差不多該回去了，不回可能會出問題。

——踏上歸途的時刻來臨。

啟程當天。

「老師……你要走了嗎？」

「克蘿耶，不可以逼老師留下。」

「對啊！其實我也——」

「可是……」

看克蘿耶都快哭了，我的心跟著痛起來——

開玩笑的。我會回去啦，反正隨時都能用「空間移動」過來玩。

「哈哈哈，克蘿耶還是一樣愛哭。這個給妳，打起精神吧！」

說完，我摘下戴在臉上的面具，再遞給克蘿耶。交出靜小姐的遺物——曾經毀損又重新修復的「抗魔面具」。

不知為何，我自然而然將它交到克蘿耶手中，克蘿耶也毫不猶豫地接下。

「啊啊啊————！我也想要那個——」

「欸嘿嘿～被我拿了！」

克蘿耶不再哭泣，這樣就好。

至於一臉不甘的艾莉絲，我拿朱菜準備的學園制服送她當禮物。

「啊！」

「這些……該不會是要給我們的？」

有劍也跟蓋爾的份，當然，也有幫良太準備。

五人的制服乍看之下跟其他學生沒兩樣，卻是用特殊布料加工製成的上等貨。大夥兒興高采烈地收下。

「聽好，要努力讀書喔。離別是很心酸沒錯，但我們還有機會再見。放假記得過來玩。」

「「「是！」」」

孩子們破涕為笑，紛紛向我道別。

在笑容的環繞下，我啟程離開王都。

＊

人類城鎮的生活晃眼即逝。

辛酸在所難免，不過，我得到無可取代的羈絆。

變成魔物後，要跟人類孩童接觸難上加難。

一切都順利無比。

——不對，事情順利過頭了。

在世上，羨慕、嫉妒等負面感情，常在當事人不為所知的情況下，悄悄醞釀於關係者的心中。

為了避免招人羨妒，我自認一路上走得步步為營。

不過，輸入錯誤的資料，答案會跟著錯亂。難得「大賢者」有辦法沙盤推演，要是我問錯問題，答案也會是錯的。

魔國聯邦一旦興盛起來，某些勢力就會因我國興盛蒙受損失。我當然明白其中的利害關係，不料事情的發展速度、規模遠遠超乎預期。

最終導致——

我來到這個世界轉生成史萊姆，才會憧憬人類生活。

以及跟異界訪客交流。

希望能實現這些渺小願望，打下讓另一個故鄉「魔國聯邦」進一步發展的根基。

從某個角度來說，我成功了，卻又失敗得很。

我只是一般人，還不了解政治跟國家是怎麼一回事。不懂冷酷的利己主義——馬基維利（君主論）。

命運加速催化事態進展，決定我今後的動向。

和平的時代落幕，戰亂之世來臨。

Regarding Reincarnated to Slime

與優樹及孩子們分道揚鑣，我離開城鎮來到郊外。

這樣我就能毫不在意旁人眼光發動「空間轉移」回去——奇怪的是，技能發動不了。

怎麼會？

《警告。已被大規模結界禁錮。對結界外的空間干涉技能遭到封印。》

「大賢者」做出回應。

什麼？

有種不祥的預感。

至今未曾有過，身陷絕境的感覺。

當初蜜莉姆來襲時不帶殺意。所以當下我沒什麼危機意識，如今預知危險的警鈴正瘋狂拉警報。

這時——

「利、利姆路大人，您快逃吧——」

渾身是傷的蒼影出現，對我這麼說。

他似乎用盡全力逃來這裡，身體快要消失不見。

「發生什麼事了？」

「有敵人。還是超乎想像強大的——」

留下這段話，蒼影就此消逝。

這是蒼影的「分身」之一，本體應該沒事。然而就算是「分身」，身體機能還是比照蒼影本體才對……

他是不是被別人陰了？

我呼叫潛伏於影子裡的蘭加，但他沒反應。

與外界隔絕——正如剛才「大賢者」所說，連躲在影子裡的蘭加都無法干涉。

看樣子，結界內部完全與外界隔絕，好像是空間斷絕系的結界。無法對外求援、無法逃離。

不祥的預感讓我緊張起來，為了以防萬一決定做些保險措施。幸好結界內部可以使用技能——此時，又一道警告聲響起。

《警告。已被大規模結界禁錮。結界內部技能禁用……對封印抵抗成功。但魔法系技能全數受限。》

什麼？到底發生什麼事了？

魔法系幾乎囊括所有的魔法、魔素操縱類技能。意即「黑焰」和「黑雷」這類能力都受限。不僅如此，「黏鋼絲」等操作系技能也不能用……

當初天空龍作亂時，我身上並沒有這種結界。

基本上，若有人試圖張這種結界，蒼影應該會發現才對。還來不及用「思念網」告知危險就被結界囚禁，可見這種結界的範圍很廣。

這……與其說是結界要攻擊某人才波及到我，更像衝著我來。

既然如此，那個人的目的是什麼？

邊對強烈的殺意保持警戒，我靜待對手出招。試圖解除結界，需等「大賢者」的分析結果出爐。假如範圍只有一點點馬上就能解析出來，大規模結界的設定範圍太廣，要花一些時間分析。

現在的我只能等對方出招。

極度不利。

這還是第一次，我的心在不安催化下慌亂惶恐。

自從來到這個世界後，我很少感到不安。

變成史萊姆的我產生心境變化是原因之一，但最大的理由出在「大賢者」能預測結果上。我打算做些什麼，它會在執行前預測成敗結果並知會我。

因為這樣，我才能無畏無懼地面對勁敵。空有強勁也沒用，結果早就擺在我眼前。

反之，就算它給出毫無勝算的預測亦不至於讓我惶恐。

真的打不過，逃就是了。如果有什麼原因讓我逃不了，至少要向對手報個一箭之仇。

然而，綜觀這次的情況。敵方戰力是未知數，無法預測。還對我懷殺意。

勝算多寡成謎，又逃不了。

連對手有多少人馬都不清楚。

張大規模結界的人手似乎不只一個，「熱源感應」卻顯示只有一人靠近。

結界裡沒有魔素，無法發動「魔力感知」。一旦解除人化變身，我將失去目視能力。

萬能視覺沒了，周遭狀況突然變得難以掌握。被這個結界困住，我的勝算大幅降低。

可是，真沒想到對方會在戰前蓄意封印敵手的技能……原來還有這種戰鬥方法。

對方跟敵人保持距離並隱匿聲息，處在對手的認知範圍外，確實鋪設大規模結界。

此人慣於對付魔物，是專業人士。

這片結界的範圍應該高達半徑兩公里以上。完全讓人措手不及。

行事縝密得可怕。

提心吊膽的時光不停流逝——

「初次見面，該這麼說吧？雖然很快就會說再見。」

一名女子現身，開口對我打招呼。

正面衝突就算了，還單槍匹馬。好大的自信。

年齡看起來好像二十歲左右……

冷酷、不帶情感的眼令人生畏，透著一絲理性光芒。女子容貌姣好，讓眼裡的冰寒顯得分外醒目。

印象中並沒有見過她。可是，這傢伙卻給人一種懷念的感覺。

柔亮的美麗黑髮剪至肩口之上，右側髮絲搔到後方，左側秀髮隨意流瀉，未遮住眼睛。

襯著瀏海的左眼配戴單邊眼鏡。

那似乎只是一種裝飾，她迅速摘下那樣東西，將之納入懷裡。

來人身穿方便行動的雪白服飾。樣式有禮服的影子。露在短裙外的腿細細長長，包著一層黑色絲襪。

身上覆著神職人員穿的雪白長袍。

領口刻有十字紋章。那是西方聖教會的最高階證明。

聖騎士——法律與秩序的維護者，魔物的天敵。

「我們應該是初次見面沒錯，請問有何貴幹？我叫利姆路，您是不是認錯人了？」

雖屬無謂的掙扎，我還是姑且確認一下。

她明顯衝著我來。應該不會認錯人，話雖如此，我可不想出於誤認跟人打起來。

「真有禮貌，魔物國度的盟主大人。我沒認錯。你的城鎮很礙眼。所以我要毀掉它。因此，眼下放你回去只會壞事。明白我的意思吧？」

她不帶半點罪惡感，說得雲淡風輕。向我說明對她來說算理由的理由。

是喔——我知道了，那理由不足以讓人像這樣點頭接受。

話說她還知道我是魔國聯邦的盟主。怎麼會這樣？

「妳怎麼會認為我是魔物，在當魔物國度的盟主？如妳所見，我只是普通的冒險者喔！」

「哎呀，想裝蒜嗎？無妨，裝也沒用。有人來密告。我不能把他抖出來，總之有收到這類情報。在這座英格拉西亞王都裡，有許許多多的『眼線』。建議你還是多留意那些監視者。」

有人密告？我根本猜不出是誰。

我常注意有無可疑人士跟蹤，開技能移動的時候也不忘極力防範。

實在猜不出。不過，我知道這傢伙對密告內容不疑有他，打算把我殺了。

事態嚴重。

她身上的武器只有腰間細劍一把。

連鎧甲都沒穿，走輕裝路線。

四周不見半點人影，也不見設結界的人前來助陣。

為了確實殺掉我不惜設下陷阱，最後卻派出一人？

還是說，這號人物身手了得？

無論如何，眼下沒時間讓我多想。

照這女人的話聽來，有一股勢力企圖毀滅魔國聯邦。他們或許已經展開攻勢，我可沒閒功夫瞎耗。

是某個國家嗎？還是魔王？

不，不可能是魔王。西方聖教會不會跟魔物聯手。

也就是說，是某個國家嘍？

跟我們鄰近的國家有武裝大國德瓦崗、法爾姆斯王國、布爾蒙王國，另有魔導王朝薩里昂。

除去武裝大國德瓦崗和布爾蒙王國，就剩那兩國。不過，魔導王朝薩里昂要拿掉。他們沒有開闢森林建設道路，軍隊進軍時必須通過其他國家。若他們真的採取行動，蒼影不可能漏看。

這樣一來，嫌疑人只剩法爾姆斯王國。

一旦法爾姆斯舉兵，前往魔國聯邦最少要兩個星期。必須挑軍隊可通行的大道，勢必繞遠路。

就算他們馬不停蹄地趕路，依然需花上十天。

即便如此，仍不能輕忽。這個世界有所謂的軍團魔法，若有效運用，或許可以縮短時間。

總而言之，現在的我沒時間猶豫了。

「看樣子，說是認錯人也沒辦法讓妳採信呢。」

「是啊。因為傳聞指出，那隻魔物的名字就叫『利姆路』。」

「喔，是嗎？」

真糟糕。連名字都知道。

「我看時間也差不多了吧？」

「差很多，至少告訴我妳叫什麼名字吧？」

對方正想拔劍，我則朝她問出這句話。

美麗的女子歪頭，不解地回望我。

「只是一隻魔物，居然對名字有興趣？那些東西對我來說可有可無，我早就忘光了——」

她說完微微一笑。接著繼續說道：

「那我重新自我介紹。我是神聖法皇國魯貝利歐斯的神之右手——『法皇直屬近衛師團首席騎士』暨聖騎士團長。名叫坂口日向。想必我們不會有太多交集，請多指教。」

該名女子報上姓名。

原來，這傢伙就是——坂口日向。

「妳叫日向？我有聽說妳在當聖騎士團團長，原來還兼任法皇直屬近衛師團首席騎士？」

「你知道的事情還不少嘛？在魔物圈裡出名沒什麼好開心的。我確實身兼二職。雖然對我來說毫無意義。我侍奉的不是法皇，而是魯米納斯。」

語畢，日向拔出細劍。談話到此結束，用意表露無遺。

刀柄上散嵌七顆小寶石，配上白銀色刀身。刀身透著淡淡的虹色魔力。八成是魔法劍。

據說她很講究合理性，但我看沒那麼講究吧。居然單槍匹馬跑過來殺我。既然都搞前置作業了，他們應該要準備能確實擺平我的軍力才對。只不過，情報收集能力挺有兩把刷子。把我的真面目和朱拉森林大同盟摸得清清楚楚。

這下難辦了。日向是認真的，我卻不好對靜小姐的徒弟出手。看看能不能採溝通方式解決……我跟著拔刀備戰，嘗試透過言談交涉。

「先等一下，我有話想對妳說，還想跟妳談談！」

「我沒興趣聽魔物說話。」

冷酷的話音一出，突刺便如閃光射來。我勉強用肉眼追蹤。若神經傳導未跟大腦直接連結，剛才那擊肯定閃不過。「魔力感知」被封實在很不利。

「等等。妳是日本人吧？我也是。靜小姐把妳託付給我——」

「你剛才避開了，我有點驚訝呢。不愧是殺死靜老師的魔物……我要替她報仇。魔物敢說自己是日本人？還說靜老師把你託付給我？真是笑死人，愛說笑。」

她完全不相信我。這就算了，還不想跟我對談。

對喔，我想到一個點子。

「我真的是日本人！在那邊死去，來這轉生成魔物史萊姆——」

那點子就是用日文溝通。

這樣日向應該會信我才對。

「果然沒錯，你會說日文。再怎麼演都沒用。」

日向的嗓音多了幾分冷意。

不僅沒相信我，還讓她的怒火燒得更旺。

她剛才說果然沒錯？

對日向提供情報的傢伙知道我是日本人？

知道我是日本人的只有一小搓人——還是說，她聽我自稱日本人，才猜到我會說日文——？

她根據我殺死靜小姐的情報推斷，認為我了解異世界，還學會日文……是這樣嗎？

這已經不是推斷，該叫「預測演算」才對——

「——妳不管三七二十一硬要跟我打就是了？一個人對付我？」

我丟出疑問句。

日向是「異界訪客」兼聖騎士又怎樣，如今的我身懷魔王級戰鬥力。

技能受限是事實，但我不可能輸給人類日向。

原本我是這麼想的——

「哦，真可笑。你認為自己會贏？在結界裡？」

露出淡淡的迷人微笑，她輕聲回問。

緊接著，細劍尖端放出七彩虹光。

那是超高速突刺技。

寶石的殘影讓人誤以為是彩虹。

我動身閃避，身體卻顯得沉重。似乎連身體機能都變弱了。反應變慢，連帶害我吃三刀。

不會吧！我慌了。

灼熱的痛楚蔓延開來。

痛？我明明有「痛覺無效」，怎麼會痛——？

「哦——只中三刀？看來我有點小看你。」

嘴巴上這麼說，神情卻寫著「一切都在掌控中」。她已經料到了？不打算給我喘息的機會，日向一口氣攻過來。

我正面握刀，試圖以刀抵擋。但那些攻擊掠過我的刀，朝我身體突刺過來。

摸不清頭緒之餘，我順從告知危險的直覺向後逃開。

這是第四刀。總覺得再打下去很危險。

「你發現這招很危險了？某些笨蛋一直到最後都堅持逞能接招，結果死得毫無招架之力。你還算有點腦子嘛。」

她歪過頭，出聲誇獎我。

「很高興妳誇我，如果妳願意聽我說話，我會更開心……」

我打算靠談話爭取時間。

《答。推測該技藝不對物質體，而是朝精神體直接發動攻擊。》

沒想到她不打肉體，直接影響精神……

怪不得從刀上穿過。擋也擋不住。證據是我的身體不留半點傷痕。

「大賢者」更做出預測，再接三下將死於非命。

非肉體之死，精神將死去。

這招真讓人難以置信。目前還不清楚那是技能，抑或魔法劍的效果……

老實說，我太小看對手了。

日向應該有獨有技才對。還沒使出獨有技，我就被打得落花流水。

她的技能尚未明朗化，我的技能卻慘遭封印，所處立場意外不利於我。

看樣子專心逃跑才是正確的選擇。是說能不能順利逃走只能賭賭看了。

我徹底居於下風。

剛才有試過，「黑焰」跟「黑雷」出不來。

「萬能變化」亦然，沒魔素無法發動。光要維持「現在的身體」都很困難。

必殺技「黑焰獄」也沒辦法用，連王牌都遭到封殺。

不過，還是有其他手段可用。

「哦——你想拖延時間？沒用的。你死定了。在『聖淨化結界』裡，未達A級的魔物甚至無法動彈。這是西方聖教會的驕傲，究極的抗魔結界。」

看穿我的心思，日向道出可怕的事實。一直覺得身體很沉重——我變弱了，似乎受「聖淨化結界」影響。

連我都變得如此耗弱，結界肯定容不得未達C級的魔物，將置他們於死。

假如我治下的滾刀哥布林被困——想必將動彈不得，輕而易舉喪命。

思緒到這裡，我的心更加焦急。

「懂了吧？在這個結界裡，魔素會淨化掉。你們這些高階魔物也無法倖免，為了維持性命將失去大部分的力量，沒辦法發揮實力。」

日向用不著對我說明。實際體驗過就知道了，知道這個結界有多危險。

這結界八成用於狩獵等同災害級的A級以上魔物。很可能是魔物天敵聖騎士團的殺手鐧。

魔物一旦遭結界捕獲，他們就贏定了。日向似乎這麼想。

她之所以說那些話，目的是讓我慌張。繼續貿然開口，很有可能丟掉小命。

想藉談話爭取時間，這條路卻被日向封死。

「你對於我單槍匹馬討伐好像頗有怨言，這份工作原本不需要我出馬。統率聖騎士的我會出面只為一件事——」

我跟日向拉開距離。進到那把細劍的攻擊範圍會很危險。念頭剛閃過，左腳便一陣吃痛。被刺了一下。

還剩兩下……

「因為我聽說你殺了靜老師。剛才說過了吧，我要替她報仇。我要殺了你。」

「妳說要為靜小姐報仇，形式上看來確實是我把她給殺了，可是——」

「——可是？結果就是一切，理由不重要。在這個世界裡，她是唯一對我好的人。但她已經不在了……」

連我自己也不清楚這份感情叫什麼——輕聲說完，日向轉眼看我。

眼裡毫無感情，甚至不把我當獵物看。

態度自在從容，就只是站在那裡。

她敢一個人來，全因身懷確定能取我性命的自信。

那股自信並非來自結界。可能來自至今仍深不可測的戰鬥能力。就日向看來，或許光她一人戰力就過多了。

我也被她小看了，然而現狀讓我無從反駁。我在結界裡的勝算微乎其微，繼續被她壓著打肯定吃敗仗。

話說回來，究竟是誰對這個女人透露靜小姐的死訊？對方有加油添醋吧，我完全被當壞人看待。

可是，現在不是深究凶手的時候。

我非常擔心魔國聯邦的居民們。

「在擔心你的同伴嗎？也對。繼續拖延下去，你會無家可歸喔！雖然我不打算讓你回去就是了。」

要是他們先張這種結界再進攻，大家都會沒命。

沒空陪這傢伙耗時間了。話雖如此，她很難對付。

論目前可用的攻擊手段，只剩不需仰賴魔素的技能。

就是劍技或自身獨有技。

日向的劍技在我之上。撇除身體機能低落不談，從交鋒的手感來看，她並未拿出真本事。

讓人不敢置信的是，她散發不亞於白老的壓迫感。

這麼說來，我只剩獨有技可用。

剛才想到的殺手鐧——我一直猶豫該不該用，但現在的我別無選擇。

我用〈氣鬥法〉提昇身體機能。還發動「怪力」和「身體強化」。

不出所料，讓體內魔素活性化的技能或魔法還能用。

「別高興得太早！」

我將刀舉至中段，朝上方打去。跟白老進行實戰訓練後，我的劍技大有進步。既然她自認勝券在握輕敵，我就來這招——

日向似乎被我嚇到，立刻轉攻為守。

不，她只是慎重行事罷了。

看看那雙眼睛。宛如冷然、一心追求理論驗證的數學家之眼。

眼裡看不到半點驚訝，毫不鬆懈。

她並未驕矜自滿，淡淡地執行手邊工作。

觀察我的動作，冷靜尋找弱點。

剛才那些話全來自精心預測。

原本用不著她出馬，對她而言是再當然不過的事實吧。

她沒有小看我。

至今仍在觀察我的一舉一動，預測下一步行動。算出我提昇多少速度，用適當的速度對應。

彷彿在對付我的獨有技「大賢者」……

我釋出經技能強化的刀砍，見她拿細劍擋下，心中頓時有所領悟。

日向跟我的實力差距有著天壤之別。

這把刀揮砍時尖端速度堪比音速，她卻以柔克剛、用不傷劍身的方式架開。

完美分析我的刀路、速度及力量。能做到這種地步，身手必定與白老不相上下。

此外——

見我失去重心，她不忘確實反擊。

「結束了。能在結界裡動這麼久算你厲害。老實說，我之前低估你的實力。不過，你贏不了我。」

「因為再一刀就可以把我殺了？」

「哦，你知道啊？運用這把劍的特殊能力擊出『七彩終焉刺擊』，第七擊必取敵手性命。就算是精神生命體也難逃一死。你還滿努力的，不過，已經沒法子了吧？」

她對我這麼說。

我原以為能力被封仍有轉圜餘地，沒想到對手太強。

既謹慎又內斂。為求勝利選擇最有效率的手段。能力高強，能觀察我另行分析。有把握戰勝我，一方面又勤於分析、行事慎重。

我根本不是她的對手。無機可趁，完全沒料到自己會陷入毫無勝算的窘境。

「我要用盡全力掙扎。本人可不是好惹的，別以為我會乖乖聽話交出性命！」

話一應完，我便用盡一切手段嘗試。承認對手很強，祭出所有本領求生。

既然魔素不行，那換精靈看看？精靈跟魔素是不同類別的能量體，應該不受「聖淨化結界」影響。

處在與世隔絕的環境裡，無法召喚精靈。但我體內有特別的精靈存在。

《宣告。可發動獨有技「異變者」，將高階精靈「焰之巨人」「分離」成純種精靈。》

讓半魔物化的焰之巨人回歸純種精靈。

或許能夠透過焰之巨人用精靈魔法，但那行不通吧。

不能用這種小家子氣的技能，得發動出乎敵人意料的大招一舉定江山。

「幫我把敵人打倒，焰屬性高階精靈『焰之巨人』！」

我放出焰之巨人。

超越A級的高階精靈擁有莫大力量，蘊藏龐大的熱量。召喚者必須對精靈提供魔力，我跟焰之巨人有魔力迴路相連，這方面沒問題。我的魔素轉成精靈力，輸給焰之巨人。

焰之巨人開始對日向發動攻擊。她八成認為這是我的王牌。然而——

精靈是幌子。我——另有其他目的。

日向忙著對付焰之巨人，降低她對我的注意力。只消最後一擊就能打倒我，理當優先對付較危險的焰之巨人。

這就是我要的。

我繞到日向背後，企圖打出強化至上限的攻擊——

「都跟外界隔絕了，居然能役使高階精靈。不過，你還是打不贏我。」

日向轉身揮劍，無視焰之巨人，朝我直逼而來。

焰之巨人則僵在原地。

高階精靈不是魔物，照理說「聖淨化結界」對它起不了作用……

可是，現實是殘酷的。

晃眼一望，只見焰之巨人抱頭蹲倒。似乎接獲互相牴觸的命令，陷入兩難。

「妳動了什麼手腳？」

「若你跟我挑明你打算做什麼，要我回答你也行？」

怎麼可能挑明。那可是為數不多的王牌。

「回來，焰之巨人！」

此話一出焰之巨人便消失無蹤，回到我的身體裡。我立刻進行「解析鑑定」，看它出什麼狀況。

《答。焰之巨人疑似受「強制篡奪」影響。推測因魔力迴路未斷，才免於遭受剝奪。》

「強制篡奪」！難道說，她可以奪取對手的技能……？

那是日向的獨有技？

這傢伙——「異界訪客」坂口日向是遠遠超乎我想像的怪物……

看樣子我搞錯方向了。

把重點放在結界上，以為那是她的絕招。認為結界是讓我陷入苦戰的元凶，結果大錯特錯。

結界只是用來分散我注意力的小把戲。

我朝日向望去，那張美麗臉龐正掛著慈愛的微笑。

這人真夠可怕。少了結界也無妨，她還是有把握贏我。

「……妳打算搶奪焰之巨人？」

「我好驚訝。你怎麼知道？也好，既然穿幫就順便告訴你吧。答對了。用我的獨有技『篡奪者』搶。」

獨有技「篡奪者」？

用來搶奪對手役使的魔物或精靈嗎？該不會要搶技能？

如果是，就跟我的獨有技「暴食者」相仿。

好強大的實戰技能。

優樹沒提過，但我知道各國都用異樣眼光看待「異界訪客」。

想對付「異界訪客」，必須先把對方的獨有技考量進去。如何使用獨有技往往是決定成敗的關鍵。

對手的實力尚未明朗，我卻過於自恃，失策的人是我。

我頓時領悟，所以日向才不敢大意，永遠勤於觀察。

她的作戰方式堪稱典範。

在這個世界裡累積的實戰經驗差距可見一斑。

獨有技本身的能力差異無從判定，不過，使用者的實力天差地別。

必須做好心理準備。

沒有豁出性命的覺悟，無法戰勝她。

然而，再中一刀就是我的死期。

都怪我太大意。如果是一般損傷起碼能用「超速再生」治療……

連王牌焰之巨人都輕易落敗。事情來到這個地步，只剩最後手段可用。

我想殺個日向措手不及、不取她性命，但現在沒那份從容。

全面解放不曉得會引發什麼後果，搞不好我本人也無法活著看到最後，可是……

眼下只能用了。

「日向……靜小姐也把妳託付給我，但我沒有時間了。抱歉，沒辦法手下留情。接下來要一決勝負。」

「呵呵，你還沒拿出真本事啊？無妨，不礙事。那麼，我也在最後關頭拿出一點本領。覺悟吧。這一刀超越以往，會讓你痛不欲生。」

我倆四目相對。

就此發動最後攻擊。

「受死吧！『七彩終焉刺擊』！」

「覺醒吧，『暴食者』！」

《是。受理命令。立刻執行。》

命令才剛出口，我的意識就沉入黑暗之中、逐漸消逝。

宛如睡著一般，自我意識到此中斷。

PRESENT STATUS

菈米莉絲
Lamrys

種族 Race	妖精族（Pixie）
加護 Protection	Unknown
稱號 Title	迷宮妖精（Labyrinth） 妖精女王 精靈女王（前）
魔法 Magic	精靈魔法……全部
固有技 Peculiar Skill	迷宮創造
必殺技 Special	48種……本人自稱，未證實
抗性 Tolerance	Unknown

十大魔王裡最弱的，但來頭不小。認真起來發動固有技「迷宮創造」，面對多數敵人將有不戰而勝的可能性。

PRESENT STATUS

貝瑞塔

Beretta

種族 Race — 魔將人偶

加護 Protection — 迷宮的加護

稱號 Title — 菈米莉絲守護者

魔法 Magic — 元素魔法 / 精靈魔法

技能 Skill — Unknown

抗性 Tolerance — 狀態異常無效 / 自然影響抗性 / 精神攻擊抗性 / 聖魔攻擊抗性 / 物理攻擊抗性

為了幫菈米莉絲的毀損魔偶找替代品，由利姆路投注過多心力製作。裡頭附有高階惡魔，精通惡魔系魔法。利姆路替它「命名」後，以高階惡魔之姿進化，具高度智慧及卓越戰鬥力。

後記

好久不見。

《關於我轉生變成史萊姆這檔事》第四集終於發售了。

雖然每次都提，但這次還是要多虧了大家的支持。

謝謝！

這次出版社也要我寫後記……

每次寫後記都很頭大。說真的，我想不出哏。

所以就寫這個，連續刊行——應該有不少人知道，五月預計發行第五集——要來爆料我跟決定此事的責任編輯I氏有過哪些對話。（註：此指日本發售時間）

※可能包含一些劇透，請大家小心服用。

＊

時間是去年十月半。

我寫完第三集的初稿並完成改稿，才正想喘口氣……

「伏瀨老師，你覺得第四集大概能定在何時發售？」

「你覺得呢？」

「這個嘛，一月二月已經排書了，大概三月吧？」

「你說三月，那初稿要什麼時候提？」

「我想想，十二月底應該來得及。」

「十二月？」

此時我在腦內快速計算一下，十一月到十二月寫一本是可以啦……

「不，我現在在寫番外篇，想先把番外篇寫完，時間上有點趕——」

但我請編輯稍安勿躁。

同時我靈光一閃，想到漫畫會在春天開始連載，小說同月發售可以打廣告！

「——不然這樣好了，配合漫畫連載開跑，四月五月連續出刊？連載落在春季，安排這個時段恰恰好吧？」

「咦，要連續出刊？唔——……」

「啊，來不及沒關係。那就定在四月後吧！」

當時那段對話就此打住。

沒想到過一陣子……

「對了，第四集可以排在四月嗎？」

「啊，可以。四月沒問題。結尾想稍微釣個胃口。希望第五集能盡早安排！」

「那要不要連刊？」

「咦，可以嗎？」

「要看伏瀨老師你可不可以啦，一旦決定連刊，寫起來會很辛苦喔！」

這時還在十月終。

四月排第四集，截稿日一月底。第五集二月底。有十一、十二、一月共三個月時間充足！當下我這麼想。

那時的構想如下，第四集要補寫的部分較多，第五集直接改網路版就好。如今回想起來，我實在太天真了……

「排四月跟五月不趕！」

「我知道了！那就連續刊行吧！」

就這樣，按當初說好的辦，決定四月、五月連續發刊。

但、是！

WEB上更新的番外篇意外占用過多時間，得了感冒不說，年底到了正職又忙，還跑到東京開會，出外辦一大堆事……

時間緊迫！

於是我面臨重大危機。

「……請、請問，關於連刊的事，第五集發售日可否——」

「那個啊，沒問題啦！我會確保它五月趕上！」

「呃、不，我不是那個意思……」

「みっつばー老師那邊也排好了，公司這邊都朝該方向努力！」

糟、糟糕！這氣氛叫我怎麼提延期的事？

「這樣啊，好、好的！我會加把勁寫……」

最後我無法開口要他們延期，落得每天拚命趕稿的下場。

好一個自作自受。

安排時程萬萬不可天真！那就是我這次學到的教訓。

我發誓，以後就算對不起人也不要排逼死自己的日期。

事情經過差不多這樣，第五集下個月會出。

在我寫這個後記的時候，第五集的初稿已經寫完了，應該沒問題。

如此這般，希望能在第五集繼續跟大家見面。

＊

插播一下，這裡有個消息。

三月二十六日發售的講談社《月刊少年シリウス》五月號將展開漫畫連載。

五月號上個月發售，但第一話能隨時於網路上的官網閱讀。

所以說，大家可以先去網路上看第一話，再從目前發售的六月號開始追連載。

有興趣的讀者務必看看！

那麼，今後也請大家繼續支持《關於我轉生變成史萊姆這檔事》。

不過是個哥布達

畫：川上泰樹
唔喔喔喔…
我漏買有刊漫畫版轉生史萊姆第一話的《少年シリウス》了…
咦？利姆路大人您不知道嗎？
咦？
niconico會一直公開第一話的靜態動畫，
只要去「水曜日のシリウス」網站…
隨時都可以看到喔！
喂～蘭加～
好過分…
總覺得很火大。
「水曜日のシリウス」
http://seiga.nicovideo.jp/manga/official/w_sirius/

Kadokawa Light Novels

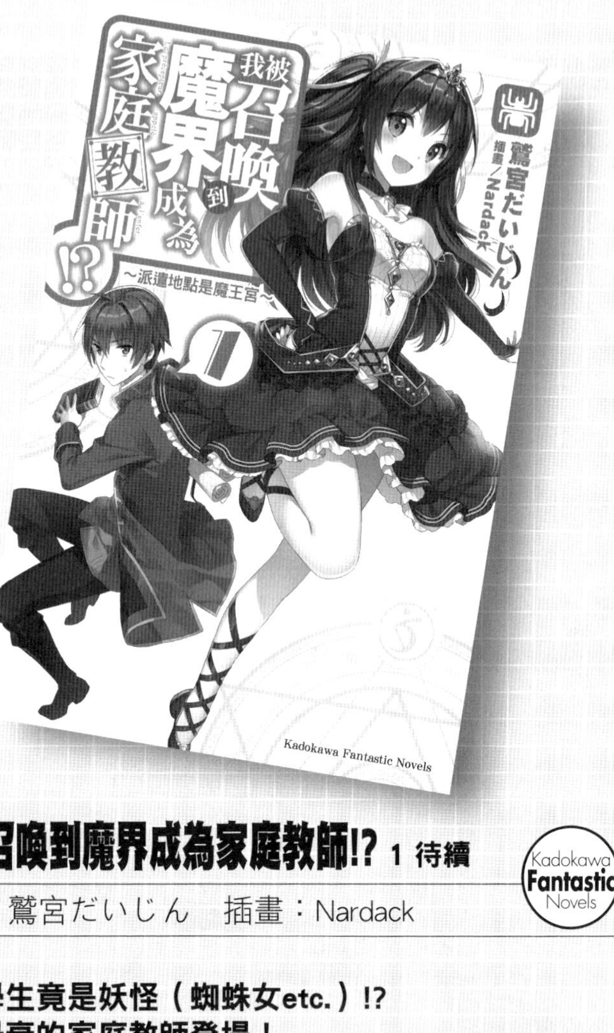

我被召喚到魔界成為家庭教師!? 1 待續

作者：鷲宮だいじん　插畫：Nardack

美女學生竟是妖怪（蜘蛛女etc.）!?
史上最衰的家庭教師登場！

身為普通人類的我突然被召喚到魔界後，才發現被那個混帳勇者出賣了，我居然得擔任魔王之女的家庭教師!?首要任務是兩週後於人界舉辦的舞會中，讓嬌縱任性的三公主蜘蛛女莎菲爾順利完成初次亮相。若有差錯，魔界與人界就會引發大戰！

NT$220/HK$68

Kadokawa Light Novels

無職轉生～到了異世界就拿出真本事～ 1~3 待續

Kadokawa Fantastic Novels

作者：理不尽な孫の手　插畫：シロタカ

被魔力災害轟散了一切，
魯迪烏斯要如何面對接踵而來的試鍊!?

魯迪烏斯由於被捲入原因不明的魔力災害，因此和家人失散。經過災害後，他被轉移到一個陌生的地方。和魯迪烏斯在一起的人是艾莉絲，同時也是他負責擔任家庭教師的對象。內心愈來愈不安的魯迪烏斯身邊出現奇怪的人影……!?

台灣角川

各 NT$250~270/HK$75~80

國家圖書館出版品預行編目資料

關於我轉生變成史萊姆這檔事 / 伏瀨作；楊惠琪譯
. -- 初版. -- 臺北市：臺灣角川, 2016.05-
冊；　公分
譯自：転生したらスライムだった件
ISBN 978-986-473-104-6(第3冊：平裝). --
ISBN 978-986-473-197-8(第4冊：平裝)

861.57　　105004989

Kadokawa
Fantastic
Novels

關於我轉生變成史萊姆這檔事 4

（原著名：転生したらスライムだった件 4）

2016年7月27日 初版第1刷發行
2024年7月29日 初版第12刷發行

作　者：伏瀨
插　畫：みっつばー
譯　者：楊惠琪

發行人：台灣角川股份有限公司
總　監：呂慧君
總編輯：蔡佩芬
主　編：林秀儒
文字編輯：黃怡珮
設計指導：陳晞叡
美術設計：宋芳茹
印　務：李明修（主任）、張加恩（主任）、張凱棋、潘尚琪

發行所：台灣角川股份有限公司
地　址：104台北市中山區松江路223號3樓
電　話：（02）2515-3000
傳　真：（02）2515-0033
網　址：www.kadokawa.com.tw
劃撥帳戶：台灣角川股份有限公司
劃撥帳號：19487412
法律顧問：有澤法律事務所
製　版：尚騰印刷事業有限公司
ISBN：978-986-473-197-8